MENALTON BRAFF
40 ANOS DE LITERATURA

Menalton Braff

40 anos de literatura

40 contos

seleção
Roseli Braff

Copyright © 2024 Menalton Braff
40 anos de literatura © Editora Reformatório

Editor
Marcelo Nocelli

Revisão
Marcelo Nocelli
Roseli Braff

Imagem de capa
Foto do autor por Camila Ruiz

Design e editoração eletrônica
Negrito Produção Editorial

Dados Internacionais de Catalogação na Publicação (CIP)
Bibliotecária Juliana Farias Motta (CRB 7/5880)

Braff, Menalton, 1938-
    40 anos de literatura / Menalton Braff. – São Paulo: Reforma-
tório, 2024.
    272 p.: 15,6 x 22,8 cm

    ISBN 978-85-66887-95-2

    1. Contos brasileiros. 1. Título.

B812q   CDD B869.3

Índice para catálogo sistemático:
1. Contos brasileiros

Todos os direitos desta edição reservados à:

EDITORA REFORMATÓRIO
www.reformatorio.com.br

Se o escritor se conforma com a vida,
não existe mais razão para escrever.

MENALTON BRAFF

Apresentação

O ano era 1984. O Brasil fervilhava nas ruas em grandes comícios pedindo "Diretas Já", a ditadura militar dava seus últimos estertores. Casados há dois anos, Menalton e eu dávamos aulas, muitas aulas. E tínhamos um sonho: publicar um romance e um volume de contos que dormiam na gaveta. Naquele tempo, a publicação de textos de um autor desconhecido era tarefa quase impossível. Então, surgiu a ideia: fundamos uma pequena editora e vemos o que acontece.

Assim, naquele conturbado 1984, cheios de esperança e alguma coragem, demos à luz o romance *Janela aberta* e a coletânea *Na força de mulher*. Por questões de foro íntimo (e ainda um pouco de medo), Menalton assinou os dois livros como Salvador dos Passos.

Em 1987, fechamos a editora, pedimos demissão das escolas e rumamos para o interior de São Paulo. Na bagagem, alguns exemplares dos livros não vendidos e o desejo de morar numa cidade sem faróis e trânsito. Daí em diante, aulas, muitas aulas...

Apesar de Menalton querer abandonar a literatura, ela, a literatura, nunca saiu dele. Nunca. Com o tempo, ele voltou à produção de contos esparsos que, mais tarde, reunidos no volume *À sombra do cipreste*, venceu o Prêmio Jabuti – Ano 2000 – Livro do Ano.

Então aquele ilustre desconhecido – agora assumindo seu nome – Menalton Braff – viu abrir portas, janelas, porteiras e portões... A crítica jornalística rendeu elogios ao texto conciso e poético, sensível aos dramas humanos e esteticamente impecável. O livro transpôs os muros das universidades e recebeu vários trabalhos acadêmicos.

E Menalton nunca mais parou de escrever... Romances, coletâneas de contos, literatura infantil, infantojuvenil, participação em antologias – várias obras finalistas dos grandes prêmios literários. Em 2022, com o romance *Além do Rio dos Sinos* venceu o Prêmio Machado de Assis da Fundação Biblioteca Nacional.

O ano é 2024. O Brasil respira um pouco aliviado. É necessário comemorar, então, 40 anos dedicados à literatura. Em razão disso, tive a ideia de reunir numa antologia os 40 contos (selecionei oito de cada um dos cinco volumes) que considero os meus preferidos tanto pela temática quanto pela forma. (O autor não palpitou.) Falei com o Marcelo, da Editora Reformatório, que é nosso parceiro (faz tempo), e ele topou.

Deliciem-se os leitores com os textos, comemorem conosco. Menalton Braff e a literatura brasileira agradecem!

PROFA. DRA. ROSELI DEIENNO BRAFF

Sumário

NA FORÇA DE MULHER [1984]	11
Anoitando	13
Crispação	16
Na força de mulher	19
O dia aprazado, o prazo vencido	32
O insuportável ar quente da sala	35
Um dia, outro dia	41
Vendo mato a vida inteira	50
Vento nas bananeiras	58
À SOMBRA DO CIPRESTE [1999]	63
À sombra do cipreste	65
Adeus, meu pai	69
Elefante azul	75
Estátua de barro	78
Moça debaixo da chuva: os ínvios caminhos	82
No dorso do granito	86
O relógio de pêndulo	92
Terno de reis	96
A COLEIRA NO PESCOÇO [2006]	101
A coleira no pescoço	103

Aquele primeiro dia, quase noite 107

De pombos e gaviões: suas distâncias 110

Em branco e preto 115

O gorro do andarilho 118

O zelador 122

Os sapatos de meu pai 142

Uma tarde de domingo *(Tragédia em três episódios)* 146

O PESO DA GRAVATA [2016] 155

A dona da casa 157

Jardim Europa 160

Linha reta 190

Na janela do velho sobrado 196

O peso da gravata 204

O violinista 208

Quatro anos depois 212

Vestido de dor 216

AMOR PASSAGEIRO [2018] 223

Abundância de estrelas no céu 225

Amor passageiro 229

Dois plátanos 234

Lúcia, a cortesã 238

O hortelão 243

Tarde da noite 254

Último domingo de outubro 262

Um passageiro estranho 267

Na força de mulher

[1984]

Anoitando

— Satisfeita? – insiste Gaspar.

Confusa, Jandira ergue os ombros. Sorri. Responder o quê? Ainda há pouco era-lhe um estranho, sem história ou nome. Chegara de súbito com a promessa de transformar sua vida, antes mesmo de qualquer revelação. Sua presença é incômoda. Desprende-se de seus braços, tenta afastar-se.

Densa e macia a sombra começa a descer dos telhados vizinhos para inundar o quintal. Como remoto silêncio de um ermo escorrendo.

— Sei que há muito o que fazer, mas quando se tem por onde começar...

Interrompe-se desolado. Embaraço a esconder. Olha em volta, seu território, imagina a vida ali, transcorrente.

Meia dúzia de canteiros, de que restam somente cômoros de contornos arruinados pela chuva, mal sustêm o verde miserável de uma vegetação envilecida. Mistura de horta, de pomar, abandono e jardim. Difícil enquadrar o futuro sonhado na realidade disponível. A felicidade podendo ser apenas palavra em sutil abstração: miragem evanescente.

Em sua fuga vã, os pés de Jandira tateiam o terreno tépido. À beira de sua aventura, não sabe como recuperar-se e sente que apenas se deixa carregar.

Um gato brasino, surpreendido no sono vagabundo, irrita-se com a invasão de seu ambiente e foge pulando a cerca. Seu gesto de pânico faz estremecerem raquíticas folhas de couve-tronchuda que emergem do mato e que, povoadas de pulgões, abanam pedidos de socorro. Assustado, o pardal abandona o galho onde descansava e projeta-se na direção do Sol. Jandira os observa e no primeiro instante não compreende a razão de tomarem rumos opostos, nascente e poente sendo meras objeções geográficas para indicar a localização de seu quintal: o centro e o polo, o foco.

Entre ramagens de quintais contíguos, descobre incontáveis olhos devassadores. Encolhe-se acuada.

— Eu fico pensando se não é tudo diferente do que você gostaria que fosse.

Olhos enxutos e abrasados, a mulher volta-se e encara Gaspar.

— Por favor.

Ele a enlaça, esperançoso, e ainda uma vez Jandira foge. Quase estéril, a roseira agarra-se com pertinácia ao que fora uma cerca e, orgulhosa de sua origem aristocrática, recusa-se à promiscuidade com as guanxumas. Duas laranjeiras, gêmeas, por certo, definham desamparadas no mútuo consolo da mesma desgraça.

Gaspar sofre calado os tantos recuos, mas compreende o esforço da mulher e se encoraja.

— É assim mesmo. A gente sonha e sonha, e no sonho todos os projetos são facilmente realizáveis.

Ela nada comenta, distraída.

Tomando rumos opostos, nada mais fizeram que obedecer a um equilíbrio dialeticamente necessário. Como num jogo de regras fixas. Bem antes de vê-los em fuga, antes mesmo de conhecer a casa e o quintal, fora possível determinar com relativa exatidão o trajeto de cada um. E isso a perturba sempre. O pardal, ao penetrar no disco de fogo, continuava batendo as asas. Crestavam-se-lhe primeiro as plumas e depois os remígios enrodilhavam-se aniquilando toda forma lógica, até se transformar por inteiro em uma bola de carvão, que rapidamente perdia tamanho e desaparecia. Apenas um instante, um ponto de negro tempo. Mas não poderia ter sido diferente.

A sombra alonga-se e encobre o bairro de telhados encardidos. Olhos redondos e faiscantes multiplicam-se na folhagem escura das árvores. No céu, algumas nuvens imóveis retêm a caliça de um sol morrente.

— Você não deve se martirizar. Procure entender que ninguém tem culpa. Eu, o que peço, é só mais um pouco de tempo até me acostumar com a nova situação. Tão pouco!

Bem no fundo, no último ângulo do quintal, a touceira de cana-rosa balouça as folhas afiadas no vaivém do vento. No canto oposto, o amontoado de cacos. Latas velhas, vidros de xarope, pedaços de tijolo, de telha, trapos da cor do barro, a primeira página de um jornal gritando o último desastre, cacos de louça: resíduos de outros moradores que por ali passaram.

Sobrevoando os canteiros, uma nuvem de mosquitos ameaça transformar-se em sólido e pesado bloco de zumbidos.

— Procure entender.

Gaspar sorri e enternecido aperta contra si o corpo trêmulo da mulher que, por fim, se entrega. Jandira chora fagulhas para bordar seu firmamento.

— Mas é claro que entendo!

Uma labareda consome as entranhas de Jandira. É necessário, por Deus que sim! E num deslumbramento ela desvenda o infinito, percebendo que da menina que se arrojara outrora contra o fogo do Sol, nasce a mulher ataviada de garras e presas.

Crispação

Farelos de pão, duas xícaras sujas de café, as flores verdes da toalha branca. Pela porta aberta da cozinha, penetrava o cheiro furtivo e fresco de um mundo encharcado, a débil e obsedante melopeia do céu em final debulha no chuvisqueiro nascido com o princípio dos tempos. O relógio, o elefante azul de gesso, o guardanapo, a pilha de pratos por trás da vidraça. Há mais de duas horas a vã procura do que se dizerem. A vida comum em descomunhão. Em dez anos atingiram a solidão, feriram de morte o sortilégio dos desvendamentos.

Cacilda foi quem primeiro percebeu os sentidos opostos, a distância aumentando na proporção das mútuas descobertas. E em seu desentendimento foi gerada a angústia das sendas irreversíveis. Rodolfo era contemplativo: devia ter vida interior suficiente para suportar longas jornadas sem um gesto, sem mover os lábios. Como admitir uma existência a não ser através de suas atividades, suas realizações?

Amaram-se, outrora, com ardor bastante para que ela julgasse o futuro um tranquilo desfiar do tempo. Projetavam ainda, exaltavam-se com pequenas satisfações, gastavam as horas conversando. Um dia surpreendeu-se a monologar ao lado de um homem ausente. Companhia de corpo apenas. Há quanto tempo acontecera a transformação?

Irritava-se, no início, com a inatividade tamanha e com os monólogos incomunicantes. Sofria os minutos vazios, as horas de compacto silêncio. Então brigava, cortava com violência os liames de Rodolfo com sua interioridade inacessível, arrastava-o para a superfície do acontecer, tudo na esperança de que aquilo não passasse de algum contratempo. Tentou alterar-lhe os hábitos, vestiu-se como se vestiam as meninas na idade da conquista, leu, informou-se, consultou conselheiros de revistas mensais, invocou, voltou a brigar sem outro resultado que o distanciamento cada vez maior. Percebeu a tempo que a prática de provocar Rodolfo desencaminhava suas relações para o impasse. Por isso, e depois de muito exercício, atingiu também aquela espécie de nirvana. Tornava-se melancólica, impacientava-se com o transcorrer dos dias perdidos.

Há mais de duas horas Rodolfo olhava para as mãos espalmadas sobre a mesa. De repente levantou a cabeça e olhou-a nos olhos.

— Sabe – disse ele simplesmente – estou doido pra tomar um cafezinho.

Cacilda estremeceu. Estava justamente a pensar que dali a pouco teria de sair sob o chuvisqueiro para comprar alguns gêneros que lhe estavam faltando. A voz de Rodolfo em clara concreção soara-lhe como punção aguda penetrando por fissuras de seu pensamento.

— Mas ...

O que era mesmo que precisava dizer? As mãos soltas no regaço reagiram à momentânea crispação e quedaram-se novamente a descansar, esquecidas dos tempos em que eram hábeis e capazes de mil realizações. Mas teria, então, em verdade, alguma coisa a dizer? Rodolfo continuava de olhos fixos nos seus, e eram dois olhos azuis que aguardavam, e era-lhe difícil agora saber exatamente o quê, num reduzido instante, parecera-lhe forçoso dizer.

— É que me deu vontade de fumar um cigarro, sabe.

De nítido, apenas o desconforto da ideia inconclusa e da inutilidade das palavras.

— Pois é, mas não tem pó de café em casa.

O sorriso de Rodolfo transpareceu tão-somente no brilho dos olhos, que se tornaram mais claros.

— Não faz mal. Eu posso muito bem deixar o cigarro para outra hora.

Encolheu os braços, recolheu as mãos.

— Se você quiser...

— Não, não, nem pense mais nisso.

Rodolfo fixou-se então nas flores verdes da toalha branca, enquanto, pelo vão da porta, Cacilda podia ver os pingos do chuvisqueiro que encrespavam o cimento do quintal. E o chuvisqueiro por certo não passaria antes que se acabasse o mundo.

Na força de mulher

Se falo demais, me arreleva, não é do meu feitio, nem sistema aqui do sertão, mas quando eu penso nas labutas por que passei, nas peleias todas, minha cabeça destrambelha. Tudo quanto foi coisa. Acho que tomo seu tempo, relatando assim por miúdo. Se tomo, é só avisar que eu paro. Não tomo? Então prossigo, porque o doutor carece de conhecer muito bem o que foi a minha vida com o Dinarte e, com seus entendimentos, me dar resposta: se ele pode fazer uma coisa dessas comigo. Não é assim mesmo? Pois é.

Cambista nasce cambista, costumava ensinar meu finado pai. É uma sina da pessoa, que ela tem de cumprir, pois nem viver de outro modo, com maneiras diferentes, ela aprende. Difícil de saber os tais fenômenos. Pra mim, me representa que alguns adotam a sina pra disfarçar vadiação. Não tou certa? Então.

Do negócio que abrimos já lhe falei, não falei? Foi logo depois que eu pari o meu terceiro filho. O que eu não disse, foi como aconteceu. A terrinha de nossa propriedade era a mesma esta aí na frente, que o doutor enxerga pela porta. Noventa braças: de campo, de mato, mais aquele banhadinho ali embaixo, de esguelha, onde a gente semeava arroz. Coisa levada comigo no casamento. Vigia só: o Dinarte, mesmo dele, entrou com o corpo bem formado e uma cabeça carregada de invenções. Só isso.

Lá pelo início, recém-casado, ele era um tinhoso na roça, tal qual ninguém acreditava que pudesse ser, sendo ele filho de quem era. A raça dos Macedos vivia de teimosa nas grimpas do morro aquele lá, excomungando qualquer serviço, em jornada pro sustento quando a comida acabava. Mesmo assim. Nem pense que eu digo isso por despeito, pelos malsucedidos que eu vivi. Querendo, é só sair por aí, perguntando pra este povo todo do sertão. Nenhum me desmente. Pois era um sucesso, o modo como ele trabalhava. Agora, já de longe, me palpita que aquilo era uma birra dele.

A Lucinda, sabe, a minha comadre mais amiga de todas e que desde guria já se acolherava comigo, uma vez me disse: Olha, Angelita, tu botou mas foi um cabresto curto no Dinarte. E era? Eu, pra mim, penso que não. Ninguém nunca vai botar cabresto naquele homem. Fazia o que fazia, só por conta dele, quem duvida que por se-mostração ou pra rebater a má fama.

Pros gastos ia dando e até sobrando. Com a venda das colheitas, de alguma criação, com os negócios que ele ia fazendo, um dinheirinho sempre se ajuntava. Muito balaqueiro e avoado, o gaudério, mas ladino pra negócio como só ele.

Numa tarde de setembro, ele me chegou de lá do outro lado de ideia escondida no porongo. Chegou desfazendo das terras, que eram pura maçaroca de macega, inferno de toco e pedra, que isso, que aquilo, bem como não querendo mais ficar por aqui. Presumi: andou vendo coisa, lá do outro lado. Remexeu o corpo a noite inteira na cama e de manhã se declarou. Então, como eu achava que uma casa de comércio, aqui nesta biboca, nas lonjuras de outros viventes, era um destempero, ele deu de fracassar no serviço. Saía tarde, voltava cedo, sem dia que não desse queixa de qualquer coisa. Assim a vida da gente começava a desandar. Me sujeitei. Ele fizesse o que quisesse, eu disse. E sabe o que foi que ele fez? Vendeu trinta braças de campo, do melhor, lá naquela ponta que o doutor tá vendo, entre o umbuzeiro na beira da estrada, até a curva do rio. Vê só aquela fumaça. Me reponta uma dor, vendo aquilo. Era terra nossa de plantação, da melhor, e agora tem gente de dono, uns teatinos que apareceram com algum dinheiro na guaiaca. Vendeu. Vendeu pra comprar uma nesga de nada, terreninho pouco mais que um caíco lá na estrada real. Me sujeitei. Quem sabe até se não podia dar certo, não é mesmo? Era de gosto, e cabeça pra negócio, como eu já disse, não faltava. Assinei papel no cartório, morrendo de medo, porém quem manda é marido. O senhor, que sabe de tudo, me desmente? Claro que não. Aqui nesta casa, botamos agregado, plantando às meias, e se fomos pro outro lado do rio. Lá, onde que é, que tem mais gente vivendo.

Sem vaidade nenhuma, doutor, mas acho que me acertei muito bem detrás do balcão. Porque o Dinarte, sabe, pra princípio de conversa, foi dizendo que ele tomava conta era mais de negócio grosso, de compras, sortimentos. O resto ele deixou aqui comigo. Com três piás me puxando a barra do vestido, eu cuidava da casa e ainda dava conta da venda. Não posso me queixar daquele tempo: era tudo muito bem bom. A gente tendo saúde e preparo, não tem o que não faz. O doutor pode não me acreditar, mas até ler em livro eu já li. Como eu ia dizendo, pra roça tava provado que ele não tinha nascido. Tratei de me evoluir na lide nova.

Mas aquilo foi passando. Com três anos de comércio, o Dinarte deu pra ficar sorumbático. Me afligi. Cinco filhos, me acredita? Cinco filhos. Mesmo no dia que me nasceu a Nêla, ou a Clara, já nem sei mais, eu trabalhei. Cinco filhos e chegadinha do sexto. Quando foram buscar a parteira, eu ainda atendi o resto da freguesia. Me alembro como se fosse hoje. Parto, pra mim, era um caso de simplicidades, nunca dei fiasco, e a parteira chegando foi me encontrar medindo uma quarta de farinha.

Eu aflita, pensando: meu Deus do céu, o que é que este homem tem, agora? A casa tinha aumentado muito, a mais sortida por todo este sertão. O Dinarte, o senhor não conhece ele, conhece? Decerto que não. Ele é um homem de fazer qualquer um gostar dele. Fala formoso, com ideias, e é muito alegre. Do Matão, da Pedras Brancas, de todos estes cafundós descia povo pra negociar com a gente. Levantamos um barracão do lado da venda, e aquilo vivia cheio de fardos, de sacos, de quanta coisa é colhida por estas bandas. Que mais que ele queria? Questão comigo não havera de ser, pois sempre me sujeitei com tudo, me debulhando em trabalho e sem dizer um ai. Eu, ia me queixar? Eu não. Tava uma vida nos conformes, bem montada. Até inveja duns e outros, que não iam pra frente, eu sofri. Coisa que não contava, mas sofri. Tanto foi, tanto que foi, e um dia ele falou: Queria um caminhão que fosse nosso, pra colocar as mercadorias na porta dos atacadistas e pra trazer de lá da cidade de um tudo por preço mais baixo.

A ideia do caminhão, no princípio, me tirou um pouco do sossego. Uma coisa como aquela eu nem nunca tinha imaginado. Meu sistema é de fazer o que conheço, com as certezas. Podia botar tropeço? Eu não, que mal entrei umas vezes na escola e das modernidades nem desconfiava. O Dinarte ali, falando e falando. Notei que de tanto falar naquilo até mais animado ele andava. Então garrei e disse: Se tem que ser, tem que ser. Tu decerto sabe o que de dinheiro quanto é que precisa. Se a gente já ajuntou bastante, vai lá e compra.

O doutor me acredita? O que eu digo é a pura verdade. No outro dia de madrugada ele se tocou de a-pé até o Cará, pegou um ônibus pra cidade e dois dias depois me apareceu guiando as reluzências de um caminhão. Não pense que o Dinarte seja homem de muitos lumes. Xobrega! O banco da escola não fez calo na bunda dele. Mas nunca vi cabeça que nem aquela que ele tem. Só sei dizer que um mês mais tarde já tinha licença pra guiar e tudo o mais. Nem me preocupei com a venda do banhadinho, ali de baixo, onde a gente plantava arroz, pra completar o pagamento.

Me acreditando, pode até se rir do que eu conto, não me importa. Ainda não nasceu vivente capaz de garantir que nunca fez uma coisinha, uminha só, pelo menos, que por causa dela ele não encabula até só de pensar. Foi como aconteceu. Era quase todo dia aquele caminhão pra cima e pra baixo, pra cima e pra baixo, o Dinarte, eu e as crianças no desfrute, uma felicidade. O Dinarte buzinava em cima de carreta, dava susto em cavalo, com as faceirices de gritaria. Pra buscar uma cuia de mel na minha comadre Lucinda, pensa que eu ia de a-pé e com roupa caseira? Quisperança! Me enfeitava toda e pedia pro Dinarte pra me levar. Não era mesmo uma bobícia nossa? Foi assim no início, o espalhafato. Depois comecei a ver o mau costume, o nosso, em comentário na boca dos outros. Que onde é que já se viu. Me amoitei. Também, já tinha gozado o meu bastante, podia dizer que era uma coisa como qualquer outra. Para o doutor não interessa detalhe como esse, eu sei, porém, digo os tantos pra mostrar que nem tudo na nossa vida foi sempre como ficou sendo. Se fosse, eu era de aturar? Eu não. Tem gente com as excelências, assim que nem o doutor, instruído nas sabedorias, dizendo que um pedaço bom, se passado, carece de paga de mau pedaço. Sei lá, eu já vi de tudo nesta minha vida. Uns começam pagando o mau, e pagando o mau vão até a cova. Outros nunca se frontearam com maldade nenhuma. De tudo existe. Comigo, o que aconteceu não interpreto.

Pois olha, a gente se combinou de parar, nem me alembro se foi com a Nêla ou com a Clara, que já era uma enfiada de seis filhos, eu acho. Com a história do caminhão se deu o descontrole, e, quando eu vi, tava prenha da Clara, ou da Nêla. Uma das duas. Não, espera aí: a Clara casou primeiro e era a mais nova, me alembro direitinho. Pois então foi com ela, a Clara, que ficamos de parar. Não, minto, neste tempo a Clara já era nascida. Depois dela veio o Nem, isso mesmo, que é logo abaixo da Clara. Assim, como assim, decorria pelo melhor, a nossa vida. Deus dá, Deus sustenta, não é mesmo? Que viesse. Mais um não fazia grande diferença, pra quem já tinha seis.

Sucinto, tudo o que eu sei, é que mal nasceu o guri, o Dinarte carregou o caminhão até as grimpas e se tocou pra cidade. Viajada igual aquela, muitas ele tinha feito. Mas desta vez eu não posso me esquecer. Nunca mais. Foi o primeiro susto bem grande que eu tomei, a nossa reviravolta. Disse que vinha carregado de batata, negócio tratado com plantador das bandas de Camaquã. O doutor decerto sabe pra que lado fica isso, não sabe? Bem no exato, pra onde que é, desconheço. Tenho cisma de que é pra muito longe, mais longe do que Porto Alegre. Não é assim mesmo? Aprendi eitos de conhecimentos nos anos, estes. Nem de nome eu conhecia aquilo, como agora eu sei, por motivo que depois eu conto. Pois bem: ele saiu dizendo vou ali já volto já; descarrego, carrego e tou de novo em casa. Nem me bateu a passarinha, quando vi o caminhão se sumindo. Era coisa de se ver toda hora. Completou semana fora, e só daí que eu garrei medo. Soma de sete dias é tempo que dá pra varar o Brasil de ponta a ponta, eu acho. E eu solita com as crianças. Bati pra casa do meu pai, bem da zonza, querendo ajuda dele. Que saísse campeando, que fizesse alguma coisa. Uma semana, já pensou? O doutor, com perdão do meu desrespeito, garanto que tanto tempo fora de casa não é capaz de passar. Pois é. Fui pra um, fui pra outro, e todos diziam o mesmo, assim, que nos lugares, os tantos, quem é que vai achar um Dinarte com seu caminhão? Só tinha era de ficar quieta no meu canto, esperando enquanto esperasse. Esperei. Deu quinze dias quando o maldito apareceu de volta. Delambido, como se tivesse acabado de fazer a coisa mais comum. Eu tava que era um caveirame, de sofrida, de preocupação. Nem dormir eu dormia, por ideias que a minha cabeça ia remoendo. Com o guri novinho ainda, eu carecia de ajuda e descanso, não é mesmo? Olha, até o leite me secou nas tetas. Pois e sabe o que foi que o lampreio veio me dizendo? Que um tal de rio, nem sei dizer o nome, teve enchente que não deu passo, e ele ficou preso do lado de lá. Chorei feito uma condenada. Como chorei! Isto é, me representa que chorei muito, mas nem me alembro se foi bem assim. E quer saber de uma coisa? Só de contente porque ele tinha voltado. Acreditei em tudo que ele me disse, desde a primeira letra. Desandando uns anos, com mais vida na cacunda, ruminei por dentro e por fora os pontos todos, aqueles, e então foi que eu vi: que grande lorpa que eu era. Por quê? Já lhe conto o resto.

Por uns dez dias, desque ele chegou, se pôs fuçando nestes morros, tudo quanto era biboca, arranjando carga pro caminhão. Me dizia assim: É, com a temporada que eu fiquei lá preso, perdi bastante dinheiro. Carece de recuperar. Concordei que sim, coitado. A Lucinda, bem que eu via o jeito dela, meio arressabiada, cara de quem não quer dizer algum segredo. Não puxei pela comadre. Só me ocupava de ajudar o Dinarte no apronto da carga. Era um tempo ruim de inverno, paiol tudo nos assoalhos. O que foi, naquela carga, nem dá pra contar. Capoeira de galinha, fardo de alfafa, saco de feijão, rolo de fumo, saco de milho, caroço de mamona, flor de piretro, caixa com queijo, rapadura: tanta coisa, mas tanta coisa, que a gente até se riu quando ele ia saindo. Assim ele se foi. Mas antes me preveniu: Que era um carregamento desconforme, de colocação difícil, coisa e tal, e podia demorar um pouco. Demorou. Desta vez, doze dias. Em compensação, voltou tão faceiro com os negócios, os que tinha feito, que eu também fiquei contente. E a sacarama de batata. No dizer dele, o melhor lucro era com batata, que o povo daqui, não tendo muita noção de plantio, prefere comprar fora. De Camaquã, que ele trazia, sempre de lá, cada vez.

Aí, por um mês ou dois, ele passou puxando carguinha pequena pra Santo Antônio. Daqui pra lá, de lá pra cá. Uma que outra vez, dependendo, pousava na vila. Pra quem já tinha passado o que eu passei, me sentia feito num céu.

Se durasse assim, a vida inteira, o meu destino mais das crianças havera de ser bem diferente. Garanto que sim. Pois e eu não tinha reza que não fizesse, com força e com fé, pra durar.

Hoje, o que me deixa desenxabida e com raiva, é me alembrar como eu acreditava em qualquer conversa, como se tudo fosse uma sinceridade. Me custou muito até aprender. Penei bastante. Imagina o doutor que por aquele tempo, mais ou menos agosto, o caminhão ficava o tempo quase todo parado. Era uma escassez, compreende? Eu, bom, eu achando que lá grande coisa não era, aquilo de puxar carguinha duas por mês pra vila, carguinha da competência de carreta. Mais gasto do que outra coisa, quando o movimento andava bem fraco. E eu ali, o dia todo detrás do balcão ou no trato de comércio por atacado, aquelas compras, todas contas. Decerto uma vez que outra reclamei, nem me alembro, pois vivente seja este ou aquele, de fortalezas, um dia também se cansa, não é mesmo? Só sei dizer é que o Dinarte começou a se coçar, e comichão no Dinarte bom resultado nunca trouxe. Eu sabia? Nada, era muito tonta pra saber. Um dia ele chegou e me disse assim que a temporada por aqui não era de leva e traz, com tanta falta de serviço. Que o caminhão, só no transporte do nosso negócio, sobejava em capacidade, e que parado era um desperdício. Calcula que aquilo, como ele me dizia, era bem como eu pensava. Pois então, e fazer o quê? Parece que já tinha tudo engatilhado, conforme ele falou de vez, de vereda. Que puxando carga por frete tratado, de uns para os outros, os que precisam e pagam pelo serviço, aí sim, podia ajuntar muito dinheiro. Coisa vista nas viagens, que ele tinha visto. E quem sabe se não é mesmo? Eu pensei.

O vagabundo era só disso que precisava. Botou a roupa na mala, disse que não esperassem tão logo por ele porque serviço dos outros tem governo diferente, que o destino é o algum qualquer um, pra onde for mandado. O Nem vingava direito, crescidinho, já em idade que os mais velhos podiam cuidar dele pra mim. Concordei.

Contando, ninguém me acredita. O Dinarte passou sessenta e três dias sem voltar pra casa. Sim senhor. Sessenta e três. É de espanto? Qual nada, isso foi só o começo. O meu finado pai caçoava comigo, me tratando de viúva. Viúva de marido vivo. Uma troça assim não calhava bem, e se ele dizia aquilo, é porque nunca tinha engolido o Dinarte. No princípio sofri muito a falta dele, e com ninguém podia me consolar. Nem com a Lucinda, que só sabia dizer ofensa contra o meu marido. Sete filhos pra cuidar, e o negócio todo por minha conta. Descaía na saúde e nas forças. Uma tristeza trancada na goela, um desconsolo. Até que quando a gente nem esperava, ele apareceu de novo. Eu tava pesando uns quilos de batata na balança do balcão e ouvi o rumor conhecido. Me fingi que nem ouvia, palpitando o coração, enquanto uma porção de gente saiu correndo lomba acima, pra de lá ver se era ele mesmo. Eu, pelo barulho, sabia. E fingindo que não, atendendo o freguês bem que nem, bem que nem. Ele parou no terreiro, povaréu de em-volta, e se sorrindo entrou na venda. Só o freguês comprando e eu vendendo, ali dentro. Sem parar de se rir, o Dinarte disse assim: Então bom dia, não é. Ai, que vontade de chorar, de moer a cabeça dele a pau, de me abraçar com ele mesmo na frente dos outros. Uma saudade tão doída, seu doutor, de tanto sofrimento, que por mais que eu fizesse, me descontrolei. Se embaralhou tudo na minha cabeça. Disparei pra dentro de casa chorando, gemendo uns gritos de aflição, por causa daquela dor tamanha. Alguém saiu espalhando que eu tinha endoidado, com a cabeça gira de só ver o meu marido. Bobagem, aquilo foi das emoções, o descontrole. Ele botou os guris pra dentro de casa, fechou tudo quanto foi porta e janela, trancou a venda, e naquele resto de dia não saiu mais de perto da gente. Pela cara dele, de olhos baixos, se via que também tinha sofrido. Só de noite, quando já se podia conversar na calma como antigamente, ele desamarrou os pacotes de presentes, abriu a mala e mostrou o dinheiro, montanha de tanto. Ah, que noite! Nem é bom falar nisso.

Então foi mais de uma semana, o Dinarte falando destrambelado, recontando pra cada um que aparecia, sobre as cidades que ele viu, os tatus na estrada, os ganhos, tudo, tudo, as muitas dificuldades. Já lhe contei como o Dinarte é um conversador de muita sustentação, não é mesmo? Dava gosto se parar escutando, se sorrindo, e era um tempo bom, a família toda completa em casa. Mas foi só isso. Tomou folgozinho de descanso, curtinho como descanso de cusco em sombra na beira da estrada. Só o tempinho. Arrumou a mala e ganhou de novo o rumo do mundo.

Dizer que me acostumei, não é o bem certo de dizer, com os sumiços que ele tomava cada vez mais. Tendo de aturar, por ser o meu marido, aturava, uma coisa que não era por gosto nem do meu agrado. Tinha noite que eu, dormindo sozinha, este destino meu, me acordava a hora que fosse e não segurava mais a cabeça de pensar que ter por marido um cigano que nem era o Dinarte, parecia castigo. Então jurava pra mim e perante Deus que na minha cama ele não se deitava mais, e, se não atiçava os cachorros nele, quando aparecesse, era por ser o pai daquelas crianças. Aceita um chimarrão? Mando aquentar água num instante. O doutor veio pela estrada real? Pois então passou pela casa de comércio que foi nossa. Uma largona pintada de azul, pouco antes do passo. Ali que eu ia me finando. O Dinarte fez tudo aquilo da imaginação dele, como ele queria. Até se amigar com o caminhão, como dizia o meu finado pai, porque depois, não se interessou por mais nada. Nem perguntar como é que iam as coisas perguntava mais. Vinha pra casa quando não andava bem, meio acabado, meio murcho, como bicho acuado, e ficava aqui só o tempo de me botar mais um filho na barriga. Quinze dias, um mês, e se apinchava pra onde que ninguém sabia.

Hoje eu tenho treze filhos, doutor, que eu criei sozinha, e que ele nem de nome conhece todos. Os que já tinham vindo depois daquela mania, se botavam no mato feito bugres, de só ver o pai. Eu achava que era um bem-feito, mas ficava triste de ver tudo assim: eles nem sabendo quem o Dinarte era. Porque o dinheiro, os presentes e os agrados, foi como aconteceu no início. Com dois, três anos, ele ficou demudado que nem parecia o mesmo. Dava a bênção que os mais velhos pediam e não olhava na cara deles. O Dinarte conversador e alegre, o que eu tinha conhecido, nunca mais voltou.

Agora eu tenho sete comigo, sendo o Modesto este aqui, o caçula. Completa em agosto quatro anos. Os outros seis se casaram e andam por aí no trabalho de peão, que pra todos a terra não dava sustento. Por isso, outros filhos não quis. O doutor me vendo assim pode pensar que já sou velha acabada. Não precisa encabular, que eu conheço como são as coisas. Mas garanto que pra velha ainda não sirvo. Ando é na força de mulher. Se não quis mais filhos, foi porque a vida empiorou muito. A casa de comércio eu vendi pra não quebrar. De em-volta com a filharada, lidando com doença de tudo quanto é tipo, os gastos, e sem notícia do Dinarte, que até ano e meio passou sem aparecer. Despachei os agregados, vendi o comércio e vim de muda pra cá. Muito tempo mantive a esperança de que o Dinarte se cansasse da vida cigana e ficasse de vez com a gente. Perguntava pra ele se não era assim, que um dia se acomodava, e o gaudério fazia cara de boi manso, olhar fugitivo, sem dizer que sim nem que não. Aquilo me esperançava.

Uma vez eu me decidi e arrochei com ele. Perguntei até quando que ele pensava em viver sem morada certa. Ele garrou coragem e me disse que morada certa já tinha desde o princípio, que ficava mesmo em Camaquã. Ela, a outra mulher dele, era uma viúva ainda nova, mãe de cinco filhos, todos cinco do marido finado. Ai, doutor, ouvindo aquilo me desamparei. A Lucinda me dizia que eu deixasse de ser boba, que homem nenhum se sujeita sem mulher por tanto tempo, mas eu não querendo acreditar. Depois o próprio chega e confirma. Passei uma temporada pensando que o único remédio era me afogar no rio, e só de pensar nisso eu me botava a chorar como se já tivesse acontecido. Foi aí que o negócio começou a decair. Mantinha força pra aguentar tudo? Eu não.

Quando fiquei sabendo que o doutor ia passar por aqui, fiquei muito contente, porque tinha uma pergunta pra lhe fazer. Por isso mandei o recado. É uma pergunta que me vem remoendo faz um bom tempo, um meio ano.

Veja bem o doutor que esta terrinha é o meu único sustento, com o adjutório que os guris me dão na roça. Pois não é que o Dinarte me apareceu por aqui um dia, dizendo que tinha perdido tudo, que andava mas era arruinado, carecendo de ajuda pra se recompor? Bem assim como tou lhe contando. Queria voltar comigo. Uma tentação. Eu, já meio ressuquida por dentro, na falta de uso da minha força de mulher, quase concordei. Mas, pensando bem, eu disse que não. Que ele agora fosse procurar ajuda com quem ele tinha amparado todo esse tempo. Me respondeu que por lá já não tinha mais jeito, que na pobreza que ele andava nem a roupa dele a tal viúva queria mais lavar. Me deu pena, pois de maldade e de vinganças não sou de tenção. Me deu muita pena, pois era o meu homem que eu tava enxotando. Aí eu disse que precisava me dar o respeito perante os meus filhos, que aquilo já tinha prometido a eles. O Dinarte só disse assim: Se eles te botam coisa na cabeça, e tu dá ouvido pra eles, muito que bem. Mas tu ainda vai te arrepender. Então eu retruquei: Só me arrependo é de ter casado contigo.

Depois disso, volta e meia ele vem rondar a casa, aparece por aqui conversando direito, dentro das leis, querendo saber como é que vão as crianças, como é que vai a minha saúde, tudo coisas que nunca mais se alembrava de perguntar. Posso atiçar os cachorros num homem que foi o pai de treze filhos que eu tenho? Claro que não.

Acontece que, agora por fim, o Dinarte anda falando muito que este ermo aqui não é lugar de se viver, que ele já se aprumou na cidade e quer levar a gente pra morar com ele. É livre e sem compromisso, outra vez, mas sente falta de uma família que é a dele. Bom, falta do Dinarte eu também sinto, e acabei dando resposta que sim. Daí ele pegou e me disse assim que então se vendia tudo isto aqui, mor de aumentar o negócio que ele tem em Santo Antônio. Ah, não, aí não, foi o que eu respondi. Saiu daqui feito um tinhoso de brabo, dizendo que era só querer ele vendia tudo, me botava pra fora, que até comprador tava arranjado. Nada disso ele fez até agora, nem por aqui voltou, mas me deixou preocupada. Muitos dizem que não, outros dizem que sim. Agora o senhor, que é doutor, me arresponde: Ele pode fazer isso comigo?

O dia aprazado, o prazo vencido

Não vê a noite anoitecendo o potreiro limpo, de cerca nova, a casa, o galpão. Não vê as sombras apagando a encosta do morro, com o milho empendoando. Não percebe que o canto ensombrecido embaixo do cinamomo acabou de anoitecer. Cabeça baixa, o olhar esparramado arrastando-se pela terra escura. E pensar que, e pensar, e pensar o quê? Inútil qualquer pensamento se a vida é um caminho circular.

— A comida esfriando no prato, Nâncio. Vem pra dentro.

Não responde porque é um apelo ilusório, eco apenas de um tempo acabado. A seu lado, a mulher é velha estátua imitando realidade.

Seus passos sobre seu rastro em círculo, na jaula de grades sujas. E pensar o quê?

Pelo meio da tarde eles chegaram enormes, montados em cavalos emersos de algum apocalipse. Da roça, Venâncio os viu à frente da porteira. Apoiou-se no cabo da enxada e esperou. Para onde iriam aqueles dois, se era ali o fim da estrada?

A pena, a lei, o papel; o dia aprazado, o prazo vencido: a angústia.

Abriram a cancela e subiram pelo caminho do potreiro. Venâncio puxou terra com o pé, cobrindo a enxada. Hora estranha de chegar visita.

— Anda logo, Nâncio, a comida esfria.

A brasa do cigarro, vermelha, risca a noite e esconde-se no bojo da mão calejada. Entre as folhas da árvore, a fumaça evanesce. Vinte e seis anos pensando, sonhando, querendo. A um passo Esperança permanece imóvel. Uma sombra como a árvore, como a casa, o capão no potreiro. Uma sombra como a noite, como a voz que ameaça.

Quando entrava no terreiro, a última aragem passou fugindo na direção do poente e de passagem sacudiu a copa do cinamomo. Os dois seguravam as rédeas, mostrando que não tinham vindo para ficar. Venâncio tirou o chapéu, ofereceu chimarrão, convidou-os a entrar.

— Não, a demora é pouca – disse o mais velho dos dois.

E puxou da guaiaca um maço de papéis.

O entendimento de Venâncio foi pleno e instantâneo, tremeu.

— A colheita nem começou, o senhor pode ver. Eu só peço um pouco mais de paciência.

Os homens olharam-se rindo, pondo à mostra dentes alvos reluzentes. O mais velho apontou para o papel, para uma linha certa e leu: o dia aprazado, o prazo vencido. Papel de cartório, com todas as assinaturas. Resumiu.

— Mas como é que pode uma coisa dessas? A colheita nem começou! O senhor sabe que não está na época!

A pena, a lei, o papel. O dia aprazado, o prazo vencido.

Venâncio conhecera as estradas e nelas crescera. Lama, geada, poeira endureceram seus pés de guri. Galpões de fazenda, palhoças em beira de granja. Nos caminhos sonhava: um chão que fosse o seu, onde erguesse uma casa e assentasse família. Dos trabalhos atingira os segredos, de todos. Machado, foice, gadanha, arado, rédea de redomão; campo, roça, mato, banhado. Em cada lugar suas marcas, manchas de sangue, do seu, eitos de sua vida.

Esperança pousa a mão no ombro do marido.

— Nâncio, aqueles homens...

De corpo sacudido Venâncio chora e Esperança assustada estremece. Nunca o vira chorar, nem o julgava capaz de uma fraqueza. Quer saber, mas respeita seu homem. Encolhe-se, engole perguntas amargas e volta para casa carregando sua ânsia.

— Semana que vem! – reforçou o mais novo enquanto montava.

Outra vez o galpão da fazenda, a palhoça na beira da granja, a copa espessa de alguma árvore. Estrada nenhuma tem dono: é de quem quiser pisar. Mas não, agora não pode mais. Com mulher e filho, impossível! Como carregá-los pelos caminhos longos da miséria?

Uma aragem tímida volta pelo rumo do ocidente. O cinamomo estremece ao fresco sopro. Esquecida na roça, enterrada, a enxada espera o orvalho túmido, que não tarda.

O estampido interrompe o sono da noite. De olhos secos e grandes cravados em algum abismo, Esperança compreende que seu homem acabava de partir sozinho.

O insuportável ar quente da sala

— Pronto – ela disse ao chegarmos de volta do hospital – agora vamos ver o que podemos fazer com as nossas vidas.

Preciso abrir esta porta. Assim fechada a sala me sufoca. Não suporto mais este ar quente e parado com cheiro de ausência. O que podemos fazer com as nossas vidas. Ela disse. Mancha pequena de sol no meu caderno. Dois sóis azuis por trás das lentes: O quadrado da hipotenusa é igual. Com as nossas vidas. Não consegui olhar para o rosto dela. Androide equilibrado em catetos e quadrados. Muito natural, naturalmente. E a fraqueza na boca do meu estômago. Esta ânsia. E a sufocação da sala fechada. Gostaria de saber se ela não sente. Eu vazio, na sala vazia com o cheiro de um tempo irremediável. Um tempo sem eco. Capaz de pensar nas nossas vidas e na soma dos quadrados.

No guichê aquele questionário. Tudo da vida, suas qualificações. Desde quando e as quantidades: valores imponderáveis e até mesmo ínfimos detalhes. Dados importantes, comprovações da real existência – o pai, a mãe, o filho e o espírito santo. E o número do telefone de recados. Dona Francisca envolvida sem consulta prévia. Meus dedos rígidos mergulhando em suor frio e pegajoso. É seu filho? A máscara do sorriso querendo ser simpático. Tudo em ordem, pode assinar aqui. Minha mãe não fraqueja, não treme, não esquece. Gostaria de saber se ela não sente.

Se pelo menos a porta fosse aberta. Por favor, por aqui.

O médico anotando tudo. Até certas coisas, intimidade deles. Profissionalmente. Meus olhos arranhando aqueles tacos, meu corpo tenso de tanto ódio pelo mundo. Médico é profissional e não vive de simpatias. A enfermeira ri e baba, mas decerto é de tanto lidar. Seu Lourenço, qual a hipotenusa do seu triângulo? Não respondi. Fossem perguntar à minha mãe, se quisessem saber. Eu querendo chorar. Me segurando com força na poltrona pra não chorar. Ela escreveu sem tremer, guardou os óculos no estojo e se despediu cortesmente. Imitando médico. Falou as palavras certas, de praxe. Tudo muito limpo. Serviço rápido e eficiente. Pois não, sim senhor. Mandaremos avisá-la. Ah, sim. Tudo depende da evolução do paciente. Os sintomas, a senhora deve saber, e assim por diante. Temos de considerar que ninguém se cura de esquizofrenia em quarenta e cinco minutos. Meus olhos afogados na vergonha de tanta fraqueza, esta minha. É seu filho? Como se eu estivesse ali. Bom passeio e feliz regresso. Odeio a minha fraqueza.

Odeio a segurança dela.

Meu Deus do céu, quanto a odeio! Se ao menos conseguisse abrir a porta.

Depois aqueles corredores. Os corredores. Corredores brancos, altos, bem mais altos. E o eco de seus passos salto luís quinze. A firmeza de seus passos. Sozinho eu não teria conseguido sair de lá. É uma merda, mas o riso da enfermeira não descola dos meus olhos, dos meus ouvidos. E a sala, vai continuar por muito tempo assim vazia? Se eu gritasse, quem sabe? Se eu conseguisse gritar. É seu filho?

Depois o sol, o céu. Aragem morna. Eu livre sem asas. Sem querer estar livre. Seu Lourenço, pode ficar de pé, por favor? Diga-nos o que sabe sobre os catetos. O cabelo na testa, escondendo. No dia de sol e de céu azul. Meu pai na sombra, na jaula, sem compreender onde estava. Sozinho contra os perigos. Sua fraqueza. Sem força de olhar para trás, não olhei. Pois muito bem, seu Lourenço, então se a hipotenusa.

No táxi no banco de trás. Rodasse até o fim da vida. Bem melhor. Isentos de culpas e de pensamentos. Mas ela é exata como um teorema. Entrando pela Teodoro Sampaio, a quinta travessa à esquerda, por favor. É seu filho? Dizer que não, que ela veio de longe, que nunca perde o controle, nunca deixa o feijão queimar. Exausto, a camisa colando nas costas, os dedos agredindo-se inutilmente. A senhora pode aguardar a chamada, por favor? Querendo e não querendo chorar. Há quanto tempo, minha senhora? Todos os detalhes são valiosos. Tudo, tudo sem falha. E o marido. Daqui a pouco minha cabeça estoura. Voltou como se voltasse da missa ou da feira. Quinta travessa à esquerda, por favor.

Esquizofrênico. Mas por quê, como acontece uma coisa dessas? O que pode levar uma pessoa de aparência saudável a se desregular a tal ponto?

Esforço-me na busca de alguma lembrança. Eles dois, como casal, se eram normais. Desde quando? Não sei de nada. E me sufoco. Certos detalhes só conheci no consultório. O relacionamento. O inesperado me desnorteava, as raras vezes surpreendidos em idílio. Ficha mais sem fim, o médico talvez tenha anotado: relações normais. Minha mãe disse: relações normais. O médico inquiriu: Como normais? Ora, normais! Até certo ponto, certo tempo. Depois ficou sendo um pouco assim e outro pouco diferente. As desconfianças. Eu de nada sabedor. Criança, achava que não se amavam. As discrições. Minha vida entre eles, mais ninguém. Um certo frio, como um desamparo.

De seu trabalho fiquei sabendo por acaso. Extravio de palavras sem intenção. Assunto de adultos. Me poupavam? Agora ela chega e diz: Pronto, vamos ver o que podemos fazer com as nossas vidas. Serviço terminado, bate as mãos limpando-as. Corretamente. E eu lá entendo alguma coisa da vida?

Neste instante ela se move na cozinha. Ouço. Não é uma coisa monstruosa? Como sempre, como todos os dias. Método e rotina: eficiência. Eu continuo aqui, com o medo a me formigar nas pernas, a me subir pelo corpo todo. O medo e o vazio. Estou oco e ouço o eco da vertigem. É horrível, mas estou completamente oco. Nem a doença de meu pai consigo lastimar quanto queria, de pessoa normal, pelo menos. Minha cabeça é um balão. E o susto que levei. Os olhos que não eram os dele, alucinados, e ele dizendo que a comida estava envenenada. Ali na cozinha. Acho que nunca mais vou ter coragem de entrar ali. É o ponto final, o lugar onde ele estava alucinado. Será que a enfermeira zombava? Me pegou no queixo, riu, babou, disse alguma coisa que não entendi. Sou bobo, afinal? O meu cérebro todo tem registro da voz que não era a dele, dizendo que a comida estava envenenada. Preciso de ar fresco. Gostaria tanto de sair e andar pela rua. Até o fim dos passos e dos pesadelos. O calor desta sala está insuportável. Ela me pediu que eu fosse. Insistiu. Não saí do lugar. Precisava chamar o médico, mas temia deixar-me sozinho com ele. Pressenti na forma como me olhou. Queria que eu fosse. É seu filho? Apesar do temor, trocou-se e subiu até a padaria para telefonar. Será que me recrimina por esta falta de coragem? Mas eu juro que não saberia ao menos discar um número.

Movimento quase imperceptível da cortina. Veio espiar-me. Estou quieto e isso a inquieta. Deve pensar que não a vi. De avental, como convém. Tudo nela conveniente. Já trocou de roupa. E eu não consegui mover os pés desde que entrei apesar da vontade de abrir a porta. Fora também deve estar fazendo muito calor. Não sei. Eu sinto frio. Ver o que podemos fazer com as nossas vidas. E como? Todos muito amáveis: o médico, a enfermeira, a funcionária da secretaria. O médico escolhendo as palavras para dizer monstruosidades. Nossas vidas. Minha mãe e eu. Ele era representante comercial autônomo. Vaga noção. Falou de economia, se pôr em dia com o INPS. Aí vem ele. Pouco fiquei sabendo. Ainda bem. A senhora pode aguardar a chamada, por favor? No guichê ficara o dinheiro guardado para o INPS. Não chegou a se pôr em dia. Quanto? Deus nos livre de médicos e de ladrões. Particular? Um sol de dezembro, Lazinha longe.

A sala ontem não estava assim vazia. Lazinha e eu sentados no tapete, um disco de rock volume total. Você é um cara ligado, sabe das coisas. Até parece. Depois da moto 750 o vestibular: engenharia na USP. Legal. Mundo sólido, estrutura familiar. Nós três e Lazinha nos planos. Pode até ser à prestação, não quero nem saber. Sem moto não fico. Ela maravilhada como um dia de sol. Não sei o que fazer. Não tenho a menor ideia do que fazer. Isso me apavora.

Sinto que aos poucos minhas ligações com o ambiente se fazem mais nítidas. O desconforto aumenta. A sala, a sala aqui em volta, com a porta fechada, tem qualquer coisa de terrivelmente estável, de eterno. A mesa coberta pela toalha de linho; a tevê com a tela verde-cinza; meus livros mudos na estante, mirando-se imóveis o sofá e as poltronas. Como não via ontem esta pátina corrosiva que tudo cobre? Desde que eu me conheço por gente, esta parte da casa foi sempre igual a si própria. E continua igual, mas hoje, por ser tão igual, apesar de tudo, está patética. Os meus pés. Agora eles. Latejam sobre o soalho, meu peso é enorme. Tudo coberto de poeira, uma poeira morna e escura que vai aumentando, escondendo as silhuetas. Acho que anoitece. Não sei há quanto tempo estou aqui parado. Quando entrei, sentia ânsias de vômito. Desde a hora do almoço a mesma ânsia, a comida envenenada, os olhos desamparados, aquele medo. Pensei que fosse vomitar no táxi, depois aqui. Preciso abrir a porta, urgente, senão sufoco. Quando que eu pensava, meu Deus, quando poderia imaginar. E as batidas do coração, aqui no pescoço, na cabeça.

Passos que vêm da cozinha. Minha mãe arreda a cortina. Miúda, limpa, silenciosa. Regendo ordem.

— Lourenço, a mesa está posta. Vem jantar, meu filho.

Sua voz tremeu? A sua voz? Ah, ela não sabe quanto me aquece esta tremura. Sinto frio. Sua voz não é medida e certa. Percebi claramente. Conheço.

Movo os pés, o corpo, e me sinto preso dentro de uma armadura. Cavaleiro da Távola Redonda. King Arthur. Meu pai lá e eu com estes pensamentos ridículos. Será que um dia também fico insensível? Não, não janto. Sei que não posso jantar. No entanto atendo ao chamado. Ninguém controla os pensamentos, isso não é insensibilidade. Ando, forço os pés. É necessário acontecer alguma coisa para que eu não me transforme numa estátua.

A luz. No primeiro instante a luz da cozinha me cega. Mil sóis de claridade. Afugento imagens. Com as mãos e o pensamento. Uma bola vermelha arde dentro do meu crânio. Poucos segundos e a vista já está habituada. Além de hipotenusa e catetos, aprendi que o homem possui, felizmente, grande poder de adaptação. Não posso deixar de pensar. Mesmo querendo, não deixo. Somos o resultado do meio, que estamos permanentemente procurando transformar para que seja menor o esforço de adaptação.

Sobre a mesa dois pratos apenas. Apenas dois que se defrontam, se confrontam. O meu e o dela. Nos lugares de costume. Gostaria de dizer-lhe que não sinto fome e que é um absurdo este jantar com apenas dois pratos. Se tivesse coragem, diria. Sinto uma extrema necessidade de agredi-la por ter pensado em comida. Não vou além da vontade.

Minha mãe levanta a cabeça e me fita. Nunca tinha reparado em seus olhos. São bonitos, quando tristes. Agora os vejo pousados em mim. Ela me encara sem esconder o rosto, por onde escorre o brilho das lágrimas.

Já sei que esta noite não vamos jantar.

Um dia, outro dia

Tira o lenço do bolso e enxuga a testa franzida. Livra-se do vendedor de bilhetes com a pergunta irônica: Pra que eu vou querer isso? Não espera resposta. O relógio do mosteiro previne que já são nove horas da noite e uma espécie de urgência indefinível penetra pelas últimas janelas acesas. Se ao menos tivesse um convite, para algum lugar, qualquer companhia que o ajudasse a enfrentar as primeiras horas, que lhe afugentasse o medo virtual pelas situações novas até que o hábito erigido em árbitro voltasse a ordenar suas ideias. Uma aragem fresca espreita do alto dos edifícios. Chovidas marcas de festa apregoam, tardiamente embora, a chegada de outro ano. Outra vida? A imaginação obstinada e solerte sempre a prometer o futuro para eximir-se de obviar o presente. Em prumo precário Hipólito para na praça Antônio Prado, indeciso entre as tantas alternativas de direção. Se ao menos um convite, qualquer um, afinal não é todo dia que um homem se aposenta.

Possuídos de fúria insensata, seus dedos agridem-se num corpo-a-corpo de ferocidade inexplicável. Uma casa amiga, uma sala simples, a palavra de um velho parente. Um lugar. Hipólito olha em volta, procura fingir-se ocupado, uma razão para estar ali. O Martinelli ainda engradado para a viagem das reformas. Alguns poucos transeuntes de passo rápido e rumo sabido, com destinos definitivos. Apesar da hora, o intenso rumor de todos os motores ligados. Na banca, as manchetes embaralham-se improvisando ilógica coreografia.

Mascando emanações de uísque, Hipólito finalmente decide: não entrará pela São Bento para esperar o ônibus na praça do Patriarca. Desta vez não. Desta última vez. O evento exige rupturas, cometimentos diversos. Sorri autocomplacente com a manifestação infantil daquela rebeldia: novamente aventureiro e desbravador. Enfim, o círculo a se fechar. Outra vez a disponibilidade para dispensar-se das repetições, para atrever-se às diferenças. Poderia aposentar o relógio, dormir à sombra, comprar jornais, andar de chinelos, deixar de escovar os dentes, dar gorjeta ao cobrador, cumprimentar a balconista, debruçar-se no peitoril da janela, fritar o bife, recitar um poema, tomar a cerveja. Isento, outra vez, das responsabilidades.

Muita simpatia dos colegas, oferecerem a festa de despedida: enterro de antigos rancores, de avulsas quizilas inevitáveis no transcurso de tantos anos. Durante o expediente, seu último, já deposto sem posto, o cargo transferido ao jovem substituto, impossível imaginar. Às seis e meia, cumpria o ritual de trinta e cinco anos – guardar os papéis nas gavetas, lavar as mãos, pentear-se, vestir o paletó, despedir-se – quando o Arnaldo apareceu: sorriso franco e bom, bigode abundante, olhos diminutos por detrás de grossas lentes. Problemas na agência? Não, muito tarde. A princípio julgara ato isolado e até certo ponto explicável: o Arnaldo teria vindo da Mooca despedir-se do remanescente da velha guarda. O primeiro abraço, talvez o último. Ao vê-lo chegar tão inesperadamente, só com esforço Hipólito contivera a emoção. Merecera, então, aquela viagem, a carinhosa lembrança do amigo? O sorriso incrédulo e o nó na garganta. Naquela tarde ligara várias vezes para a agência e, como não o tivesse encontrado, deixara recado sem muita esperança.

Rarefeita a clientela noturna, o vendedor desdobra-se em solicitude.

— Alguma revista, doutor?

Sem responder, vira-lhe as costas, confuso, e maquinalmente foge pela rua São Bento. Assim o mundo eriçado, a convivência com a espécie: a indecisão de um homem não lhe pertence, nem sua momentânea falta de destino. Pilhado em dúvida, Hipólito não olha para trás. Caminha como se já soubesse aonde ir, tivesse o que fazer.

Tomando-o pelo braço, brandamente, o Arnaldo guiara-o para a sala de reuniões. Cavaqueação entre velhos amigos, melhor sentados. Ele também, mais dois anos, cumprindo seu tempo. Queria saber.

— É, meu caro Hipólito, dentro de dois anos o Banco perde o último dos moicanos – dissera enquanto andavam e um pouco antes de abrir a porta – e assim se refaz o mundo. Há muita gente precisando de emprego, não podemos ficar atrapalhando.

Aberta de vez a pesada porta de carvalho, estourara o coro: "Hipólito é um bom companheiro". Fisionomias alegres, a longa mesa coberta pela toalha branca, os litros de uísque estrangeiro, os baldes de gelo, a conversa animada, as bandejas de canapés, o riso florido, o perfume das flores, a festa imprevista, sua festa de despedida. Desafeito ao brilho, às manifestações ruidosas, embaralhara-se com as mãos, um pouco, sempre o excesso. Sentira-se comovido, mas desagradavelmente deslocado como alvo de tamanho carinho.

Presentes à despedida, os principais do segundo escalão e suas vistosas secretárias; os empedernidos chefes de seção, cabeleiras grisalhando, rivais de outras épocas; uns poucos meteoros de fulgurante carreira, conhecidos de corredor, de olha lá, é aquele. Entre estes, o doutor Lucas, pós-graduação no Alabama, teórico exaltado, título e exaltação ostentados com orgulho a cada momento no cultivado sotaque, hoje completamente esquecido.

Quando de seu regresso, ingressara na organização como Diretor Adjunto por ser parente, desencadeando o despeito de uns tantos candidatos apenas profissionais. Pois o futuro Presidente – o velho virou ornamento – em mangas de camisa, regendo o coro, batendo palmas, adestrando-se em democráticas atitudes.

Tudo, menos tomar um ônibus ali na praça do Patriarca. De esguelha espia o ponto, a fila na espera, e segue em frente, vitorioso, e morosamente caminha até o largo São Francisco. Passa o lenço na testa, entra no bar e pede uma caipirinha. Nos olhos, a satisfação e a malícia do contraventor. Dois lustros desde a última vez em que fizera o mesmo. Hoje por alegria; então, para anular o travo deixado pela recusa de Anita. O tempo, só o tempo, mesmo. Uma semana a supor-se incapacitado para a sobrevivência, aquela opressão da vida rasgada.

No balcão, gente que bebe e ri, conversa indiferente ao vizinho que fora abraçado com efusão pelo doutor Lucas de Almeida e Castro. O moleque pede-lhe uma esmola, cobra insistente, em casa a mãe na cama. Pega a cédula e esconde-a no bolso. Da calçada ainda olha com desconfiança. Há muito que não acredita em papai-noel.

Hipólito afrouxa o nó da gravata, tranca a respiração e bebe de um gole a caipirinha. Paga e arrepende-se. Acabava de jogar fora o pretexto para ganhar alguns minutos antes de se decidir. Agora a rua, o rumo, a necessidade de fingir-se a caminho. Atravessa o largo, imponderável, passo leve, o calçamento afundando, ficando pra baixo, e alcança a Brigadeiro Luís Antônio. Acende um cigarro, isqueiro de ouro entregue pelo Gerente Regional da Região Centro. Em nome de meus companheiros. A brisa que sobe a 23 de Maio, irrequieta e úmida, suaviza a tontura e carrega a primeira fumaça. Amplia-se o céu, abre-se o mundo. Anos e anos sem olhar para cima, observar uma estrela, sem recordar a infância livre nos baixios do Ribeira, os possíveis parentes que por lá ficaram; sem um retorno, uma busca, um caminho extraviado. Pressente o lirismo chegando, mas não reage, não se envergonha. Está solto no início de um tempo ilimitado e seu desejo é deixar-se carregar pela imaginação entorpecida, permitir-se tudo o que as conveniências proibiam. Dá mais uma tragada, joga longe a bagana acesa e começa a assobiar desconexa melodia. Quer provocar, ter certeza de que o julgam louco, precisa de perigos que o incitem a penetrar em todos os mistérios. Imagina-se no meio da Brigadeiro, correndo por entre carros desgovernados, gritando palavrões a motoristas medrosos. Nos olhares uma só pergunta: Quem é ele? E no silvo do vento, a resposta: Eis o que da festa veio.

Terceira dose de uísque e a gravata do doutor Lucas dobrada sobre o espaldar de uma cadeira. Camisa aberta, corrente no peito. Nunca visto assim animado, a não ser em ocasiões muito especiais. No derradeiro instante, uma deferência, intimidação defesa ao funcionário? Cumprimentos e abraços efusivos. Uma pessoa da mais alta importância. Lágrimas quando o Arnaldo, gerente da agência da Mooca, para quem ainda não o conhece, proferiu palavras, falou do passado, levantou o brinde. Um novato propusera pique-pique, puxando; o diretor ali sem gravata, sem luxo qualquer, como os outros e até mais. Os de paletó e gravata ameaçaram escandalizar-se, isto aqui não é jardim-de-infância, mas submeteram-se a exemplo superior e acabaram gritando o rá-tim-bum. Quem mais gritava e ria era o jovem substituto: recém-formado, recém-casado, recém-promovido, completamente enamorado pela vida, pois não conseguia imaginar-se aposentado – coisa estranha, ideia remotíssima. O doutor Lucas terminara de mastigar o canapé e, abotoando a camisa, pedira silêncio. Um discurso oficial, em nome do conceituado estabelecimento de crédito. Ainda bem que o Arnaldo chegara-se para ouvirem juntos. Qualidades e esforço para galgar um a um os degraus. Só mais dois anos e então sua vez, o último dos moicanos. Sozinho seria difícil suportar tantos olhares. Trinta e cinco anos, exemplo de dignidade que enobrece, a profunda gratidão desta casa. Todos sérios respeitosos. Em meu nome e em nome de meus colegas de diretoria. Restos de uísque aguado nos copos sobre a mesa, ar toldado pela fumaça, calor, as vistas ardendo. Porque a humanidade o Brasil e o mundo. A grandeza, os jovens, a conjuntura. No topo do pódio a honrar sua memória. A funcionária chegara com o pequeno estojo com o distintivo para terno de missa e solenidades. O primeiro que temos a honra de entregar. Com toda a certeza, outros mais virão. O Arnaldo apertara significativamente seu braço, logo ele. As palmas, o abraço de tapas nas costas do representante.

— Enfim, o fim.

O farol abre, estrugem os carros, Hipólito para. No outro lado da avenida, a luz clara e o balcão de fórmica da lanchonete lembram-lhe a fome. A noite começa a esfriar. Apalpa o distintivo guardado no bolso quando ainda na xv de Novembro. Enfim, o fim. Por que o fim?

Ocupa a mesa mais afastada. A claridade é excessiva e incomoda. Senhor Hipólito de Alencar, esta casa estará sempre de portas abertas. Em trinta e cinco anos a dedicação à nobre causa do engrandecimento. Enfim, o fim. Do quê? Mas o que é isso! O sorriso do diretor. Por que o fim? Do discurso, da utilidade, da vida? Fora de escárnio, gratidão, ou piedade aquele sorriso? Força a mente, aturde-se na tentativa de captar o verdadeiro sentido. Pede hambúrguer e cerveja, qualquer marca, tanto faz; penetra a sombra de signos irrecuperáveis – nenhuma denúncia nos gestos, pouco ou nada na enxurrada incolor dos lugares-comuns. Sempre de portas abertas. Pela porta aberta o frio introduz a noite na lanchonete, decreta a falsidade da iluminação. Hipólito procura distender as pernas, move os artelhos doloridos. Trinta e cinco anos. Carteira Profissional com as datas e os títulos, assinaturas de várias cores. Sua história. Termina de comer o hambúrguer e limpa os lábios com o guardanapo de papel. Espera que o garçom acorde e pede outra cerveja, porque ainda não sabe o que fazer de sua primeira noite e a ideia de encerrar-se no apartamento, por enquanto, o atemoriza. Bem nítida e presente a sensação de que fora tudo inútil. Lambe a espuma da cerveja no bigode. Pelo menos uma verdade no discurso do diretor: sua dedicação. Verdade casual, entretanto, pois entre ambos nunca houvera maior contato. E parcial, porque o certo seria acrescentar que sublimara todos os impulsos para dedicar-se ao trabalho com tirânica exclusividade.

— O senhor deseja mais alguma coisa?

Sobressaltado Hipólito recorda-se de que há muito esvaziara a terceira garrafa e percebe que apenas por sua causa a lanchonete continua aberta. Aperta o nó da gravata, levanta a gola do paletó e sai.

Ir para casa? Não, ainda não. É muito cedo. Se ao menos um convite, lugar qualquer onde encostar o corpo, refletir, ou companhia com quem conversar, ouvir.

Criança ainda assumira um posto dentro da ordem geral, pela qual não se julgava responsável, sem questionar, mas dentro da qual consumira toda a capacidade de sonhar. De repente, colocado à margem como estorvo, arredado, tendo de enfrentar sozinho sua disponibilidade, um tempo sem medida, seu todo tempo, sem horizontes marcados, é peso que terá de retardar quanto possível. Chegar ao apartamento, acender as lâmpadas, tingir com alguma vida as paredes da sala, da cozinha, do quarto. Arrancar às profundas da imobilidade seu território: com passos macios, com o frêmito do fogo no fogão, com o pigarro, a fumaça do cigarro, o ruído de sua respiração. Um dia, outro dia, e outro, intercalados sempre pelas noites intermináveis. Não, ainda não.

A iluminação compacta da Paulista, seus edifícios medonhamente adormecidos, a inexistência de qualquer movimento, lembram uma tumba surrealista. Hipólito atravessa a avenida e desce quase correndo na direção do parque Ibirapuera. O posto de gasolina fechado, as sombrias janelas, o grito distante, o apito inconsequente, o assobio vagabundo, a medir a inconsistência dos trajetos entre a vida e a noite. O mundo oscila inconstante, subitamente mergulhado em ansiedade. Hipólito estaca e, apoiando-se em um muro, aperta com fúria as pálpebras abrasadas. Não pode continuar, se trilha por caminho sem retorno. Também não pode ficar onde não é princípio nem fim, depois de trinta e cinco anos. A entrega, tantas vezes a anulação. Para quê? Para ter a recompensa de uma despedida com uísque e o abraço final de um diretor? Um ônibus sobe vagarosamente pela avenida. Suas janelas vazias e alegremente iluminadas aquecem um pedaço reduzido da noite. Claro que não. Trabalhara por necessidade de sobrevivência, nada mais que isso. Os pés latejam. Hipólito senta-se numa saliência do muro e limpa o suor frio da testa. Mas vivera em função de quê, se a vida fora ela toda consumida no trabalho e se trabalhara por necessidade de sobreviver? Vivera, afinal, meramente em função da necessidade de viver? Vivera meramente mera vida.

No fim da Brigadeiro, a amplidão. Hipólito respira a madrugada, cadenciadamente, com volúpia e sente que a vertigem vai passando. Umedece as mãos na grama orvalhada enquanto observa um casal de namorados que nada mais têm a temer, tendo-se um ao outro. Poderia cumprimentá-los, indagar de suas vidas, interessar-se pelas suas razões. De mãos dadas, poderiam atingir o infinito, onde a mesa já posta os aguardaria para o banquete. Falaria, ouviria, e suas desventuras seriam compartilhadas como carga que se pode dividir. Levanta-se, e um esgar de sua boca pretende ser o riso do amanhecer, mas falta-lhe a coragem para o gesto da comunhão.

Com o princípio da garoa, resolve-se a tomar um táxi. De que adianta fugir, se o caminho é sem retorno? As horas não serão mais contadas, e os dias serão sucessão sem conta, sem nome. Ergue o braço, embarca e indica o endereço. Encolhido no banco de trás, descobre pelo retrovisor o olhar curioso do motorista a devassar-lhe os segredos. Quantas noites em seu aspecto, quantas vidas em sua decadência? Nas costas, depois de tanto tempo, pressente manchas vermelhas deixadas pelas mãos do diretor para que jamais ouse o esquecimento.

Na esquina, a padaria aberta, o padeiro bocejando. Caixotes empilhados no caminhão do feirante, que passa adernado. Quarteirões desertos, ruas estreitas por onde o carro embala a custosa vigília de Hipólito. Um desejo vago de que a viagem não tenha fim. Fecharia os olhos, como outrora, e sua mãe viria quietamente puxar os cobertores. O corpo engelhado, entretanto, dói-lhe e faz-se uma presença da qual não poderá escapar.

Na frente do edifício o táxi encosta na guia e para. O motorista comenta alguma coisa sobre a garoa enquanto espera pelo dinheiro. Hipólito não responde. Suas mãos tremem, é véspera de decisão.

— O senhor está se sentindo bem?

— Está tudo bem, sim, muito obrigado. Eu estou ótimo.

Já na calçada, sozinho, Hipólito reluta, porque o vazio é também prisão. A expectativa da manhã seguinte, a certeza de uma escrivaninha, o espaço para a assinatura, o término do relatório, a exposição de bons motivos, a desculpa, o insulto, a licença, o preenchimento, os mil detalhes que o haviam ligado a um mundo absurdo, porém conhecido, ficariam apenas em sua memória desencantada. Apalpa a chave no bolso, acende um cigarro, tosse, e resolve partir ao encontro do dia.

Vendo mato a vida inteira

— O teu pai, este já não presta pra nada.

Um sem-fim de ladainha desafinada fazia contraponto com o vento encrespando a noite.

— Veve sempre encaramujado por aí pelos cantos. Mal de doença ele diz que não sofre. Sei lá, porque ânimo pra fazer coisa nenhuma também não tem. E eu, meu Deus, fraquejando como ando, o que que eu posso fazer? A tosse, essa, a maldita, não me larga, e é um fracasso tamanho na minha força que nem te conto nada. Até nem gosto mais de descer o morro, porque então depois, pra subir, é um caro custo! E vocês se alembram como antigamente eu dava um olho pra passear lá embaixo na varge? Pois agora só me desentoco em dia de domingo, por causa da missa.

Se parou calada ruminando o eco das próprias palavras suas, feito na espera de algum comentário. Ninguém disse nada. Chegou a cabeça bem perto do fogão e reavivou as brasas com seu fôlego arruinado. A fumaça soverteu sua cabeça e atravancou-lhe a garganta. Os olhos aguados disparavam pedidos de socorro. Era a tosse chegando outra vez, subindo do peito, espocando na boca. Os filhos se remexeram agoniados e impotentes, sem valia que pudesse ajudar: só silêncio. No quarto, Clotilde parou a costura, escutando, e esperou que o acesso passasse. Por culpa sua tudo aquilo? De não saber. Mariquinha enxugou os olhos e suspirou.

— Assim mesmo, duns tempos pra cá eu ando relaxando. Desço uma vez que outra. Na semana passada eu encontrei a Dulcina, vocês devem conhecer, a Dulcina do Viriato. Me perguntou: Como é, Mariquinha, não aparece mais lá em casa? E eu respondi: Olha, Dulcina, que nem pra ver o mano já quase morrendo eu saio mais. É um desacorçoo tão grande que só vendo. Eu acho que agora não duro por muito tempo.

Língua de vento varando a cozinha apagou a candeia. Só meia braça de chão batido, no relumeio que vinha do quarto onde Clotilde continuava costurando. Grudada no fogão, encolhida, Mariquinha se calou, matutando. De repente a cara magra reluzindo na luz vermelha do braseiro. O resto era o negrume da noite e as gargalhadas do vento. Rente à janela, Dita tremia de medo. Por qualquer fresta podia se enfiar o perigo sem explicação, porque o mato mais a noite, quando se ajuntam, só fazem criar mistérios e assombrações.

— Como é, gente, esta candeia não acende mais?

De pouca serventia as grandezas de Amâncio, mas entre o povo que vivia trepado por aqueles morros era tratado com os respeitos. Homem de pouca palavra é homem de muito tino, crença deles resumida em adágio. E em conversa não era que ele gastava a força. Prosa sua com viventes das vizinhanças, povo ralo da beira do céu, não passava de uns grunhidos de afirmação ou negação. Sons de peso, das maiores sabedorias. Por isso era procurado em precisão de conselho, sempre alguém pedindo sua orientação. Quem além dele pra saber o nome das guerras, mesmo como se tivesse comandado? Só ele, o Amâncio. Conhecia as épocas de cada coisa, dava o nome de cada vento, anunciava a chuva e o tempo de sol, sabia a lua de qualquer plantio, conhecia remédios pra qualquer doença. Só Amâncio podia dizer a origem e o destino dos poucos aviões que sobrevoavam aqueles cafundós; o nome de generais que tinham escangalhado o sossego da humanidade, de cientistas que inventavam tudo e consertavam o que estivesse escangalhado; os segredos do mato e os mistérios da cidade, não havia o que ele não soubesse. Tamanha sabedoria desafinava com o trabalho da roça. E apesar de arruinado na pobreza, não andava de pé no chão nem usava chapéu. Além de tudo, a intimidade com o professor da varge, intimidade pra dias inteiros de conversa. Coitado, consumindo os lumes da cabeça enorme amontado em seus cinco hectares de terra da bem ruim.

Mariquinha se levantou e foi acender o pavio da candeia.

— Vocês, lá no Rolante, decerto estão mais é bem de vida. Dizque a terra lá é muito boa e de manejo fácil. No meu pensamento é assim mesmo, porque Deus não ia fazer o mundo todo com modelo nesta ruindade daqui. Lugar do progresso, me representa. Quando vocês vão simbora, toda a vizinhança vem me dizer: Parecem uns doutores, os teus filhos, Mariquinha. Como fico contente!

— A coisa lá também não é tão boa assim, não. Mas pra boia sempre dá.

— Nem me diz uma coisa dessas. E as roupas de grã-fino, hem?

Uns cobrinhos no bolso, muda nova de roupa e na cabeça algumas ideias, Silvério tinha chegado um dia. Chegou dizendo que ali não ficava mais. Naquele sobe e desce não findava os dias. Já tinha trabalho ajustado em Rolante. E se botou a falar. Trabalho de peão, de obediência, mas bem melhor do que passar ano inteiro cavoucando no meio de pedra e por final tirar uns quilinhos de flor de piretro que mal pagavam o sal, o fósforo e outras miudezas de consumo. Planta que prestasse, em fresta de pedra, no meio daquela pedreira, não tinha milagre que fizesse vingar. Família grande, largava o morro com tenção de desafogo. Largou.

Não demorou muito, e foi o Nilo quem se mandou atrás. Cuidar da vida. A Alzira botou na cabeça que não gostava de roça: tanto fez que acabou arrumando serviço de empregada numa casa de Porto Alegre. Nem notícia. E enquanto os filhos de maior serventia ganhavam o mundo, Amâncio nada mais fazia do que recitar nome de guerra e remexer nas glórias de seus antepassados, donos de quase aquele sertão todo. Sua terrinha... ah, sim, mas um avô com dúzia de irmãos, mais tarde filhos sem conta! O caruncho desmantelando a família e o piretro morrendo sufocado no meio das pedras.

— Quando tu saiu de casa, eu pensei cá comigo: A gente agora vai passar mais aperto. Tanto que ajudava nosso filho! Mas bem que ele fez. Pode ser que por lá ele se arranje na vida. Bem assim que eu pensei. Depois foi o Nilo, mas o Nilo tu bem sabe o jeito que ele é: nem juízo, nem gosto por trabalho. Credo! É se rindo o dia inteiro, inventando bobícia, inticando com os outros, só assim. Sem pingo de juízo.

O filho relumiou a banguela, satisfeito.

— Acabou indo também. E ficou a gente com as gurias. Ai, meu Deus, como a vida começou a desandar. Então depois, a minha filhinha, que se foi pra cidade. Pra mais de ano que veio a última notícia. Quem é que sabe o que anda acontecendo com ela? O Amâncio, este só serve pra dizer: Deixa de ser boba, mulher. Sonho com ela quase tudo quanto é noite. Vocês vão saindo devagarinho, se esparramando, e a gente perdendo a força. Eu bem que tinha vontade de sair deste morro infeliz, mas o teu pai é muito cabeçudo. Acha que depois de velho não é que a gente vai sair por aí rolando, feito cigano, pela casa dos outros. É morrer aqui, que pelo menos a terrinha é nossa e os vizinhos tudo gente conhecida. Dita, vai ajudar a Clotilde no quarto, minha filha! A Naíre não tem jeito pra nada, essa vivente. Anda, guria!

O minuano soprava no mato um barulho de mar, imitando. Tempo carregado, céu feio de escuridão. Mariquinha abanou as brasas com o chapéu e foi abrir a janela pra consultar a hora.

— É cedo, ainda. A lua tá recém-nascendo. Mas a pobre da Clotilde tem tanta coisa pra arrumar, a coitada. Cruz credo! A gente não esperava por vocês tão de repente. E olha que isso carecia, pois a guria andava por aí bem jururu. Eu pensando que era coisa de passar logo, desimportância, aquilo, e ela sempre do mesmo jeito. A Clotilde nunca foi conversadeira, vocês sabem, mas andava muito pior, socada no silêncio dela. Um dia apareceu chorando atrás da casa. O teu pai mandou que ela calasse a boca, que onde é que já se viu uma coisa dessas: depois de grande virando manhosa, coisa e tal. Se parou xingando e ela no mesmo choro. Eu sou de burrice encruada, como diz o Amâncio, mas vi logo que aquilo não era bem assim. Então, quando eu vinha voltando da fonte, encontrei a pobrezinha com os olhos parados, uns olhos de cobra, como quem não tá vendo nada. Credo! Eu me afligi. Aquele não era o feitio dela, isso não. Assim, com cara de abobalhada. Quando eu falei pra ela dar uma espiada na vaca, ver se não tinha se enredado na soga, a pobre abriu no choro de novo, de berro solto e baba caindo. Nem gosto de me alembrar. Fiquei perto dela feito besta perguntando tudo que era coisa que me dava na cabeça, e ela sem dizer o que que tinha. Procurando remédio pra mau-olhado, pra doença de mulher, foi que eu dei com o veneno de formiga. Jesus Cristo! A minha ideia ficou embaralhada. Me soltei morro abaixo bem sem rumo, subi de volta correndo, gritando vê que nem louca. Sem tino nenhum. O teu pai, com aquela calma dele, como se não tivesse acontecido nada, foi apertando, apertando, até que a Clotilde confessou tudo, que tinha arranjado o veneno ali no seu Deoclécio, que era pra matar um formigueiro, veja só, e que fazia uma semana que vinha ensaiando se matar. Pois o teu pai, que nunca se assusta nem com assombração, botou fala pra fora, tremendo como vara verde, que não conseguia parar mais. Foi bem assim. Bem assim mesmo. Então ela contou que já não aguentava mais esta vida, socada aqui em cima deste morro. E era verdade. Não querendo largar a gente, de dó, mas também não se aguentando mais nestes peraus do mundo.

Nada mais acrescentou. Já sabiam a história de cor, mesmo assim escutaram tudo calados. Calados, só, porque o espanto da primeira vez se desmanchava com a repetição. Assim o costume.

Tarde esfriando, meio pro fim, mal se apearam na frente da casa, Silvério pediu a bênção de longe sem beijar a mão do pai, ele filho agora com a solução das gravidades da família, começou falando num tom exagerado de rigor pra sua voz sem o costume.

— Ela tem de ir com a gente. Isso sim. Na fazenda do seu Oliveira tem lugar pra ela e jeito pro serviço não falta. Se viveu sempre trabalhando. Precisa é sair deste morro esquecido do mundo. Aqui, vendo mato a vida inteira, o vivente se consome.

Ali no quarto, dando trato de agulha nos panos, Clotilde sabia que falavam dela. Ouvia seu nome feito ferroada e fechava os olhos querendo não ouvir. Quase uma semana a mesma conversa, sua vergonha o assunto que ninguém conseguia esquecer da manhã à noite. Sentia os olhares, percebia os cochichos, o tratamento anormal como se fosse doente. Bem pior agora, depois de se decidir. Um queimor de culpa, agora. Deixar a mãe de peito arruinado e o pai de pouca serventia com o arrimo das duas gurias: bem que nem crime.

De repente o vento virou. Uma cantiga velha, mais pra tristonha, subiu o morro pelas veredas de bichos.

Rio abaixo, rio acima,
cantando pra não chorar
i-lai-lai uí-lai-loi
cantando pra não chorar
uí-lai-loi

Silvério abriu a janela e se pôs a escutar.

Sentadinho numa pedra,
vendo os peixinhos passar
i-lai-lai uí-lai-loi
vendo os peixinhos passar
uí-lai-loi

Uma rabanada mais forte do vento quase apagou de novo a candeia. Silvério fechou a janela.

— Com toda pobreza daqui, o povo é mais alegre do que no Rolante. Sempre tem alguém cantando.

— Já não é tanto assim – Mariquinha discordou.

— Hum!

Amâncio concordava que não, que antes sim, o povo era mais alegre.

— A tristeza e a miséria chegaram na mesma condução – filosofou Nilo.

— Vocês bem que devem se alembrar como eu vivia cantando. Mas ai, se foi aquele tempo! Não sei mais modinha nenhuma, tudo esquecido. Cabeça pra nada, só pra me guiar um pouco. Agora é esta tristeza. Se ainda me aguento é por precisão de criar as gurias. Quem tem cria na desmama não pode se arriar. Deus que tá no céu é testemunha: não tenho mais folgo nem pra subir até o chapadão. Que dirá pra cantar. E a cabeça não funciona muito bem. Ando esquecida! Pois não é que agora não me alembro onde foi que eu botei as meias que ainda precisava cerzir pra Clotilde! Ô Dita! Vem procurar estas meias pra mim, vem. Anda guria, que eu tenho pressa! Onde se enfiou esta guria, gente?

— No quarto dormindo, mãe.

— Jesus, mas que guria tão preguiçosa! Bom, mas eu acho que já tá ficando tarde, mesmo. E vocês, tratem de se encostar um pouco, porque amanhã o ônibus passa bem cedo. Amâncio, tu também, meu velho, por que não vai dormir na cama? Fica aí cochilando neste cepo! Vai te deitar, vai.

— Hum, e tu virou coruja, decerto?

— Ih, eu tenho ainda muito o que fazer.

Clotilde foi quem se levantou primeiro: cansada e zonza, com a boca amarguenta. Era cedo ainda, a luz medrando azulada, mas na cama o tempo se arrastava em lerdeza sem fim. Reuniu suas trouxas perto da porta. Silvério levava tudo no cavalo de Nilo. Conferiu tudo e saiu pro terreiro. Derradeira espiada. Vinte anos pisando por cima daquelas pedras, se roçando naquelas ervas, trilhando as mesmas sendas. Desceu até a fonte. Tinha decidido fugir dali, e agora olhando, era como se olhasse a Clotilde, a que ficava.

Vinha subindo quando ouviu a mãe.

— Minha filha, minha filhinha do coração. Tão boazinha, meu consolo, minha única valia. Que que eu vou fazer sem ela? Ai, Jesus, me diz: quem é que vai me ajudar se a minha filhinha vai simbora.

A família toda se reuniu na cozinha. Pela porta aberta entrava uma aragem fria, de madrugada. Mariquinha não parava.

— Tão obediente, meu Jesus, tão caladinha. Quando eu me levantava de manhã, ela já tinha acendido o fogo, tirado o leite, sempre sem dizer nada, sem se queixar, a pobrezinha que sofria tanto. Ai, eu não vou mais aguentar. Quem é que vai no mato tirar lenha pra mim? Eu acho que agora me acabo logo. Não, sem minha florzinha eu não me aguento mesmo.

O sol já riscava as nuvens por cima dos morros, não podiam mais demorar. Na frente dos irmãos, Clotilde descia o morro quase correndo. E se perdessem o ônibus? Se despedir de novo seria de não suportar. Bem longe de casa, já beirando a varge, ainda ouviu as lamentações da mãe. Apertou o passo.

Vento nas bananeiras

Colher de pedreiro na mão, Arlindo namorava sua obra: trabalho feito com esmero, seu trecho de calçada o mais liso, medidas de conhecedor. Tarde mole de sol quente dorminhando a rua quieta. Sossego. No quintal, bem no fundo, bananeiras paradas pedindo socorro. Tarde sem pressa, de férias pela metade. Arlindo alagou com os olhos um céu todo azul: tão cedo não chove, tempo de secar o cimento.

No começo da rua apareceu Marcão. Como nuvem que se aproxima. Ao chegar da feira, o vizinho parava sempre no bar da esquina: campeão de bilhar. Subiu lento, crescente e sonado, plantou-se no meio da rua e falou.

— Olha aqui, avisa a dona Idalina que se ela não larga mão de se meter com a vida da minha mulher eu acabo com vocês dois.

Arlindo perplexo. O gosto de ainda há pouco, escorrendo sarjeta abaixo, só deixava tremor de frio, tonteira descendo pelo corpo todo. Seus olhos nublados mal retinham a figura enorme.

— O senhor me desculpe, mas da minha mulher eu não sei. A vida pra mim se resume em trabalho, que pra outra coisa não tenho tempo.

— Pois arranja um jeito qualquer e toma conta daquela língua. Eu gosto de avisar primeiro.

Nas janelas do sobrado, a mulher e as filhas de Marcão.

— Amarrar dentro de casa eu não posso!

Marcão aproximou-se, olhou a calçada nova e pisou fundo, pesado de corpo inteiro. E riu.

— Pode sim.

Arlindo se afastou. A tarde escurecia.

— Isso não precisava, Marcão.

Aluvião de gargalhadas despejaram-se desde o sobrado. O vizinho afundou mais o pé: o rosto iluminado de ferocidade atávica.

— Não é direito!

— Você cala esta boca, velho safado. Você não é homem.

Mães e filhos surgiram nos portões. O pé pesado de cimento, Marcão avançou na direção de Arlindo. Rubro, suado, ar de furiosa felicidade. Arlindo afastou-se, fechou atrás de si o portão de madeira, frágil símbolo de proteção.

— Você é um bêbado irresponsável.

— Bêbado, velho cornudo, eu já te mostro quem é.

Sem largar a colher de pedreiro, Arlindo retrocedeu tropeçando nos degraus. Na porta da sala virou-se. Marcão mantinha as mãos presas no alto do portão, os braços cabeludos formando um arco possante, escurecendo a tarde.

— Isso não é coisa que se faça, Marcão. Você não deve mexer com quem está quieto no seu canto.

— Aqui eu faço o que eu quero.

Dois moleques, depois de apreciarem de longe, saíram correndo para o fim da rua.

— Tem briga hoje, minha gente!

O alarma ricocheteava nos quintais.

— No sobrado do Marcão!

Os gritos acordaram a tarde. Um leve sopro de morte agitou as folhas das bananeiras. Idalina chegou da cozinha enxugando as mãos.

— O que é isso, Arlindo?

Melhor nem tivesse tirado férias, como fazia outros anos.

— O Marcão, esse bêbado sem-vergonha.

— Vem aqui pra fora que eu te mostro quem é que é bêbado sem-vergonha. Vem, velho safado. Você não é homem pra mim. Vem! Cai aqui pra baixo que eu acabo com a tua raça!

Dois companheiros de bilhar engrossaram a multidão.

— Se precisar de ajuda conta com a gente, Marcão!

Ninguém riu mais da brincadeira que as mulheres do sobrado.

— O senhor vá cuidar da sua vida!

— Olha só, a velha, como é corajosa. Manda o traste do teu marido descer daí! Vem pra rua, vem! Se é homem desce daí.

Arlindo ensaiou desaforo maior, e seus lábios tremeram. Não, melhor fechar a porta e deixar o Marcão gritando sozinho. Idalina, porém, não permitiu. Estava furiosa.

— Vai cuidar da tua mulher, cafajeste. Vai! Vai perguntar pra ela com quem que ela dorme tudo que é madrugada.

Os podres, ah! Como são divertidos os podres familiares! A rua toda estrugiu em gargalhada satisfeita. Animada, Idalina teve um gesto de ousadia masculina, mas retrocedeu.

— Cala esta boca imunda, velha cadela. Pensa que eu não te passo também na lenha? Velha puta. Manda o veado do teu marido até aqui que eu te mostro quem é o corno. Velha fedida!

Idalina desceu dois degraus.

— Tá vendo, Arlindo. Ele tá dizendo que você não é homem.

— Deixa esse bêbado sem-vergonha, Dalina. Vem pra dentro e fecha a porta.

— Ele chamou você de veado, Arlindo. Bota este cachorro a correr daí da frente.

— Pra dentro, Dalina!

— Você não é homem mesmo. Você é um corno manso. Se é homem, vai lá e bota aquele cafajeste pra correr.

A tarde era um melado quente a escorrer, escorrer: pegajosa, irremediável.

— Se é homem, desce aqui! – o convite persistente.

Arlindo foi até o quarto e se armou. E esta colher? Jogou-a sobre a colcha florida. Hesitou. Saída nenhuma? Um susto já estava bom. Atravessava a sala, na mão trêmula, a pistolinha antiga de dois canos, traste inútil jamais utilizado. Deus do céu, disfarçando, pelo menos, até o meio da rua. Por que férias? Calasse a boca, chegava. Uma tarde azul, grudada num céu azul. Tanto tempo. Se nem chuva. Fecho a porta, resto do dia. Ver ninguém. Tanta gente, por quê? Tropeçou na mesa. Densa nuvem, imensa, escondendo a tarde. Se um milagre, ao menos: um raio, uma radiopatrulha.

Chegou à porta ostentando o artefato avoengo, ridículo arremedo de segurança. Deus do céu, será que vendo, pelo menos.

Marcão riu. Dentes enormes, brancos demais. A ruiva bigodeira bateu asas.

— Quem não é homem? – vagido a custo arrancado dos intestinos, vontade pânico de que o outro se afastasse para o meio da rua.

— Você tá se borrando de medo, velho cagão. Vem pra cá que eu mijo no cano desta bosta.

Pernas sem governo, Arlindo desceu alguns degraus. Amargor na boca. Tentou o equilíbrio num mundo oscilante, oscilou também e parou.

— Vai! – ordenou Idalina.

E era um dado real, uma voz conhecida. Ele desceu mais dois degraus. Pelo amor de Deus, o mundo tem de se acabar? Melhor não tivesse bala. Será que não? Um homem nunca na vida sente medo, nem apontando? Uma falha: a vida sem conserto.

— Vem, velho cagão!

Deu mais um passo e atirou.

Sem parar de rir, Marcão encolheu o corpo, a cabeça pendeu, e caindo arrancou um pedaço do portão. Ora, mas o que foi que me aconteceu?

No fundo do quintal, as bananeiras agitavam os braços na direção do céu. Sacola cheia de roupa, Arlindo procurava o buraco na cerca. Idalina chegou correndo e o segurou pela manga, mas os olhos que viu eram de fundo de caverna: um vazio negro luminoso. Arlindo conseguiu desprender-se e sumiu no mato.

— Você desgraçou a nossa vida! – ela ainda gritou.

À SOMBRA DO CIPRESTE

[1999]

À sombra do cipreste

Pronto. Agora eles começam.

Por que esta necessidade de fingir que são os nossos antepassados, repetindo gestos, assuntos, e até mesmo aquela maneira obscena de confiar no futuro, como se fossem eternos? A esta hora, a família toda já se dispersou. Os mais velhos, meus filhos, cabeças pesadas de neve e sono, subiram as escadas bocejando e arrotando, mas discretamente, como lhes ensinei há mais de cinquenta anos. Ao redor da mesa, ficaram apenas estes rapazes que adoram deglutir as tardes de domingo discutindo a bolsa, o campeonato de fórmula um – ou qualquer outro campeonato – contando anedotas picantes, mentindo sobre os respectivos sucessos. Eles competem sempre, sem descanso. Mesmo quando o tema é dos mais banais, eles se atracam como se disso dependesse a própria sobrevivência. Hoje, por causa do noticiário, eles disputam com furor a respeito da morte. Enquanto isso, lá do jardim, sobe a algazarra de seus filhos, soltos como pardais.

Mesmo de olhos fechados, eu sei que as cortinas vão balançar brandamente, agora, e que a sombra do cipreste, então, vai descer pela janela para aparecer com timidez no tapete, rastejante. Todos os dias, depois do almoço, quase perco o fôlego, de prazer e susto, ao vê-la chegar. Embora chova e o Sol se esconda por trás de pesadas nuvens, ainda assim eu a sinto aninhada a meus pés.

Fazem muita falta, minhas pantufas, mas não suporto alguém a me dizer o dia todo o que devo fazer. Prefiro passar frio. Muito rebelde, esta menina, Rodolfo. Você precisa dar um jeito nisso. Minha mãe: mulher antiga. No ano passado, estes senhores que discutem em volta da mesa, meus netos, ameaçaram derrubar o cipreste: Um salão de jogos, aí neste lado da casa, hem vovó, muito mais útil do que um jardim, não acha? Risquei com o dedo o ar que eles respiravam, um fogaréu de ódio me escurecendo os olhos, enquanto eu for viva, ninguém toca no meu jardim! Resolveram esperar, amoitados ao redor da mesa, por momento mais apropriado.

Preciso pedir a um destes rapazes que afaste um pouco uma das cortinas para mim. Nem de óculos enxergo direito nesta penumbra, e meus dedos acabam de farejar dois pontos perdidos só nesta carreira. Além do mais, pressinto, a esta hora, subindo na direção da janela, a sombra esguia do cipreste. Não sei quem pode ter plantado este cipreste. Quando me dei conta, por fim, de minha existência sobre a Terra, e resolvi, então, participar das atividades de outras crianças (que mais tarde descobri serem meus irmãos e meus primos), já encontrei o cipreste erguido para as nuvens, tão fechado em seu cone escuro, tão abotoado e só, que não tive escolha e me tornei sua amiga. Era no gramado, em volta dele, que nós, crianças, brincávamos de crianças. Deitada à sua sombra eu pascia rebanhos de algodão ao redor de castelos que me escolhera enquanto via o tempo passar. Depois veio o inverno.

— Não é mesmo, vovó?

Meus irmãos não existem mais, e de meus primos, dos que restaram vivos, tenho recebido notícias cada vez mais escassas. Vi meus filhos imitarem nossas brincadeiras no jardim e agora eles dormem nos quartos de cima o sono pesado da mesa excessivamente farta para a idade deles. Há muitos anos abdicaram destes torneios de espírito que salvam as tardes de domingo do tédio absoluto. Desde que os próprios filhos cansaram-se das brincadeiras em volta do cipreste, interessados, como eles diziam, nos assuntos de gente grande. Se não estou enganada, é o Juarez quem insiste sempre comigo, que eu também suba e descanse um pouco, como eles. Tenho a eternidade toda para essas coisas, meu filho, vontade de responder.

Eis que, finalmente, não é só a mim que incomodam as cortinas cerradas. O mais gordo de todos (como é mesmo seu nome?) passa por mim enxugando o suor da testa com um lenço de papel, o sorriso escondido atrás do bigode. Me cumprimenta galante e malicioso, como se acabasse de me descobrir em meu esconderijo a observá-los. E ele tem razão. Nada me distrai tanto como ficar ouvindo as conversas destes rapazes. Os disparates que eles dizem me divertem muito. Apenas me divertem. Em outros tempos não me sofreria sem interferir, tentando impor minha opinião, mas a idade ensina muitas coisas, e a mais sábia de todas é o silêncio. Agora mesmo, este gordo, o filho mais velho do Rolando, veio abrir a cortina porque o assunto o sufocava. Poderiam ter continuado com os detalhes do acidente, que a televisão mostrou por todos os ângulos e em todas as velocidades. Parecem mais sagazes quando discutem aquilo que veem, mas deixaram-se atrair pelo encardido olhar da megera, e a discutem exaltados, como se ela fosse uma senhora de suas relações. Sem familiaridade com a metafísica, querem saber o que penso.

— O que é que a senhora acha, hem, vovó?

Suas risadas cheias de intenções ambíguas me inquietam, não porque me sinta ameaçada, mas por ver nelas muito da essência humana – caldo grosso e corrosivo, quase nunca inocente. Meus netos. Encolhida em fuga, arqueada, esfrego com força os olhos nas sardas da mão, como se estivesse acabando de acordar. Eles insistem na pergunta, sem saber se os ouço ou não, e por fim respondo com uma interjeição despropositada. A idade já me deu o direito de manter minhas opiniões em cofre escuro, sem as compartilhar com ninguém. Vai longe o tempo em que me batia guerreira na defesa de minhas ideias. Ademais, que posso eu dizer aos rapazes sobre a morte e que eles possam entender, se têm ainda os sentidos todos tão aguçados e eficientes, tantas raízes enterradas na vida. Eles trocam olhares joviais, rindo satisfeitos. Tolos, não sabem que ela só desvenda o rosto àqueles cujas raízes já começaram a secar. Nada digo, nem mesmo os condeno, pois também eu, em meu tempo, não vivia cada dia como se a juventude fosse invenção minha?

Indiferentes à resposta, fecham-se novamente no círculo ao redor da mesa, tão ligados no assombro como divergentes nas opiniões. Nada sabem do que estão falando, mas assumem um ar tão sério, ao brincarem de adultos, que por momentos chego a esquecer quem são. Eles, primeiras aragens frias do meu inverno.

As cortinas acabam de balançar, brandamente, à passagem da gritaria ensolarada que sobe do jardim. Não há nada fora de lugar, todos os papéis cumprem-se rigorosamente. Quando essas crianças tiverem cansado das brincadeiras de crianças, assumirão seus lugares em torno da mesa, depois do almoço, nos domingos. Mas até lá, com certeza, a sombra do cipreste terá deixado de entrar pela janela.

Adeus, meu pai

Portas e janelas mantêm-se fechadas desde o início da noite: o frio lá fora, rondando a casa, silencioso, enquanto na sala enfumaçada de vez em quando alguém abafa a tosse com a mão, pede um copo d'água, tenta espantar o sono. A mulher que até agora vem puxando o terço abre um pouco a janela da frente, respira a noite – sua cabeça escondida atrás da veneziana: não suporta mais o cheiro adocicado e murcho das flores, ela esclarece assim que retorna.

Soltas no regaço, em repouso, as mãos de Ana, ásperas e rugosas, desde a véspera irremediavelmente inúteis, não se movem. Há muito elas já vinham assumindo esta coloração baça de gesso, de maneira imperceptível porém progressiva, até que, esta madrugada, ao fitá-las através da fumaça, seus olhos sujos de pasmo e sono, ela diz para si mesma pois é, e eu continuo aqui, livre e sem razão. E suspira. Apreensiva. Mas, apesar do desconforto de ter a casa devassada por tantos olhos, com os vizinhos vasculhando seus cantos escondidos, ditando as providências, mudando lugares e horários, é um momento em que não gostaria de estar sozinha. E não está.

Pouco antes, um daqueles intrusos encostou-lhe delicadamente o assento de uma cadeira nas curvas das pernas, senta, criatura de Deus, porque ninguém pode ficar assim, de pé parada, a noite toda. E ela sentou-se em silêncio, apalermada, o busto um pouco erguido demais para quem velava desde a tarde anterior – o modo como pensava assumir a chefia da casa – mas sem muita consciência do ritual que se cumpre em torno daquelas quatro velas que pouco iluminam e mesmo assim se consomem irremediavelmente nos castiçais.

O ar espesso da sala enfumaçada torna-se mais denso ainda com o sopro quente daquele cochicho: seus olhos enxutos. A noite toda assim: enxutos. A vizinha da frente tenta arrancar de Ana qualquer sinal de sofrimento, inconformada com tamanha serenidade, e, como não consegue, abre com estrépito a janela por onde entra uma golfada de ar gelado e o movimento nascente do bairro. Aquilo, seu gesto brusco, parece a muitos um desrecalque, alguma vindita, forma de jogar o velho, mais entrevado do que nunca, no meio da rua. Alguns chegam a trocar olhares significativos; nada mais que isso, entretanto. Ana apenas suspira, mais por cansaço que de dor, ao ver despejar-se tanto sol sobre o esquife do pai: seus olhos cerrados. Enxutos. Mais do que ninguém, naquela sala, ela tem razões para a tristeza, todos sabem, mas quando seca o coração e há flores murchas nos vasos ao redor da mesa, os olhos não vertem mais lágrimas. O coração de Ana, ainda jovem ela o espanejara, espremera-o bem, e o trancara por fora, protegido. Quem sabe para sempre. A vida dele em suas mãos, minha filha – sua mãe no quarto do hospital. Em suas mãos.

Lágrima nenhuma, cochicham os homens na cozinha, quase alegres com o escândalo que é a falta de sentimento daquela filha. Nenhuma, repete ainda um dos mais velhos, cigarro pendurado em um dos cantos da boca, cismarento, olhar perdido na superfície agitada da cafeteira, de onde retira a colher pingando e onde a espuma, aos poucos, se desmancha. Também, pudera, recomeça depois de encher as xícaras, e, percebendo que vários de seus companheiros se voltam para ele, curiosos, decide silenciar: boatos antigos, apenas, o ódio pelo pai e aquela paixão devastadora. Boataria. E, enquanto coloca xícaras vazias em uma bandeja (o café das mulheres que rezam o terço na sala), sacode a cabeça repetindo: tudo boato, claro. Maldade do povo desta rua.

A não ser pela ladainha intermitente das mulheres na sala e pelo espocar de uma que outra gargalhada depois de uma anedota na cozinha, a madrugada avança lenta e silenciosamente para a maioria dos participantes da vigília – os que afundam as mãos na geladeira, servem-se com desenvoltura do fogão, enchem os cinzeiros de tocos de cigarros e os esvaziam no cesto de lixo. Outros, derrotados pelo cansaço, ressonam jogados sobre a mesa, a cabeça apoiada nos braços. Vez por outra um deles levanta a cabeça, o cabelo empastado na testa, os olhos injetados, para perguntar se já está na hora.

E então, ele veio?, perguntam ao velho, mal aparece de volta na porta da cozinha. A expectativa de que o passado encontre sua outra ponta nesta noite longa e fria já vai esmorecendo porque o dia começa a entrar pelas frinchas das venezianas e pelas frestas por debaixo das portas. Talvez não venha mais, respondem seus braços abertos e suas mãos espalmadas.

Instigado pelo barulho repentino e pelo cheiro marrom do café, um dos amigos da casa consulta o relógio e avisa: a hora chegando. Ninguém lhe contesta o direito de determinar a sequência das ações naquela casa e naquelas circunstâncias. Há mais de trinta anos, desde que o entrevado e a filha vieram morar nesta água-furtada de fim de rua, ele e João Pedro, seu primo, eram as únicas pessoas a frequentar a casa quase todos os fins de tarde, por conta daquelas infindáveis partidas de xadrez que mantinham o velho aceso e combatente. Durante duas décadas ou mais os moradores da rua maliciaram suas visitas, sugerindo entre risos que um dos dois ainda sairia casado com Ana. Ou os dois. E isso os deliciava muito, pois não conseguiam imaginar o que seria feito do velho, então. Por fim, sem resultados aparentes, desistiram de inventar o futuro e esqueceram-se de Ana em sua prisão: a vida dele em suas mãos, minha filha. Mas o povo não estava inteiramente errado. João Pedro, o mais novo dos dois primos, durante muito tempo não fez questão de ganhar ou perder aquelas batalhas intermináveis, em que peões e bispos, brancos ou pretos, eram abandonados à própria sorte, enquanto seus olhos sequiosos bebiam gota a gota cada gesto de Ana, mergulhavam nas curvas da moça enquanto seus braços fortes e roliços empurravam a cadeira do pai. Ela não tinha ainda estes olhos fundos tão tristes e medrosos nem sua pele era pálida como agora. Seu rosto não era assim chupado, de maçãs salientes, nem seus cabelos tinham sido ainda tingidos pelas mãos do tempo. No dia em que ele criou coragem e declarou seu amor, sem nada responder a jovem sumiu para os fundos da casa desmanchando-se em prantos. Em suas mãos, minha filha. Em suas mãos.

O jovem entendeu a recusa de Ana e seu silêncio, jurando com a maior seriedade nunca mais voltar ao assunto sem que a moça estivesse desimpedida de seu penoso encargo.

Com o olhar embrutecido pelo sono, Ana observa o antigo companheiro de seu pai, enquanto ele pega a tampa do esquife, até então de pé e encostada à parede, para fechar o caixão. Nos quatro castiçais de alumínio, pequenos tocos de vela irremediavelmente inúteis tentam ainda resistir à lufada de ar gelado que acaba de entrar pela janela. Ninguém se inclina sobre o féretro armado em cima da mesa da sala, o rosto macerado pela dor; ninguém se joga sobre o corpo, tentando retê-lo por mais alguns instantes. As mulheres, todavia, que há bastante tempo descansavam, sonolentas, recomeçam suas rezas, agora, ante a iminência do ato derradeiro, com muito mais empenho, atropelando-se umas às outras, perdendo-se no ritmo desarvorado, esganiçando palavras que nem elas mesmas sabem o que significam. Algumas pessoas levantam-se, indecisas, sem saber como deve continuar aquela ação. Ana permanece como está, as mãos soltas no regaço, o olhar turvo, o busto um pouco levantado demais para quem vela desde a véspera.

Primeiro as mulheres sentadas do lado de trás do caixão. Ao verem-no ali de pé, estancam assustadas a ladainha, enfraquecendo de repente os apelos em favor da alma do velho. Então as demais, as que estão de costas para a porta, leem o susto nos olhos das companheiras e viram-se de uma só vez para trás. Ele chegou, ouve-se alguém gritar para os fundos, onde os homens fumam e contam piadas.

Recortado contra a manhã clara e fria que espreita a sala escura pela porta aberta, João Pedro observa como as mulheres subitamente interrompem suas rezas por descobrirem-no sombra ali parado; vê como os homens chegam da cozinha, atropelando-se pelo corredor demasiadamente estreito e desembocam na sala pela porta oposta. O recém-chegado adivinha curiosidade e dúvida em alguns olhares, ternura e esperança na expressão de antigos companheiros. Não entra logo, também ele ansioso, sem saber como será recebido depois de tantos anos de espera. Entre as mulheres, tão-somente duas ou três fisionomias um pouco mais familiares e uma cabeça que não se volta, onde ele supõe muitos cabelos brancos.

Por fim, quando parece que nada mais vai acontecer, João Pedro com sua sombra invade silenciosamente a sala e pendura o chapéu num prego ao lado da janela. Ninguém mais se move, ninguém ousa falar, e mesmo a respiração parece estorvo para quem não pretende perder nada da cena que se desenrola ali, à frente de todos.

São apenas quatro passos, mas João Pedro avança arfante e com extrema dificuldade – as quilhas de seus pés, entorpecidos na espera, singrando aquele mar de flores murchas. Só quando atinge o espaldar da cadeira onde Ana o espera e depois de apoiar suas mãos pesadas nos ombros da mulher é que João Pedro percebe perplexo que os tocos de vela agonizam em seus castiçais. Ana segura a mão do amigo em seu ombro, tentando retê-lo mas de maneira relutante. E assim, amparados um no outro, sem rota possível, todavia, os dois permanecem por longo tempo.

É o primo de João Pedro quem, por fim, consulta o relógio e informa que não se pode esperar mais. Pega novamente a tampa do esquife, que havia largado com a chegada do primo, e espera que Ana contemple o finado pela última vez. Ana move os lábios quase imperceptivelmente:

— Adeus, meu pai.

Um homem com as duas mãos pousadas nos ombros de uma mulher, protetor, as pessoas olham enternecidas, acreditando ser o destino que finalmente se cumpre. Então, como acham que ali o ritual já está completo, levantam-se os que estão sentados e juntam-se aos que tudo observam de pé para sair acompanhando o féretro, que já está na calçada.

Quando, por fim, o último toco de vela expira, João Pedro força levemente a mão presa, e Ana a solta sem mover a cabeça, sem manifestar emoção alguma, mesmo porque, ela já não tem certeza de sentir o que quer que seja. Volta-se finalmente para vê-lo pegar o chapéu e sumir na intensa claridade da manhã recortada pela porta.

Elefante azul

O imenso dorso dobrado sobre a bacia de alumínio, dentro da qual, calada, prende meus pés cobertos de barro, ela me esconde os olhos úmidos e vermelhos, bem os vi há pouco, de relance, quando foi à porta me chamar e me recebeu resmungando contra a vida miserável que se leva por causa de crianças que passam o dia a chafurdar na terra do quintal. Não chegava a ser uma repreensão, me parece, aquela voz inusitadamente grave, talvez rouca, livre, entretanto, de qualquer aspereza, e a suavidade do gesto com que me fez entrar, embora o rosto esquivo, como se não me visse, apenas mais uma das sombras que, à noite, costumam vir esconder-se aqui dentro de casa.

É fraca, muito fraca mesmo, esta luz amarela que, silenciosa, desce do teto e escorrega pelas paredes nuas, ricocheteando sem alvoroço nos ângulos mais salientes de nossos parcos móveis de cozinha. Tão fraca que daqui mal distingo a cor da cristaleira e do elefante azul de tromba erguida e orelhas alceadas, inutilmente tentando fingir um aspecto selvagem que nunca teve ou terá, prisioneiro de sua imobilidade. Sobre a mesa, ao lado, os pratos emborcados e mudos são duas renúncias em que a luz finalmente pousa e se acomoda.

A vida miserável que se leva por causa de crianças que passam o dia a chafurdar na terra do quintal. Não sei se ela volta a resmungar, compelida pela necessidade de interromper tamanho silêncio, ou se é apenas o eco retornando de suas viagens. Me aguço por inteiro na ânsia de compreender e só consigo me sentir estúpido, tronco seco arrastado pela enxurrada. Também não ouso responder, enredado em fios que não enxergo, e me eriço, engatilhado, pois só disponho de reações físicas. O ritmo de sua respiração se altera, eu ouço, então me agarro às bordas da cadeira para manter os pés mergulhados na água e não atrair atenção alguma sobre mim. Suas mãos, excessivamente brancas, sobem e descem pelas minhas pernas, lentas, mãos em cujas conchas tantas vezes me protegi, subitamente trêmulas, hesitantes, adejando lívidas pouco acima das ondas. Tento concentrar-me na sensação ambígua que me causa o contato da água morna escorrendo-me pelas pernas, antes que se precipite ruidosa na superfície do mar encapelado onde a lua fraca, muito fraca, e amarela, se estilhaça em estrelas e se recompõe ao ritmo das mãos, que sobem e descem, lentamente. Por alguns momentos perco o sentido de mim mesmo e dos perigos amoitados nas sombras que passeiam livremente pela cozinha. Nada existe além do gorjeio prateado da água e destas mãos excessivamente brancas.

Percebo afinal que cessaram seus movimentos e me preparo para encará-la, para ouvir-lhe as revelações, mas ela continua dobrada sobre a bacia de alumínio, penedo imóvel sobre o abismo, o coque a esconder-lhe a nuca e o dorso imenso e frágil coberto de musgo. Como se não me visse, apenas mais uma das sombras que, à noite, costumam vir esconder-se aqui dentro de casa.

Neste estado de sustos e esperas tenho vivido as últimas horas, sem saber o que é, de fato, e o que me invento para tentar entender os significados. Desde hoje cedo, quando acordei para mergulhar num pesadelo: seus gritos e ameaças, seus rancores expostos qual feridas negras. Interromperam-se para me poupar, talvez, quem sabe apenas para recompor as forças e os argumentos. Mas foi de pouca duração a trégua provocada por minha presença. Trégua precária: os semblantes não se desarmaram. Mastigava ainda restos de pão quando ele me levou até a porta, vai pra rua, vai, meu filho.

Entendo o significado da pressão de seus dedos e retiro os pés da água. Seu dorso de baleia se move e espero que agora ela me encare, que me mostre o rosto onde posso adivinhar vestígios de sua noite escura. Nada acontece, entretanto, a não ser que ela me envolve pernas e pés com uma toalha macia, me aperta contra o peito, e assim fica, por muito tempo, talvez sem coragem para o gesto seguinte.

Gostaria de ficar assim aninhado indefinidamente, sem passado ou futuro, sem pensamentos, neste conforto de penumbra e calor. Mas então ela me larga sobre a cadeira, meus pés já secos dependurados, e ergue-se, subitamente resoluta, carregando na direção da janela aberta as verberações efêmeras deste oceano que por alguns instantes me fascinara. Tudo tão rápido que mal tenho tempo de perceber que a água da bacia está salgada.

Estátua de barro

Fixou a touceira onde a caça estava escondida. Só folhas, só silêncio e folhas empastadas de sombra. Mas, detrás das folhas, através das manchas pressentia o vulto arquejante da caça. Compadeceu-se daquele ser em pânico, à espera de uma oportunidade para prosseguir fugindo.

LYGIA FAGUNDES TELLES, A caçada

No fundo do espelho, entre taças de cristal e xícaras de porcelana, o olhar de soslaio, severo, inspeciona a pose. Retoca. Este queixo, um pouco mais erguido, excelso, quem sabe, apontando para o horizonte, o espaço das aventuras. Assim. A sobrancelha esquerda, arqueada, assimétrica como um ponto de interrogação, talvez uma dúvida; e os lábios, ah! os lábios, mais firmes, entre cínicos e imperiosos, sem esta lassidão úmida de adolescente. Pronto, só faltava agora um bigode como o dele. Farto, dominador.

Preso entre os dedos, o cigarro aceso sobe até a boca apenas entreaberta, e a fumaça envolve-lhe a cabeça, em torvelinho, até dissipar-se, esgarçada, na lâmina de sol que penetra no aposento através da cortina deflorada e onde minúsculos pontos luminosos gravitam sem peso.

Reabre os olhos machucados pela fumaça, examinando-se, e descobre que, apesar das lágrimas, e do susto, levara sua experiência ao limiar de uma vitória. Recompõe-se. Fascinado pelo som marcial dos próprios passos, dá uma volta em torno da mesa, estufa o peito, ergue os ombros, tenta preencher os vazios que lhe impõe a idade. Um pouco largo, sobretudo nos ombros, o paletó exala um cheiro agridoce: os suores da vida, fumaças (noturnas?), perfumes proibidos. Leve tontura ao tirá-lo ainda há pouco e furtivamente do guarda-roupa dos pais – arca sagrada – e vesti-lo sobre o pijama, excitado pelo cheiro intenso e o sentimento da violação. Sente-lhe agora o peso de armadura, muito mais das histórias que já testemunhou e esconde do que da casimira inglesa de que foi confeccionado. Para outra vez na frente da cristaleira e, com a mão direita espalmada, quase trêmula, afaga a lapela, onde coloca um cravo imaginário.

Senta-se à cabeceira da mesa de mogno, lugar do patriarca, o cigarro simuladamente esquecido em um canto da boca e o ar compenetrado de quem não se ocupa mais de pequenos vícios, assim como os heróis do faroeste que vê na televisão. Sufocado, porém, não resiste por muito tempo ao desconforto. No banheiro da escola, um dos pirralhos de vigia na porta, ninguém senão o Leonardo – olheiras profundas, sorriso sarcástico e histórias escabrosas – conseguia fumar assim, sem o auxílio das mãos. A tosse irrompe incontrolável e as duas mãos se cruzam violentas afastando a fumaça e desfazendo a estátua recém-composta no espelho.

Quando abre por fim os olhos, a pureza do ar restabelecida, sente um vazio no estômago, esta sensação de se estar a ponto de desertar do próprio corpo sem ter onde se refugiar: da porta inexplicavelmente aberta, descobre que o pai o observa – olhar em chamas – mas não sabe há quanto tempo. Tenta inutilmente esconder o cigarro. Inutilmente, pois já não tem o comando dos dedos, de nenhum centímetro do corpo, muito menos dos dedos. Também não consegue virar o rosto, apagar a paisagem enquadrada na porta: seu corpo imenso, feito de sombra e névoa. Toda

40 ANOS DE LITERATURA 79

vez que atravessava a praça – caminho da escola – a mesma vertigem ao passar olhando o duque enorme montado em seu corcel, com a espada erguida comandando o ataque. Quando as nuvens, no alto, serviam-lhe de fundo, então, tornava-se maior a certeza de que ele se movia, de que poderia precipitar-se daquela altura a qualquer momento para esmagá-lo. Sentia-se aterrorizado, mas não conseguia evitar o caminho nem o olhar. Não sabe se o cigarro continua a consumir-se nem tem coragem para conferir. O paletó está muito quente, o sol que penetra por uma frincha da cortina incendeia o ar da copa. Sozinho em casa, nem a mãe nem os irmãos que aparecessem para acordá-lo do pesadelo. No tempo congelado, em que mesmo a tênue escada azul de fumaça já não leva a lugar algum, ele espera, mas parece que entrou numa cena de caça de uma tapeçaria antiga em que o caçador, de arco retesado, aponta para um touceira espessa. O tempo esmaece o verde do bosque, o chapéu do caçador perde o brilho, mas lá está ele, apontando para um coelho amedrontado. Se o vento, se pelo menos o vento levantasse uma ponta da cortina cor-de-palha. Poderia ser o fim, mas também poderia ser o sinal de que chegara o momento da fuga.

Não se dá perfeita conta do que acontece ao levantar-se de um salto, derrubando a cadeira onde estivera sentado e interrompendo no ar o punho fechado. E ainda encara?, ele repete entre dentes, tem coragem de ficar encarando? Sem tempo ou coragem para dizer que não, que apenas não tem força para desviar os olhos. Ao aparar com a mão livre o segundo golpe, tropeçam ambos na cadeira caída e rolam no chão, esmagando o cigarro aceso e mergulhando na pequena lagoa de claridade que o sol desenha no assoalho. Alguma coisa se quebra: em seu peito ou nos bolsos do paletó. Os rostos se aproximam e se afastam, mudamente. O mesmo cheiro, agora mais forte, mais vivo, o mesmo cheiro do paletó. O esforço do pai para libertar os pulsos aprisionados dilata-lhe as narinas e as veias do pescoço.

Há quanto tempo não vê assim de perto este rosto? Não se lembra mais de algum dia ter visto estas asperezas na pele, estes fios brancos no bigode.

Mera tentativa frustrada de resolver o mistério da caça e do caçador, ambos presos em uma tapeçaria antiga, coberta de poeira, que o tempo descolore mas não liberta. A respiração ofegante se acalma e, em suas mãos vigorosas, apenas dois pulsos inusitadamente frágeis e sem resistência. Ao levantar-se, prefere não se voltar mais para o espelho da cristaleira, pois percebe aterrado que todas as estátuas são feitas do mesmo barro.

Moça debaixo da chuva: os ínvios caminhos

Uma rua tão melancólica e metalúrgica, tão ocupada com o volume de sua produção industrial que, distraída, parecia há muito ter esquecido no abandono a própria aparência: charme nenhum. Uma rua de paredes sujas e de reboco carcomido, no alto das quais, já perto do beiral, apareciam ridiculamente inúteis algumas janelas estreitas, como se Deus e seus anjos precisassem daquilo para espiar o interior dos galpões que se escondiam para além das paredes e onde pessoas sujas de carvão faziam gestos cujos significados não alcançavam.

Eu caminhava apressado e descontente, olhando às vezes para o céu com a sensação de que tinha caído numa armadilha de onde não conseguiria escapar jamais. O céu que me restava era apenas uma estreita faixa cinzenta de nuvens que se moviam sem direção definida, mas de maneira mais ou menos frenética. Só nós dois, o vento e eu, passávamos pela rua àquela hora da tarde. Sobre o vento, sei que é de seu destino às vezes varrer as ruas. Quanto a mim, não consigo me lembrar do que fazia por lá: o lugar parecia não ter afinidade alguma comigo. Lembro-me, entretanto, de que o céu estava escuro e baixo, como a tampa cinza de um alçapão, quando o vento, encanando por aquele desfiladeiro, levantou poeira tamanha que me vi forçado a proteger os olhos com as mãos. Com a poeira, alçou voo uma folha de jornal cujas manchetes amarfanhadas gritavam que a chuva era iminente e, além de gritarem, embaraçavam-me as pernas que tentavam correr em busca de abrigo.

Os primeiros pingos da chuva eu os ouvi na pureza de sua individualidade: alguns pesados, líquidos e sonorosos, pérolas que se espatifavam ao cair, e caindo levantavam o pó do passeio. Apenas os primeiros, porque em seguida desabou o aguaceiro de pingos homogêneos, massa contínua de sons sem identidade: água jorrada. Não me alcançou, pois começou a cair exatamente na hora em que cheguei à esquina e saltei para dentro do bar, feliz ainda por ter podido escapar.

Depois de tomar o primeiro copo da cerveja que me justificava no interior do bar, voltei à porta para matar um pouco daquele tempo agora inútil, mas também para ver a chuva caindo – aquele modo estrepitoso de cair. Foi então que deslumbrado a vi: colada à parede suja e de reboco carcomido, no outro lado da rua, ela tentava proteger a cabeça com um jornal aberto ao meio, e o peito, com a mão esquerda espalmada. Seu vestido azul, seco ainda, tremulava ao vento sem temer o escândalo de seu gesto nervoso.

Inteiramente ocupada com sua proteção, a moça, para que me percebesse exposto na porta do bar, a observá-la. Parecia sentir-se muito desconfortável naquela faixa estreita onde a chuva ainda não tinha chegado. Equilibrava-se, por vezes, nas pontas dos pés, numa coreografia assimétrica e de equilíbrio quase impossível, como se quisesse entrar na parede, a mão esquerda sem dar conta de todas as regiões a proteger, a direita segurando ainda um jornal dobrado sobre a cabeça.

Antes mesmo de que me olhasse, ensaiei vários gestos à guisa de aceno, mas, quando me olhou (Meu Deus, de onde aqueles olhos entre doces e assustados, aquela mesma boca rasgada de lábios carnudos, a testa altiva e os cabelos caindo sobre os ombros, de onde?), perturbado, não arrisquei aceno algum, temeroso de espantá-la com minha ousadia. Ela me encarou, e seu jeito de me encarar era um pedido de socorro: seu vestido azul, marcas da chuva, grudara-se-lhe nas pernas, deixando de gesticular.

Com duas rajadas oblíquas do vento, a chuva engrossou ainda mais, encurralando a moça, cujas mãos já não protegiam coisa alguma.

Na sarjeta, um córrego de águas barrentas arrastava impetuoso uma caixa de papelão com que eu brincara de barco. Fiquei atento ao modo como ela era arrastada. Havia uma espécie de desespero naquele rolar silencioso e sem resistência. Alguns passos à frente, escancarada, a boca-de-lobo a esperava. No fim do quarteirão, meus primos me chamavam, mas eu não conseguia sair do lugar. Era uma luta em que eu me envolvera, em que me envolveria a vida inteira. Joguei todas as minhas esperanças no momento em que a caixa chegasse àquela boca escura: sua última oportunidade. Não demorou quase nada para que isso acontecesse. De repente, a caixa tornou-se magnífica em sua muda resistência. Ela cresceu ao pressentir o perigo. Ergueu-se, altaneira, as mãos e os pés fincados nas bordas, recusando-se a aceitar passivamente o próprio fim. A água insistiu violenta, brutal, mas a caixa, apesar de trêmula, não arredava pé, não se movia. Houve um instante de alegria, em meu peito – o vislumbre de uma possibilidade, se bem que remota, de ver derrotada a força bruta. Mas o córrego estufou por baixo da espuma escura, preparou-se com a paciência dos que têm a certeza da vitória e arrojou-se, finalmente, contra seu obstáculo. A caixa dobrou-se ao meio, aflita, e desapareceu. Mais uma vez. Por que mais uma vez, por que sempre assim?

Nossas decepções cruzaram-se no ar, seus olhos e seus cabelos inundados de chuva e tristeza.

Finalmente, percebendo que o aguaceiro aumentava, arrisquei um gesto, ainda que tímido, convidando-a para o abrigo do bar. A água descia-lhe pelo rosto, penetrava caudalosa no decote do vestido azul, perdia-se nas profundezas de seu corpo, que lentamente ia perdendo qualquer nitidez, mancha assimétrica colada em uma parede. Em pouco tempo a água já conseguira apagar seus lindos olhos negros, transformando a boca de lábios carnudos em um risco arroxeado, deformando testa e queixo, embrutecendo o que ainda há pouco era delicadeza e harmonia.

A sarjeta já sumira, e a ilha em que a moça a custo se mantinha diminuía rapidamente. Eu me preparava para providenciar algum meio de salvá-la quando parou, em sua frente, um ônibus escuro e vazio que a roubou de minha visão.

Aproveitei para encher o copo de cerveja e, justo na hora em que me voltei, vi que o ônibus arrancava furioso, levantando água, inundando o passeio. A chuva cessava e o sol, pressuroso, começava a empurrar as nuvens para o horizonte, para trás dos prédios mais altos. O último copo de cerveja chegava ao fim. Olhei para fora e, no outro lado da rua, vi apenas uma parede encharcada e de reboco arruinado. Bem no alto, um palmo abaixo do beiral, umas janelas estreitas e ridiculamente inúteis, por onde o sol espiava o interior daqueles galpões que ficavam para além das paredes e onde homens sujos de carvão não conseguiam entender seus próprios gestos.

No dorso do granito

Da tarde não resta mais que uma claridade leitosa no céu pêssego-maduro, um céu largo pairando por cima das árvores, por cima de Solano, que, olhando para o alto, testa enrugada, perde a vontade de estar contente porque tarde assim lhe parece perigosa, mensageira de desgraça. Arranca uma haste de capim para ter o que morder pois não gosta daquele céu parado. Chegara com o sol morrendo, claridade suficiente ainda, entretanto, para um exame do lugar: seu dever, como sabe, e hábito seu. Não pode estar errado. O imenso elefante de granito escuro imerso na sombra compacta de uns açoita-cavalos, o barranco de dois metros de altura despenhadeiro sobre a estrada, a pequena sebe natural, de macegas e vassourinhas a esconder dos passantes o dorso de pedra. Fechando a retaguarda, uns pés inexplicáveis de bananeiras. Pequenas diferenças com o que vinha imaginando, mas todos os detalhes encaixados no que lhe fora descrito.

Para além da estrada, cruzando a cerca, desce um descampado que se estende até o pé do morro e termina num capão escuro. Nenhum movimento por ali, nada que possa ter vida senão, talvez, alguns seres miúdos, desses que rastejam sem altura, anonimamente. Nada que se mova, à vista: o mundo imobilizado, de respiração presa. Solano bate uma das mãos no bolso da jaqueta de couro, o que pode ainda estar faltando?, caminha um pouco, apreciando a competência com que suas botas vão à frente farejando a terra esturricada, espia os arredores, monta no dorso da pedra e acende o primeiro cigarro. Tudo certo: agora é só esperar.

São os melhores momentos de sua vida, estes, quando, sentado à espera, sem nada a fazer, solta a fumaça do cigarro lentamente e acompanha com olhar de menino sua subida azul espiralada. Já ficou parado, vendo passar o tempo, de muitas maneiras, mas a única que o comove todas as vezes é esta: o Sol desaparecendo. Molha os lábios com a língua. Estaria bem melhor não fosse o calor. Solano limpa o suor da testa na manga da camisa. Coisa de légua e meia para trás, atravessara um córrego fundo, de água bonita, remansosa. Água de uma cor fria por conta das sombras de vimes e salgueiros mergulhando os braços até alcançar com os dedos o leito lodoso do ribeirão: os cotovelos molhados. Frescor de água, silenciosa, mas a um estirão de desanimar, mesmo para uma garganta pegando fogo. Deveria ter trazido um cantil, qualquer vasilha, como sempre faz, mas tinha sido uma proposta inesperadamente caída do céu, que não poderia recusar: finalmente sua vez. Então, com toda aquela correria, não tivera tempo dos arranjos necessários. Não fosse a penumbra do crepúsculo, talvez ainda pudesse encontrar algum poço abandonado pelas vizinhanças, o lugar com vestígios de antiga habitação – uma tapera: as bananeiras, uns restos de tijolos e um pedaço de louça branca, algum prato quebrado, vistos na chegada. O Sol, no entanto, já afagava as copas desgrenhadas no alto do outeiro fronteiriço.

Risco preto silencioso, raio sem brilho, um curiango fere o céu – nesga de azul luminoso enquadrado entre copas de árvores – e pousa na estrada. Solano, subitamente assustado, leva a mão ao peito e apalpa o maço de cigarros no bolso da camisa. Cá está ele, companheiro. Confere o bolso da jaqueta: não passa sem um maço de reserva. Seu medo, quando é mandado para esses ermos do mundo a muitas léguas da venda mais próxima, é ficar sem cigarro. Sobretudo à noite. À mesa: encher o pandulho de vagabundo nenhum. Mal sabia o pai que já naquela época a mãe furtivamente lhe passava as moedas com que comprava seus primeiros maços de cigarro. Vida como a de vocês, essa que pra mim não quero. Só espero minha vez.

O céu, então, escurece de repente, sem transição, e duas estrelas, das pequenas, aparecem piscando na superfície translúcida: Solano acaba de transpor o limite entre dia e noite. E isso o inquieta. E assusta. Num salto, fôlego suspenso, o corpo rígido dilacera a superfície do rio. Dia, noite, os ventos e a chuva: sem comando de qualquer ser humano – nem os mais poderosos da Terra, nem os maiores fazendeiros do mundo. Seu respeito místico pelos fenômenos da natureza, que ele não entende, é incômodo como um medo. Melhor lidar com fraqueza de gente. O medo é um verme fedorento que mora dentro dele, que sobe até a garganta depois desce até os intestinos. Às vezes, ele sente o bicho se movendo, faminto, roendo tudo que cai de bom no vazio do seu corpo, lambendo seu coração com língua de lixa. Nestas horas chega a sofrer uns repuxos no peito, saudade da mãe, e do pai também, mas principalmente da mãe, que lhe passava sorrateira aquelas moedas. Com o pai, à mesa, não tinha como ficar, porque ele repetia aquela história de encher o bucho de marmanjo. Mesmo assim, às vezes, sentia vontade de voltar a viver com eles, naquele sossego deles e com aquela mesma falta de qualquer resto de esperança. Agora, entretanto, não tem mais por que esperar. Amanhã de manhã vai receber o pagamento. Uma prova qualquer (os músculos de seu rosto repuxam) e recebe o combinado. Porque levar a vida que o pai sempre levou, de sol a sol na roça, todos os dias do ano, pra não ter mais do que a comida, de cada dia, ah, isso é que não, melhor ter as vísceras corroídas por este verme fedorento.

À mesa, depois de um dia abafado e úmido como hoje, seu pai, furioso, e é justo um velho ficar enchendo o pandulho de um vagabundo?, a conversa difícil naquela idade, mastigada com a comida intragável. Solano sacode a cabeça, preso entre os dentes um sorriso sardônico, e arroja para a estrada o toco aceso do cigarro. Não que seja um trabalho prazeroso: a náusea inevitável à vista da morte, o desconforto estético de ver um corpo humano inerme e frio. Mas era sua oportunidade, talvez a única. Talvez a última. A brasa vermelha descreve uma parábola ampla e lenta, desmanchando-se em centenas de fagulhas contra a sebe de vassourinha e maceга. O mundo se alegra, por um instante – pequeno espetáculo fulgente, que a noite trata, pressurosa, de devorar e esconder em seu ventre imundo e escuro.

Solano sente na cara a virada do vento. É de repente e de maneira imprevista, depois de uma longa pausa de vazio absoluto. Ruído nenhum, nenhum movimento. Galhos e folhas – rebarbas de uma estátua negra – totalmente imóveis, sem respiração. Então chega este vento morno, saído quem sabe das entranhas do planeta, arroto da terra, um vento com cheiro de enxofre, quente e áspero. Amanhã mesmo, seu vagabundo, amanhã mesmo. Nem um minuto a mais. Na roça ou na estrada. Ele, seu pai avelhantado, o corpo roído pelas traças, alquebrado pelo trabalho. Ele, um homem com um dos pés na outra margem de seus limites, por isso mesmo desesperado. Um vento assim, pensa Solano, e, sem mexer a cabeça, revira os olhos tentando decifrar o código deste vento, um vento assim não traz boas notícias.

Espera com paciência e preso à pedra que o vento passe. Então começa a ajeitar meticulosamente seus teréns sobre o dorso áspero e irregular. Estende primeiro um lenço e sobre ele vai dispondo lado a lado os apetrechos que deve manter ao alcance da mão. Não de comerem juntos, o conhecimento, nem de dirigir a palavra, mas de passagem, meio de longe, os cumprimentos, e o suficiente para que já sinta muita dificuldade no serviço.

Puxar gatilho é o de menos: o mais simples. A distância ajuda. A noite também. Acerta um vulto. Alguns amigos, que a bala em chegando e acertando o alvo provoca um coice no ombro, avisando. Muitas vezes puxara o gatilho com vontade de sentir aquele coice, uma coisa vantajosa, um truque sabido por pouca gente. Jamais conseguira. O pior, no trabalho encomendado, não é puxar o gatilho e ver o alvo tombar de toda sua altura. O pior é depois chegar perto, ver o rosto conhecido ainda com as marcas da vida que foge devagarinho, e arrumar uma prova da execução do serviço. Tudo isso é bem mais fácil se o fulano é visto pela primeira vez, não tem um nome, uma casa, não tem uma história. Bate a mão nos bolsos da blusa, agitado, o que mais pode estar faltando? A melhor solução: comprar uma fazendola bem longe, esconso do mundo, e levar junto os dois velhos – apesar de tudo. Sua mãe, no sossego, ajudando a criar os netos. O pai, vagabundeando de pandulho cheio.

Quando a lua se desprende dos galhos do mais alto açoita-cavalo e põe-se no céu a flutuar, Solano abre todos os sentidos, engatilhado e tenso, a partir de agora a qualquer momento. Na boca uma saliva amarga que ele não sabe bem se da fome que o acompanha desde que chegou ou se do medo que precisa subjugar e engolir. É justo, ele repetia sem coragem de encarar ninguém, é justo um velho como eu. Agora, então, decerto muito mais acabado. Tantos anos já. A posição começa a parecer cansativa. Solano estira as pernas: não sabe quanto tempo terá de esperar.

Antes de espichar o corpo sobre o dorso do granito – descansava um pouco, mas de olhos abertos – confere com as pontas dos dedos seus apetrechos perfilados e de prontidão. Os olhos abertos não seguram os pensamentos, que, em bando, refazem percursos de sua vida. Quando o sono desce das copas escuras como carícia de plumas e fecha seus olhos, Solano deita sobre o lado direito, dobra os joelhos e ensaia um sorriso que não chega a transpor os lábios ressecados. Então se ajeita melhor, adaptando o corpo à superfície áspera e irregular, arruma o chapéu debaixo da cabeça e pisca prolongado.

Quando abre novamente os olhos, o sol o ofusca, os galhos de vassourinha abanam ainda, tocados de leve pela brisa matinal.

O relógio de pêndulo

Cumprimenta-me como se não me visse, como se o vulto parado à sua frente, na porta, fosse um objeto fora de lugar, jornal velho esquecido sobre uma cadeira. Seus olhos devassam ansiosos cada um dos desvãos da sala, procurando uma face, uma sombra, qualquer ângulo que lhe devolva o passado perdido, que lhe dê a certeza de haver chegado ao termo de sua viagem. Apesar da aba do chapéu, que lhe ensombrece o rosto, percebo logo os sulcos profundos gravados em sua testa pelas léguas de estrada: é Abelardo, meu irmão mais velho, só pode ser ele, o mito familiar. Seus lábios finos e ressecados, por fim, abrem-se num quase sorriso: pendurado na parede desbotada, ele acaba de descobrir, marcando o tempo, o velho relógio de pêndulo, que, daquele mesmo lugar, outrora, costumava interromper, rabugento, sua participação nos serões da família.

Ao responder que sim, aqui mesmo a casa de seu pai, onde ele nasceu, sinto uma alegria tão grande que meu desejo é o de apertar nos braços o herói desconhecido, mas nada faço além de balbuciar que entre, a casa é sua, porque ele me intimida. Muito mais pelas histórias que nos contavam na infância e que povoaram o território todo de minha imaginação do que pela figura frágil que se verga para apanhar a mala e onde me parece inverossímil caberem tantas aventuras.

No percurso entre a sala e a cozinha, Abelardo me segue em silêncio, misturando-se a tantas outras sombras de antepassados com que me habituei, nestes últimos anos, a conviver. Inconformado ainda com a desproporção entre conteúdo e forma, olho para trás, conferindo, e noto que meu irmão examina com ansiedade as portas fechadas ao longo do corredor. Uma delas foi a sua, sem dúvida, a porta sob cuja proteção, na infância, construía os detalhes de suas viagens. O que escondem agora?, parece perguntar, e eu me viro bruscamente, temendo que ele me faça a pergunta.

Na cozinha, Abelardo larga a mala ao lado de uma cadeira e, como eu não digo nada, ele senta-se. É uma dessas malas pequenas, de papelão escuro e cantoneiras metálicas, modelo antigo que não se usa mais, e que, apesar do tamanho, parece cansá-lo muito. Ele olha o teto, as paredes, os móveis em redor, então volta a cabeça para a porta com aquela mesma ansiedade que eu já percebi antes. Fome?, pergunto, e ele, sacudindo a cabeça, confirma que sim, com fome. Também, emendo com fingida distração, a distância de que você veio! E Abelardo, sem notar minha tentativa, limita-se a grunhir: é, é.

Ninguém sabia de onde nem como chegava a notícia, mas todos ficavam alvoroçados. O regresso de Abelardo, que eu não conhecia senão pelas histórias que nos contavam, ajudaria nosso pai a levantar a hipoteca da casa, reconciliaria Abigail com o marido, mostraria a certos vizinhos quem é que não é homem aqui nesta rua, e até a paralisia do Beto poderia ser convenientemente tratada em hospital de fora. Por isso a faxina geral na casa, aquelas roupas novas ou reformadas, todos os preparativos. Minha mãe pedia livros de receitas às amigas e passava horas, à noite, a copiar as que julgava serem as melhores. Ele chegou sem mandar aviso e eu não tenho, para oferecer, nada além de umas batatas cozidas com guisado e uma escumadeira de arroz: o que sobrou do jantar. Começo a mexer nas panelas quando meu irmão pergunta: O pai e a mãe? Surpreso pelo absurdo da pergunta, fito-o sem resposta por alguns instantes. A mesma testa estreita de meu pai, seu queixo pontudo, os mesmos olhos gateados. Não existem mais há muito tempo. Com minha resposta, ele parece encolher um pouco, pequeno demais para a blusa de couro surrada. Seus olhos, todavia, brilham ao me atingirem. E como foi, como aconteceu isso? Não lhe dou resposta porque estou ocupado na preparação de seu jantar. Ele insiste na pergunta e eu mexo a batata com uma colher de pau. Do passado, apenas as promessas não me machucam.

Servido seu prato, Abelardo concentra-se na comida, que mastiga meticuloso, lentamente. Da outra extremidade da mesa, observo a cena, dissimulado, até que o silêncio me exaspere. Você é que deve ter comido por este mundo afora coisas que a gente aqui nem pode imaginar! Ele continua mastigando, mas agora me olha duro, o que me causa um certo mal-estar. Por fim, lacônico, ele responde que pode ser. Espero em vão que ele alongue o assunto, porém permanece mudo até esvaziar o prato. E a Abigail?, pergunta então, seus olhos tristes sacudindo-me pelos ombros. Também. E me escondo atrás da urgência em lhe passar um café.

Em lugar nenhum do mundo se toma um café como o daqui, diz ele entre dois goles, e eu me animo, lisonjeado, preparando-me para ouvir o relato de suas peripécias. Afetando modéstia, apresso-me a responder que ora, decerto nem é tanto assim. Abelardo, entretanto, já está novamente viajando, não sei se pelos confins do mundo ou de sua infância. Para tê-lo de volta outra vez, ofereço-lhe mais café, ele, porém, esquiva-se de minha cilada com um gesto simples da mão direita.

O relógio de pêndulo, da sala, atravessa a casa com duas badaladas, e pergunto a meu irmão se não quer descansar um pouco, os quartos como antigamente. Ele diz que não, que não vale a pena, apesar das marcas que o sono vai deixando em seu rosto.

O relógio da matriz confirma as horas, como sempre com uns dois minutos de atraso. Nada vejo no pulso de Abelardo, não sei se para ele faz alguma diferença a passagem do tempo.

Sinto frio nos pés e nas mãos. A esta hora, em qualquer época do ano, sinto frio nos pés e nas mãos. Tomo um pouco de café na esperança de me aquecer, mas sem resultado, porque esqueci a garrafa aberta e o café está apenas morno. Faz algum tempo que Abelardo ressona com a cabeça apoiada nos braços. Acho que uma pessoa assim, como ele, não sente frio. Suas mãos não são muito grandes, como deveriam ser as mãos dos heróis, apesar disso parecem muito fortes, por causa da pele tisnada coberta de grossos pelos. Não, não deve sentir frio. As pessoas que sentem frio não viajam com malas tão pequenas. Poderia requentar este café, se tivesse alguma disposição para me levantar. Não me levanto e tento distrair-me contando os estalidos que os pés descalços da noite produzem nas tábuas do forro.

Acordo assustado: Abelardo me sacode a cabeça. E os outros?, ele me pergunta sem disfarçar a raiva.

— Ninguém mais, além de nós dois.

Quando a manhã, azulada de orvalho, vem bater à janela da cozinha, ainda sinto o cheiro forte de estrada que ficou na cadeira vazia.

Terno de reis

Enxuguei as mãos no vestido, urgente, e, do jeito que estava, apareci por trás das crianças, protegida, na porta da sala, onde não cabia mais ninguém. O brilho excessivo das vestes reais, franjas e bandeiras coloridas, o séquito ruidoso que acompanha os cantadores, me pareceram sempre um conjunto grotesco que me intimidava. Ajeitei por cima da orelha um fiapo solto de cabelo que me incomodava, tentei disfarçar o embaraço. Depois de passar a tarde em preparativos certa de que eles viriam, de que outra vez invadiriam nossa casa, como todos os anos, ainda sentia as mãos geladas e a testa úmida porque o ritual, embora saiba que não muda, parece nunca ser o mesmo – uma surpresa: as risadas de sempre, cochichos e cumprimentos, o primeiro acorde do violão anunciando o início da cantoria.

Da cozinha, para onde olhava com insistência a fim de evitar que alguém viesse conversar comigo, o cheiro da baunilha – os biscoitos ainda quentes na bandeja de inox, a peça mais valiosa de nossa baixela. Irromperam finalmente nos agradecimentos aos senhores donos da casa, versos que sei de cor, que minha avó também já sabia. Puxei contra meu corpo o Betinho, mais para ocultar a inutilidade momentânea das mãos que para exibição de carinhos a que não estamos afeitos. Ele tentou desvencilhar-se, talvez envergonhado, mas só fez aumentar a pressão de minhas mãos. Voltei a olhar para trás, fugitiva, adivinhando olhares e sentindo-lhes o visco. Ensaiei uma carícia na cabeça de meu filho, a furto, e retrocedi assustada. Sentada no jardim, tinha passado a tarde do domingo tocando com as pontas dos dedos as folhinhas nervosas da sensitiva que, cheia de pejo, fechava-se por alguns segundos. Aquela reação de animal me divertia muito. Pare com isso, menina. Na manhã seguinte ela apareceu murcha e cuidado algum a pôde salvar.

Eu me sentia horrível com o suor porejando em minha testa. Aquele ar, se ao menos alguém, a janela fechada. De repente a sala começou a oscilar como barco à deriva, e as peças de cerâmica, improvisadas em presépio sobre a mesa, ameaçavam jogar-se das alturas no vermelhão do piso de cimento. Tudo rodava, e por cima de todos balançava a bandeira do divino – velho e encardido pedaço de seda carmesim. Pensei que fosse desmaiar. À última nota dos agradecimentos de praxe – ardido e prolongado falsete heroicamente arrancado com ressaibos de cigarro e cachaça daquelas gargantas – me afastei na direção da cozinha: é também do ritual oferecer alguma bebida nos intervalos aos cantadores. Suspirei aliviada, distendi os músculos. A vida toda esta vertigem dos primeiros instantes, o desconforto de estreia? Saí pela porta dos fundos, espiei aqui de baixo o silêncio do céu, cumplicidade antiga, e engoli sôfrega o ar úmido de orvalho. Em volta, o bairro todo dormia, a exceção de um galo ou outro no cumprimento do dever.

Refeita, vim andando devagar pelo corredor, os olhos fixos nas garrafas abertas, que a custo equilibrava na bandeja – tanta gente, meu Deus! – e avançava com o coração bem agasalhado, então, certa de que os passos seguintes não me poderiam mais surpreender e que em pouco tempo, do burburinho, nada mais restaria além de uns pobres fantasmas a voejar pelos cantos escuros de meus sonhos daquele resto de noite. As portas novamente estariam cerradas, e a vida, outra vez, resguardada de sobressaltos. Estava quase feliz quando cheguei à porta da sala e tive de erguer a cabeça para escolher caminho até a mesa.

Um engano, aquilo, alguém semelhante, só isso. E tentei esconder-me com meu susto, de volta no corredor vazio, mas não havia mais corredor, nenhum, e meus olhos cheios de espanto, mesmo depois de tantos anos, ainda retinham o ângulo de seu nariz, a curva suave do queixo, o traço espesso da sobrancelha, a cor da pele e a largura do sorriso: todos os detalhes que a vontade presumia extintos. Ali, sua tonta, debaixo do fícus mais alto, no banco depois do chafariz. Domingo, três horas da tarde, e eu senti uma vontade imensa de estar morta, mas nenhuma nuvem no céu que atendesse a meu pedido. A última vez, aquela? Não sabia o que fazer da bandeja nem se o cumprimentava ou fingia desconhecê-lo, enquanto ele, tranquilo, me fitava: a mesma expressão do rosto como se o tempo o tivesse esquecido. Três horas da tarde e o domingo anoiteceu de repente na praça da matriz. Pudor algum no modo de me encarar e me desvestir, bem ali, dentro da casa onde suspirei em noites de sacrifício, onde concebi e criei dois filhos, onde compartilho a cama com um homem escolhido às pressas e por vingança. As garrafas tremiam sobre a bandeja, mas não conseguia decidir-me. Olhei apavorada as paredes para ver se era possível perceber ainda vestígios dos gemidos do gozo contratual que tive de aprender. A olhos mais atentos nada se escondia. Na praça, as pessoas continuaram domingando do mesmo jeito, como se já não tivesse anoitecido. Mãe, a cerveja! Dei dois passos, tonta, e larguei a bandeja sobre a mesa. Esbarrei na Lúcia, que vinha chegando com os bolinhos e biscoitos, respondi ao cumprimento de dois ou três conhecidos e fugi apressada para o banheiro com a sensação de ter sido descoberta em pecado.

Abri a torneira até o fim e mergulhei os pulsos no jorro d'água. Mas o que pode ter acontecido a esta planta? De longe, olhando desconfiada, eu temia que alguém se lembrasse do domingo. Molhei as têmporas e a nuca, esfreguei com aspereza as mãos no rosto. Ali, sua tonta, no banco. Em quem maior confiança do que em meus próprios olhos, que antes de anoitecer, e apesar da distância, conseguiram ver quem era e que não estava sozinho? A água já me escorria pelos cabelos e inundava minhas costas por baixo do vestido. Na manhã seguinte a sensitiva apareceu murcha e cuidado algum a pôde salvar. Qual a diferença entre um suicídio e a morte provocada por um grande desgosto? À mesa, o mal-estar. Isso é conversa de criança, menina? Ah, um dilúvio que me lavasse, que me tornasse outra vez inocente! Em vão o recado pelo próprio portador da aliança, devolvida sem explicações, em vão todos os outros recados. O carteiro, por fim, já não insistia mais antes de carimbar os envelopes que levava de volta. As portas estavam trancadas: era a manhã seguinte. Mirei-me demoradamente ao espelho pendurado acima da pia, na parede. Me descobri velha, doze anos mais velha, e ridiculamente patética: aqueles sulcos descendo das aletas até as extremidades da boca e o arroxeado por baixo dos olhos. Que absurdo! Ele era apenas um homem de cuja história, por escolha, me separei. Com todo o direito de mudar, de eventualmente encontrar algum prazer na companhia de um violão.

Da sala, em surdina, chegaram as vozes dos cantadores contando a história da manjedoura, uma história que aprendi mesmo antes de entender a significação das palavras. Agora era camuflar bem a devastação da tormenta e retornar à sala, ao bom desempenho do único papel que me competia. Enxuguei o rosto e os cabelos, conferi: o aspecto não me agradou. Entre aquelas vozes todas, qual a dele? Um batom mais claro, quem sabe? Vontade nenhuma de causar má impressão. Enquanto retocava o rosto, com pressa, procurava no conjunto uma voz que fosse conhecida. Em nenhuma delas aquele veludo grave e levemente fanho que outrora afagara-me os ouvidos e o coração.

Cheguei inutilmente silenciosa à porta: todos atentos à narrativa dos reis magos. Apoiei-me novamente em meu filho, as mãos espalmadas em seu peito. A sala parecia pequena para tanta música. No meio de seus companheiros, o mais alto de todos, ele me pareceu o único a ter notado minha ausência. Mais majestoso que o próprio rei. Quando nossos olhos casualmente se encontravam, os dele pareciam ainda pedir-me uma explicação. A casa, então, começou a parecer-me pobre e triste, com esta luz amarela pendente do teto, estas paredes desbotadas e os trastes que, nestes anos todos, têm-nos servido de móveis. Acho que foi vergonha, o que senti, e uma vontade imensa de chorar. O que poderia estar acontecendo comigo?

A meu lado, satisfeito, dorme o marido que me escolhi, enquanto a madrugada me traz, abafados mas nítidos, os versos de uma história que se repete em outra casa, talvez num outro quarteirão. Em que poderia a vida ter sido diferente? Estremeço com essa pergunta, e meus olhos secos e abismados não encontram resposta, porque é noite, há muito tempo que é noite.

A COLEIRA NO PESCOÇO

[2006]

A coleira no pescoço

Nenhum dos dois conseguia disfarçar os danos da velhice, que suportavam em silenciosas e mútuas acusações. O velho parecia fazer um esforço muito grande para puxar o cão ladeira acima. A sola seca de seus sapatos esfolava o ladrilho da calçada arrancando-lhe um ruído ríspido, áspero, como de alguma coisa que se arrasta, e isso irritava o cão, cuja cabeça se mantinha o tempo todo virada para fora, o focinho apontando para o lado da rua. Seu corpo todo era uma recusa tensa e escura e ele tinha o olhar aborrecido de quem não pode esperar mais nada da vida além daquela coleira no pescoço, na ponta de uma corrente.

Uma língua de vento gelado passou rente ao chão, levantando em revoada, vida efêmera, folhas mortas de magnólia e de plátano, que se misturavam a outros detritos da rua. Com seu grosso boné de lã na mão direita, o velho cobriu o rosto e pensou que uma das maneiras de se morrer pode ser assim mesmo: sufocado pelo cheiro da própria cabeça, um cheiro de suores noturnos e pesadelos.

A caminhada estava suspensa à espera de que o vento fosse brincar em outras bandas da cidade, em alguma rua onde, a uma hora daquelas da manhã, ninguém cumprisse o destino de caminhar. Enquanto isso, parado sobre as pernas muito abertas, o velho suportava paciente as agulhadas da chuva de areia suspensa no ar.

O cão, de cabeça virada para a rua, permaneceu de olhos fechados, espremendo muito as pálpebras em proteção, aborrecido com aquele passeio cuja significação extraviara-se nos anos de sua juventude. Sacudiu a cabeça, abanando suas orelhas dependuradas, frouxas, porque era esse o modo de expressar sua recusa. Não olhava para a frente. Um rancor muito antigo impedia que os dois se encarassem. Mesmo por trás, e sem a vigilância daqueles dois olhos lacrimosos presos em suas órbitas avermelhadas, a figura do velho causava-lhe repugnância. Por isso o pescoço torto, a cabeça virada para a rua: o lado de fora.

A manhã passava sozinha, sem auxílio nenhum do sol, que se mantinha escondido entre nuvens grossas e leitosas. O vento amainou e o boné voltou para o alto da cabeça. Sem proferir uma só palavra, o velho andou coisa de três passos. Outra vez aquele ruído áspero esfolando os ouvidos sensíveis do cão. Preso à ponta da corrente esticada, ele apenas manteve o equilíbrio: suas patas tentavam cravar as unhas no ladrilho do passeio, mas era uma tentativa absurda. Moveu-se o suficiente para não cair. O cão sabia por experiência que estava preso à ponta de uma corrente esticada. Muitas vezes a vira, algumas vezes experimentara seus dentes nos elos de ferro. Há muito, entretanto, tinha desistido da liberdade. Ultimamente intuíra a existência de correntes menos visíveis e de elos sem forma definida, mas quase todas muito mais rígidas do que os dentes de um cão. Parado na calçada, pernas trêmulas, ele pressentiu a proximidade da magnólia. A idade não lhe extinguira o faro. Havia, naquele tronco, imensa variedade de cheiros sobrepostos demarcando inutilmente o sítio. Gesto atávico, há muito tempo destituído de qualquer significado. Preso à corrente, nem essa ilusão de poderio lhe era concedida.

A rua subia a ladeira encolhida entre casas de janelas fechadas e algumas árvores de folhas amarelas. Tosses e vozes mal chegavam às venezianas: a cidade recusava o dia. Além do velho e do cão, arrastando-se com dificuldade pela calçada, bem poucos transeuntes, de cabeça baixa, enfrentavam o frio que ainda restava da noite longa.

Cada um tem que cumprir seu itinerário na vida, pensava o velho com o braço esquerdo esticado para trás, puxando seu fardo. Há muito, entretanto, desistira de olhar-se no espelho.

Mesmo sendo um fragor conhecido, repetido a cada manhã, o cão encolheu-se um pouco, em proteção, quando o velho levou com a mão direita o lenço ao nariz. As orelhas pretas e caídas não se moveram. Além do susto já fraco, de tão cotidiano, suas patas malferidas na superfície áspera do passeio deveriam ser debitadas também ao companheiro. O cão piscou seu desconforto à passagem de um carro que desapareceu na primeira esquina, então foi arrastado por mais três passos.

A dor no ombro esquerdo só poderia ter como causa a teimosia daquele maldito cão, que nunca aceitava sem resistência as caminhadas matinais. O médico dissera-lhe que era desgaste da idade, a dor nos joelhos. Não havia razão para duvidar, mas o próprio desgaste teria sido menor se o companheiro não fosse aquele peso a ser arrastado.

As pernas secas do velho, com seus joelhos gastos, mediam o passeio menos de quarenta centímetros a cada vez em que se moviam. Compasso hesitante, de articulações enferrujadas, que pouco se abria. Em sua concentração, havia indícios de uma desconfiança antiga, principalmente quando seus pés encontraram as arestas duras de alguns ladrilhos salientes, empurrados para cima por raízes grossas que se escondiam debaixo da terra. Depois de avançar meia dúzia de metros, o velho parou, suado, a mão direita espalmada contra uma parede cinza, e então olhou para trás. A progressão existia, realmente, ou não passava tudo de alguma ilusão? Atrás ou na frente, o que via não eram pontos a compor um ponto maior, o todo estático? Sempre aquelas dúvidas a importuná-lo. O cão, pelo menos, o cão estava lá, no fim

40 ANOS DE LITERATURA 105

da corrente, com a cauda escondida entre as pernas retesadas e trêmulas, mergulhado em seu peso e seu pretume. Ir até o cão, seria cobrir uma distância. Esse foi um pensamento indesejado, pois jamais faria isso, mas que lhe concedeu a paz de que tinha necessidade.

Nos últimos tempos chegaram a passar dias, semanas, às vezes, sem a troca do menor gesto que os ligasse. E isso foi acontecendo aos poucos, sem que percebessem. O latido rouco do cão já não tinha qualquer significado, e o ruído desnecessário exasperava o velho, que detinha o poder do castigo. Então espancava o companheiro, sem dó, para depois ralhar com ele, exigindo que ficasse quieto. O cão se encolhia todo e soltava uma espécie de gemido agudo pela boca fechada. Modelavam-se os dois, um pelas rabugices do outro. Por fim, aprenderam a engolir o próprio rancor em silêncio.

Quando o Sol por fim se mostrou entre galhos e platibandas, o velho e seu cão já haviam dobrado a mesma esquina por onde o carro tinha sumido. Primeiro sumiu o velho com sua altura ameaçada de desabar, depois foi a vez do cão, com a cabeça virada para trás. Os dois, acorrentados um ao outro, cumprindo uma interminável caminhada.

Aquele primeiro dia, quase noite

O filho não acordou em janeiro de manhã, agora, quando o calor torna-se mais intenso. E o modo roxo como apertava os lábios um contra o outro podia não significar coisa alguma, mas a mãe acertadamente interpretou como sendo a recusa. A despeito de muda, e inexplicável, uma recusa. E exatamente de sua túmida teta materna. Paciente e concentrada recolheu o seio para o interior de seus trapos e sem cansaço foi abrir a janela, como se estivesse acabando de criar o mundo. O sol entrou circular, reparando, mas era um signo exageradamente genérico para que ela chegasse a qualquer conclusão sensata. Debruçou-se no parapeito, para cumprir o rito, talvez até um pouco avidamente, atraída pela claridade da paisagem ainda úmida do útero noturno, e sentiu a vazão do próprio leite que o peso do corpo começava a ofertar. Uma vazão lenta e silenciosa como uma urina: o prazer do alívio. Então seus olhos maravilhados mediram aquelas duas manchas redondas no alto de seu peito: a alegria.

Sem saber ao certo o que sentir, na sequência, depois de abrir a janela e debruçar-se no parapeito, toda aquela paisagem cabendo em seus dois olhos miúdos, a mãe lambeu com insistência os próprios lábios, que durante a noite haviam ressecado. Não tinham chegado a rachar, coisa que só acontecia no inverno mais frio, quando muitas vezes chegava a passar fome. Mas soube com a ponta da língua que tinham estado secos. Olhou novamente as duas manchas redondas e suas narinas se dilataram felizes.

Foi-se chegando sorrateira, devagar sediciosa, a entrar sem ser notada, até que lá dentro, de uma só feita, o volume vazio da fome. E então a mãe soube no instante que estava com bastante fome. Um saber do corpo só, corporal, que a mente pendia para um sentir mais obtuso: seu organismo.

No alto da paisagem azul e verde, bem no alto, acima, já lá na banda azul, a mulher viu um gavião de bico recurvo e olhos rapinosos tremulando as asas. Um gavião parado suspenso no ar azul. Ela viu de gosto, com gozo. A extensão de sua visão, cá embaixo. De repente ele estridulou seu grito guerreiro antecipando a vitória – o viver diário – e a mãe afastou-se em susto da janela, o coração batendo aos pulos fortes, e, com o corpo curvo arqueado, sacudia a cabeça, as pálpebras coladas sobre os olhos. Sacudia a cabeça e sacudia como se tivesse esquecido alguma coisa. E girava o corpo rodando como se tentasse fugir. E sacudia ainda mais, sem conseguir lembrar-se. Uma coisa importante, talvez, talvez desagradável.

Sentou-se apressada no catre, aquela impressão de um peso pesando ainda por sobre, seus olhos de sombra parados tentando pensar. Sentou-se com o peso ao lado do filho, olhando a loucura do mundo transformado em carrossel. Mas foi só um instante: o necessário.

Muito mulher, a mulher, como sempre em todos seus dias, desde que ali viera abrigar-se, trazida, levantou-se e pegou a sacola para buscar a comida nas casas, mas voltou a sentar-se por causa daquele seu filho que parecia não querer acordar nunca mais. Ao olhar para o pedaço iluminado de estrada por onde deveria sair com a sacola presa na mão, um pedaço de estrada que vinha rastejante até ali a porta, tudo voltou a ser o primeiro dia, quase noite, aquele primeiro dia, fugindo para a frente, o mundo todo, desde sempre e de longe, o medo, as árvores, os pássaros. E o fogo da fome roendo suas entranhas.

As paredes de taipa não tinham como evitar os riscos de sol: o entrevero de lanças. Em sua defesa, naquele primeiro dia, mãos e pés, os machucados, entre susto e espanto, as pausas, cansaço e espasmos, além de unhas e dentes, as marcas deixadas na pele de homem de um homem. O entrevero. Seus gritos ricocheteavam nas nuvens, mas seres humanos moravam longe demais. Sua dor.

Então seus olhos pararam parados num ponto de luz com os brilhos, o balaio dependurado no espaço, sustido no gancho, na altura, em ponta de arame, onde o esforço maior dos ratos não pudesse prejudicar. Suas mãos um pouco também se aquietaram: aquilo uma expectativa, um acontecimento prestes a existir. Primeiro a mãe fungou um ronco desconfiado e depois levantou-se com pouca pressa, os passos por dar, para finalmente descobrir dentro do balaio apenas um pedaço de pão seco de tão esquecido.

Assim, ela ficou sentada, roendo o pão, cheia de um medo que porejava um suor fino em seu rosto. Medo de que o primeiro dia fosse agora, outro dia – o gavião e seu grito acima das nuvens – e ela tivesse de voltar para a estrada, em fuga, o sangue descendo-lhe pelas coxas, secando em suas pernas apressadas, enquanto a semente de um filho começava a germinar. O sol continuava entrando por todos os furos da casa: o entrevero.

O filho imóvel, enfim, era uma proibição, e a mãe não teve mais vontade de pôr-se a caminho. Com olhos um pouco murchos contemplou o filho, o que tinha carregado no ventre todas as vezes em que saía pela estrada para buscar comida nas casas: o peso. Foi ajeitando o corpo, enrodilhando-se em arco, o aconchego, até deitar-se a seu lado para oferecer-lhe a teta túmida, quem sabe, ou para dormirem juntos.

De pombos e gaviões: suas distâncias

Nossa vila fica num remanso da estrada, que então se alarga, ali, no largo. O armazém baixo, atarracado – uma só porta aberta, estreita escura, duas janelas feito olhos vazados, diversos telheiros e galpões – cara a cara com a igreja branca, pesada, de janelas azuis. Entre os dois, a cruz de braços abertos enegrecidos sobre pequena pirâmide de pedras cobertas de musgo: salve sua alma, ela proclama sem grande utilidade. Depois, pouco mais de uma dezena de casas agachadas por debaixo das árvores – pobres, encarquilhadas – de janelas quase sempre fechadas e paredes encardidas de terra e tempo. E as árvores. Sujas de poeira, as árvores da beira da estrada.

O gavião volta a planar sobre a vila, em largos círculos. Seu guincho estridente estremece a planície. Geraldo termina de fazer a barba e olha pela janela para o alto, onde plana o gavião. Aquelas suas asas, translúcidas e paradas, tão frágeis, podem levá-lo aonde ele quiser. E, no entanto, depois de sumir por alguns minutos, lá está ele de volta. Alguma coisa deve atraí-lo cá embaixo para repetir o mesmo voo, quando tem à sua disposição toda a vastidão do mundo.

Já passa do meio-dia mas ainda não são duas horas. Agora o que importa é a vida, Geraldo medita com insistência. E suspira. A vida que vem pela frente. E é num frêmito que pensa isso. Como numa descoberta. Ele desce a única rua que cruza a estrada, com pressa, na direção do largo, pequena mala de couro na mão direita e a gaiola do pombo-correio na esquerda. Vem pensando. Vem pensando vagarosamente, que é o único modo sensato de se pensar debaixo de um Sol parado, ali suspenso, o Sol a meia dúzia de palmos de altura. Aqui nesta vila a vida não tem mais lugar, ele repete como quem descobre. E o lenço com que enxuga a testa desce marrom para o bolso.

Toda vez que o vento sacode a cauda, um dilúvio de poeira fulva sufoca o casario – pobre, encolhido – de janelas quase sempre fechadas e paredes encardidas de terra e tempo. A poeira. E Geraldo coça a nuca suada.

Finalmente ele para no primeiro degrau da pirâmide de pedras cobertas de musgo. E ali fica, suado e teso, imerso no sol, presa na mão direita a pequena mala de couro e na esquerda a alça da gaiola, que ele não se lembra de descansar no chão. Às costas, a cruz indicando maniqueisticamente rumos opostos. Olha para a estrada à sua direita, olha à esquerda, os olhos quase fechados. E tosse, por vezes, porque o vento sacode a cauda.

Depois da passagem de Geraldo, a vila volta a ficar parada debaixo do sol. Parada como se ele tivesse acabado de atravessar a passo largo uma fotografia, descendo em diagonal. Nada que se mova além do vento. De vez em quando.

Sentado atrás do balcão, machuco os olhos no branco enfurecido da igreja, enquanto espero – e esperar é o que mais tenho feito na vida. De onde está, na claridade, Geraldo não pode ver-me: encoberto, eu, pelas sombras do armazém e do futuro. É uma posição de que poderia tirar alguma vantagem. Apesar disso, eu o vejo apenas de relance: mancha verde no branco fulgor da parede. Da igreja. Mesmo assim consigo perceber o ar meio idiota que ele faz ao pensar que agora o que importa é a vida, a vida que vem pela frente. Como se um homem que zarpa não levasse consigo todas suas cicatrizes.

A trote o cachorro baio desce a rua atrás de um afago que lhe escapa. O cão amarelo desce luminoso, desce doendo na vista como alguma coisa que vai embora sem olhar para trás, apressado. Ele vem farejando o rastro de Geraldo, assustado com todas as possibilidades desconhecidas da vida que vem pela frente.

Não é bem isto, o que no momento importa: a vida que vem pela frente. A vida que aqui fica, por causa dessa é que Geraldo fez sua mala, se despediu dos pais e da namorada e agora espera parado debaixo do sol: a vida aqui sem promessa nenhuma. Perscruta novamente a estrada, os olhos quase fechados e nem vê a chegada do cachorro baio, o focinho rente ao chão. A vida que vem pela frente é a vida vivida além do horizonte, onde o vento não sacuda a cauda. Onde a felicidade continue uma escolha possível.

Por causa do Sol e do calor, o ar está impregnado de um cheiro enjoativo. Algum animal morto, um velho coçando o tédio grudado no queixo, algum sonho desfeito. Desde aquela manhã este cheiro é nosso, está em nós, e por isso não o sentimos.

Maravilho-me por alguns instantes, contemplando este cenário, onde tudo parece equilibrado, com o casario costeando um trecho da estrada, protegido por seus pomares de folhas sujas de terra. Há o Sol a poucos palmos de altura arrancando faíscas da cruz de granito: Deus seja louvado, pois os braços desta cruz indicam os rumos possíveis, embora opostos. Há uma estrada de passagem. Só de passagem. E no centro, Geraldo, pensando ainda na vida que vem pela frente: o futuro, horizontes alargados, o longo caminho até a felicidade. Nada rompe a tranquilidade da cena, a não ser o invisível: este cão amarelo, que desce a ladeira procurando um rastro e de repente irrompe no largo, a esperança que intumesce o peito do rapaz, este cheiro enjoativo das coisas que morrem. E, de vez em quando, um gavião a planar.

O cachorro não percebe o golpe que se arma no pé levantado e recebe a pancada na caixa do peito – um som cavo. O cachorro baio não percebe o golpe que se arma porque não acredita que seja um golpe o movimento que poderia também iniciar um afago. Recebe o golpe e seus olhos se apagam de dor. Então volta pelo mesmo caminho por onde viera, desaparecendo entre as casas pobres e encarquilhadas. Arrependido, talvez, de ter vindo, mas olhando inquieto para trás.

Geraldo percebe gotas de suor caindo sobre o pombo-correio. Então lembra-se de largar a mala e a gaiola no degrau da pirâmide. Enxuga na calça as palmas das mãos, marcadas pelas alças da mala e da gaiola. Sacode a cabeça, incomodado, o som do pontapé por dentro dos ouvidos, grudado no fundo escuro. Um desconforto, aquilo, mas sabe que a coragem é um exercício cheio de sacrifícios e renúncias. O mundo que o espera. Talvez tenha exagerado, afinal, fora sempre o amigo com que podia contar em quaisquer circunstâncias. Preferível não pensar no mundo que o espera. Nem há como pensar nele, a não ser com os poucos recursos da imaginação.

Primeiro ele nota uma pequena coluna de poeira que se eleva perto do horizonte. Não serpeia como as demais, nem se extingue, efêmera. Além disso, aproxima-se em linha reta, crescendo por cima da estrada. Levanta bruscamente do chão a gaiola e a mala. Não conseguiria esconder a mancha branca de ansiedade que lhe marca o semblante.

Quando o caminhão surge da poeira por ele mesmo levantada, ali perto, visível, e para na frente de Geraldo, o rapaz sobressalta-se absurdo: É tão grande seu desejo de evadir-se para além, pela estrada, que não tem coragem de embarcar. Assim é que, de repente, vê-se coberto de suor: a testa, o peito, as costas. E as palmas das mãos, que se tornam escorregadias.

O motorista, a despeito de sua barba patriarcal, não tem no olhar a firmeza que inspira confiança, que promete um destino seguro. À primeira palavra do motorista, Geraldo abre a gaiola e tenta soltar o pombo-correio. Que vá, ele, percorrer suas distâncias, mas, assustado, o pombo insiste em ficar protegido em sua gaiola. Irritado com teimosia tal, Geraldo enxota-o com a mão. Em pouco tempo o pombo some no arvoredo à beira da estrada. Depois de jogar a gaiola aberta sobre a carroçaria, Geraldo vira-lhe as costas e sobe apressado pela única rua que cruza a estrada. Talvez possa alcançar o cachorro baio.

Esse mesmo cachorro me acompanhou ainda por muitos anos – ele, meu companheiro fiel. Quando comecei a trabalhar aqui no armazém, ele deitava-se aí na porta, atento, as orelhas de pé ao menor ruído, protetor. Morreu no verão do ano passado, mas já não serviu de grande ajuda, sua morte: o gavião nunca mais tinha sobrevoado nossa vila.

Em branco e preto

A penumbra do quarto esconde as mãos trêmulas e enrugadas com que Homero arruma desde cedo as gavetas da cômoda, e que se recolhem cheias de recordações e de cansaços, para repousarem sobre as coxas. Até quase com frio, elas, tão brancas, quando a cidade transpira. Na fachada do hotel, janelas mouriscas de pestanas fechadas tentam proteger o sono leve de seus quartos. Apenas uma, no terceiro andar, escancara-se impudica sobre a rua. É por ela que Homero já veio espiar duas vezes a entrada do hotel. Um olhar meio aparvalhado de quem teme e quer ao mesmo tempo. Duas vezes ele voltou a sentar-se na frente da cômoda para retomar o trabalho. Há cinco anos ele vem fazendo isso sozinho. Não pode dizer que esteja cansado, nem diz, mas não gosta de manter sozinho suas coisas em funcionamento, como se uma vida sendo feita.

Os olhos apalpam o tecido, sua cor, e é quase imperceptível o sorriso com que identifica: esta camisa de cambraia amarela e uma gravata listrada. Em que baile e com quem? Quase mais nada resta do baile. Além da camisa. Mesmo o rosto de Isaura. Mesmo ele já começa a sofrer ausências bem prolongadas. Do sorriso de sua mulher pouco resta além da palavra sorriso. Sua imagem aprisionada em umas fotografias cada vez mais estranhas e imóveis. Como frases de uma página já morta.

Levanta-se, irresoluto, dois sulcos de insegurança no rosto. Como se uma alegria, ele pensa emocionado ao distender os membros, alongando. Uma alegria inteiramente física, o prazer do corpo? Ainda não se admite a entrega da alma: um leve sentimento de culpa. Aquilo uma traição? Aproxima-se novamente da janela e, reclinado sobre o parapeito, mergulha a cabeça branca e os ombros estreitos na luz. Olha a cidade escondida por baixo dos telhados e sente um pouco de calor. Olha com insistência para o calor da cidade porque não entende como tanta gente consegue esconder-se do sol que desde cedo se despeja em carne viva sobre o casario.

Passeia pelo quarto, espécie de jaula escolhida ao acaso depois que Isaura tornou-se uma lembrança. E todas as vezes em que passa pela frente da janela olha o calor do lado de fora. Retorna a seu lugar na frente da cômoda, em cujas gavetas vai guardando suas recordações, e recomeça com paciência o trabalho. Nunca foi tão urgente arrumar suas gavetas. Botar ordem nas coisas da vida. Mas não tem pressa. Depois de cinco anos, aquela tontura com gosto de vertigem: um olhar de mulher. Não acreditava que as pernas lhe voltassem a tremer. E tremeram. Seus dedos percorrem as pregas e nervuras de uma cueca e seus olhos passeiam pela sombra do quarto, pelas paredes impessoais e nuas. Há quantos anos! Ela ainda pouco mais que uma adolescente. Tira as peças de uma gaveta e as dobra com cuidado, colocando-as em outra, onde pareçam mais harmonicamente ajustadas. Ou as joga sobre a cama para que ali fiquem à espera, na muda espera de quem, por mais que tente, não encontra seu lugar.

Olha-se no espelho tentando descobrir o que pode ter restado de Isaura em seus próprios olhos. Mas não a encontra. Coça a cabeça no esforço de trazer de volta a fisionomia da mulher. Em vão. É como lhe costuma acontecer quando tenta buscar na lembrança os traços dos pais: são fisionomias que se superpõem movediças umas sobre as outras, mas todas congeladas pela resina do tempo.

O reflexo do sol é o brilho de uma pequena janela no porta-retratos sobre a cômoda. Um brilho que não permite a Homero reconhecer Isaura na fotografia. Um brilho que incomoda. Espicha o braço e muda o ângulo do retrato, fazendo o brilho desaparecer. Ao fundo, a casa com a tinta ainda fresca, latas e cavaletes ao lado, pequenas mudas de tuia e areca recém-plantadas na parte fronteira, e o rosto vitoriosamente jovem de Isaura. Seus cabelos longos e loiros em que o sol pintava trigais. Em primeiro plano, de pé como uma deusa, quase eterna. Tenta recuperar aquele momento, instante de vida e movimento, seus ruídos, suas esperanças. Enruga a testa, no esforço, coça novamente a cabeça. Só encontra a rigidez de um sorriso preso no papel acetinado. As tuias tornaram-se árvores altas e esguias, a casa envelheceu. Hoje um edifício de dez andares ocupa aquele pedaço da paisagem.

Às vezes se lembra da voz de Isaura, a inflexão melodiosa de algumas frases, como aquela exclamação que repetia com frequência "Ah, então é isso!", em que se demorava na pronúncia do "i", e era seu modo de viver: a cada momento uma descoberta. Mas não se lembra das circunstâncias em que a ouvia. Nem se lembra quando quer lembrar-se, porque é ato involuntário, sabe Deus resultado de que associações.

Batidas leves na porta do quarto interrompem as divagações de Homero. Ele torna a mirar-se no espelho, de relance, apenas, porque desconfiado, e o que vê é um rosto de adolescente assustado. Fecha afobadamente as gavetas da cômoda e nem toma cuidado para que desapareçam todas as roupas que estivera guardando. Ao levantar-se, descobre na fotografia, em primeiro plano, uma deusa de cabelos curtos e castanhos. Quase eterna.

O gorro do andarilho

— Me dá! – repete com voz envelhecida e olhos grisalhos, sem brilho.

Como resposta, uma gargalhada sem dentes e de barba suja, desgrenhada.

Seu gorro de lã, como um sol colorido na cabeça do Gordo, foi a primeira coisa que viu quando acordou. Então pediu uma primeira vez, a mão teimosa estendida. Era seu gesto antigo, de sete anos, repetido desde a perda do emprego e da família, quando se viu sem lugar onde dormir, senão os ninhos que fazia com a noite escorregando do céu. Ali mesmo, na beira da estrada, ou debaixo de qualquer ponte, abrigado.

Não gostava do Gordo, porque falava demais com sua boca e contava umas histórias de vida que não poderiam ser dele. Era um mentiroso ocupando lugar nos acostamentos. E andava rápido, com seu tamanho, como se tivesse aonde chegar. Não gostava. Além de mentiroso, era abusador, por se julgar um maioral. Pois apesar da ojeriza pelo companheiro, não era a primeira vez que partilhava com ele seu almoço debaixo daquela mesma gameleira.

Pedia muito mais com os olhos e as mãos, parados de tão duros, do que com as palavras, em cujo manejo vinha destreinando nos acostamentos. Os olhos, principalmente, raiados por estrias amarelas e vermelhas, eram tristes e úmidos, um modo remoto de continuar com sua humanidade.

— Me dá!

A repetição do pedido não aumentava nem diminuía a intensidade de seu desejo, que era monótono. Ele o repetia apenas como um modo de interromper o tempo vazio, e também porque a um homem não se pode privar inteiramente de tudo. O Gordo, entretanto, ria cada vez mais alto, pois sentia muito prazer em aumentar seu domínio.

O primeiro inverno passado na estrada refluiu como sensação, aquele frio na cabeça. O frio que então sentia machucava-lhe o corpo todo, mas de uma forma tão aguda que o céu acabava distanciando-se muito, como uma coisa inatingível. Os olhos é que sabiam bem, que se fechavam para não sentir mais frio.

O sol batia-lhe no rosto só como iluminação porque era um sol imprestável para aquecimento, quando percebeu subindo da terra um barulho de botas. Continuou de olhos fechados, pois nunca tinha nada o que pudesse fazer. Tão-somente vivia por não saber outra coisa. Foi assim que viu pela primeira vez o gorro, jogado sobre seu corpo, com barulho e susto. Abriu bem os olhos, o mais que pôde, pois queria ver a cara do anjo. O único movimento do mundo era uma brisa molhada de orvalho, que transportava o frio de um lado para outro. O gorro jazia imóvel sobre seu peito, feito uma propriedade sua, tão sólido como um sol colorido e quente.

No alto da gameleira uma cigarra pôs-se a chiar e o fez com tamanho empenho e volume que o mundo ficou estridente. Aquilo aumentou a intensidade frenética do sol que atravessava a copa da árvore e vinha cair em feixes longos e delgados sobre os dois homens que digeriam o almoço, sentados sobre pilhas de pedras.

— Me dá!

Houve uma leve alteração na voz envelhecida que, um pouco mais trêmula, deixava de ser um pedido, quase um apelo impotente, para se tornar uma exigência. A mão aberta no braço estendido não recuava. A cigarra continuava a chiar no alto da gameleira, o mundo estridulava, o sol descia em feixes da copa da árvore e o Gordo se finava afogado naquela gargalhada grossa de catarro.

Nunca mais tinha sentido frio na cabeça, depois daquela manhã. Arredou os trapos e levantou-se, já com o gorro na mão. Ao enfiá-lo na cabeça até cobrir as orelhas, olhou longe, as distâncias, e contemplou a várzea que se estendia em sua frente, muito imperador naquele conforto. Atravessou a cerca que o separava do acostamento e marchou seguro na direção do posto de gasolina, a pouco mais que dois quilômetros à frente, onde sabia garantido seu desjejum. Assim, sim. E aquele conforto descia-lhe da cabeça para o corpo, por isso pisava tão firme o asfalto.

Quando acordou da sesta, as pálpebras desgrudando-se ainda com dificuldade, a primeira coisa que viu foi seu gorro de lã, como um sol colorido na cabeça do Gordo. Então sentiu frio na cabeça, um frio antigo, e uma náusea gelada subiu-lhe do estômago cheio até inundar sua boca de um gosto amargo: uma sensação de vida inútil.

Aquele riso grosso, do Gordo, não era uma alegria leve e doce, provida com as suavidades da vida. Não era. Seu riso vinha de uma região obscura, quase o inexplicável que é a invocação tenebrosa, quando se chama a morte.

A pedra que rachou a cabeça do Gordo e silenciou todas as histórias que ele contava rolou e misturou-se às outras pedras, todas elas com aquela mesma aparência de inocente dureza. O gorro, finalmente recuperado, tinha uma pequena mancha de sangue, que em pouco tempo estaria seco, apenas uma pequena mancha escura.

Apesar de ser uma tarde quente de sol, o Andarilho, com seu gorro na cabeça, pôs-se na estrada como se tivesse aonde chegar. Mas não andava muito rápido, porque sua ideia de futuro era aquela sensação de que agora sim, agora poderia enfrentar as noites frias do inverno.

O zelador

I

O zelador entrou na cozinha empapado de suor e fome e, quando abriu as duas folhas da veneziana, ficou sendo meio-dia em todo aquele espaço em que a noite estava escondida. Só então viu a porta aberta da geladeira. E era um vazio o que estava lá dentro. Um vazio iluminado com reflexos nas paredes de esmalte branco. Ainda úmido. Num primeiro momento, pareceu-lhe um cérebro, aquele vão, porque não conseguia organizar uma única ideia. Mas percebeu logo que não era a geladeira que latejava, com o sangue correndo desesperado.

Apoiou na tampa da mesa as duas mãos abertas como patas, imaginando que era preciso entender o que acontecera. E imaginou. Uma imaginação, quando pega forte o pensamento, pode parecer mais verdadeira do que a verdade. Por isso não teve mais dúvidas: o culpado era seu companheiro Ego, o cachorro. Há dias que ele vinha percorrendo os arredores sem encontrar caça alguma. Voltava sempre sujo de barro, com a barriga no espinhaço.

O entendimento foi muito claro porque a janela permitia a comunicação entre o que estava dentro de casa com o mundo de fora, inclusive aquela claridade do sol por onde descia a imaginação. E Ego, apesar de companheiro e amigo, pertencia ao lado de fora.

O suor tornou-se azedo e a fome, aguda. Assim o zelador ia sentindo seu corpo, enquanto organizava o entendimento. O cachorro, sem auxílio de algum acaso, nada conseguiria, mas os móveis e utensílios daquela pensão, que lhes foi designada, há muitos anos vêm sendo usados apenas pelo tempo, que a ninguém perdoa, sejam os seres humanos ou seus apetrechos. Quando lá chegou, três meses antes, foi a primeira impressão que teve da vila toda. Nada fechava direito, nada se conseguia abrir completamente. Não se lembrava de ter tido muito cuidado com a porta naquela manhã quando saiu para o trabalho. O cachorro devia ter encontrado alguma facilidade.

Ele sempre nutriu um orgulho que chegava a ser mórbido por ser zeloso com tudo. Foi citado diversas vezes em relatórios da empresa por essa razão: a causa de seu orgulho. Mas não existe um único ser perfeito, pois a perfeição é uma ideia e ele era um ser existente, concreto. Também não era. Ao fechar a porta da geladeira, talvez não tivesse tido o cuidado suficiente. Acontece. Isso, contudo, não era motivo para ter sofrido uma tal traição.

Como estivesse muito confuso, resolveu fechar as duas folhas da veneziana e acender a luz. As duas ações lhe exigiram movimentos de pernas e braços que, por instantes, o acalmaram. Então, apesar do suor que manchava de azul-escuro vastas áreas de sua camisa azul, arredou uma cadeira e sentou-se à mesa. Era uma mesa grande, com tampa de fórmica cinza, onde fazia as refeições todos os dias desde que chegaram à vila.

*

Tinha acabado de receber, das mãos do Gerente Geral, a Ordem de Serviço. Não ousou reclamar de seus superiores, apesar de ter visto logo que era uma vila muito distante e em péssimas condições de conservação. Seu antecessor fora um velho funcionário da Zeladoria, que jamais conseguira passar da Classe D. Nos últimos tempos, já não se importava muito com o estado geral da vila.

Deixou o prédio da Administração um tanto frustrado, pois esperava uma promoção que não tinha vindo. Sua idade, foi o que lhe disseram sigilosamente, operava contra ele. O tempo não passava sobre o zelador ou passava sem muita pressa. Começou a odiar sua idade. Desde o momento em que botou o pé direito no primeiro degrau na descida da escadaria, sentiu que alimentava um rancor marrom contra aquela sua idade.

Parou na calçada, esperando que o trânsito diminuísse, quando viu surgir a seu lado, rebolando as ancas, um pequeno sol de focinho arreganhado e dentes à mostra. Era um baio para tirá-lo daquela frustração. Na sua espécie, pensou, é tão jovem quanto eu na minha. E em seguida viu-se dentro dos olhos redondos e escuros. Estalou os dedos para o jovem cão, que o entendeu imediatamente. Enrolou-se, então, em suas pernas, trêfego, pedindo afago. Ego, murmurou o zelador, acariciando sua cabeça. E o nome não foi uma invenção, mas uma descoberta, porque o jovem cão parou de pular e, abanando a cauda, olhou com muita simpatia para seu novo amigo.

Só ao despedir-se do cachorro, para atravessar a avenida, foi que percebeu o quanto seu futuro companheiro já estava gravado em seus olhos. Não era muito tarde para o almoço, e sua matula lhe seria entregue, de acordo com instruções recebidas, somente na manhã seguinte. Levou-o consigo até o restaurante mais próximo. "Levou-o" podia muito bem ser tão-somente a expressão de um pensamento maquinal, produto muito mais de um hábito antigo do que de alguma elaboração mental, mas ele demorou algum tempo até chegar a essa percepção. Se é que chegou. Talvez Ego não tenha sido levado, mas tenha simplesmente acompanhado seu novo amigo, ou seja, os dois foram juntos. Suas relações, desde esse dia já distante, sempre foram um tanto ambíguas. O zelador nunca soube direito quem conduzia e quem era conduzido.

Entrou e sentou-se na primeira mesa que encontrou, sem olhar para lado nenhum com medo de ver entrando o cachorro, mas principalmente com medo que pensassem que era seu. Os cachorros, em todo o país, estavam proibidos de entrar em restaurantes. Por isso ficou muito surpreso ao perceber o amigo sentado sobre as patas traseiras e todo ele preso dentro de sua cor de banana madura, bem ali, do lado de fora na frente da porta. Ego com suas orelhas caídas. Como houvesse entre ambos uma distância razoável e já tivesse passado o perigo de ser expulso por comportamento inconveniente, o zelador pôs-se a observá-lo detidamente, o que até então não tivera tempo de fazer. O cão estava imóvel e atento. Apesar de suas orelhas caídas, ele tinha uma fisionomia jovial e festiva, como de alguém que sente grande prazer no fato de estar vivo. Além desse detalhe, o zelador observou também que suas patas eram desproporcionalmente grandes, e isso significava que sua estatura estava incompleta. O que mais o encantou, todavia, foi a bolinha preta e úmida no vértice do focinho. Era um detalhe que se harmonizava muito bem, por contraste, com o restante baio de Ego.

O rapaz pediu ao garçom que trouxesse feijão branco com muitos pedaços de linguiça, além de pão e vinho. Uma costeleta de porco ensopada com legumes e, para completar, uma travessa com batata sauté e guisado de carneiro. O garçom anotou o pedido e não se decidia a sair do lugar, medindo incredulamente o autor de um pedido tão exagerado. Um casal que entrava no restaurante enxotou o cachorro para poder passar e o zelador sentiu-se subitamente irritado, pois pareceu-lhe que seu pedido reforçado tinha sido, enfim, inútil. Mas Ego não demorou para postar-se novamente na mesma posição, no mesmo lugar. E sua fisionomia jovial, apesar das orelhas caídas, recompôs-se imediatamente.

Depois de servido, o zelador esperou que o garçom se afastasse e, tomando um pedaço de linguiça na ponta dos dedos, jogou-o na direção da porta. Ágil e certeiro, o jovem cão abocanhou a comida, que, em dois segundos e com três movimentos rápidos da mandíbula, conseguiu engolir. Isso foi muito divertido e então o almoço transcorreu tranquilo, quase alegre. Os dois não pararam de comer até que as travessas estivessem vazias. O rapaz ainda arrotou satisfeito e com prazer o gosto do vinho antes de se levantar e dirigir-se ao caixa para entregar o vale. Mesmo tendo demorado alguns minutos sumido dentro do restaurante, ao chegar de volta à porta, lá estava Ego sentado sobre as patas traseiras. Esperando por seu companheiro.

2

O principal problema relacionado àquele roubo era sua promoção. Seu tempo de serviço na Zeladoria, segundo o regulamento, autorizava-o a nutrir tal aspiração. Com um pedido antecipado de alimento, ele sabia, adeus qualquer esperança de passar à Classe C. As vilas onde trabalharia seriam do mesmo nível da atual, que não era diferente das anteriores. Muito distantes, mal cuidadas, em regiões inóspitas.

O zelador, apesar de jovem, apresentava sulcos profundos no rosto, principalmente os que desciam das aletas até os cantos descaídos da boca. O futuro era agora uma névoa só em que tinha engolfado sua vida. Limpou o suor da testa com a mão direita e percebeu que a mão estava ainda suja de terra. Levantou-se e foi até a pia, onde lavou o rosto, os braços e as mãos. Assim estava melhor, talvez agora conseguisse descobrir qual a melhor atitude.

Ao passar de volta pela janela, empurrou irritado as folhas da veneziana, que bateram com um ruído seco na parede do lado de fora. Onde andaria o ladrão?, perguntava seu olhar que se perdeu nos dois sentidos da rua. O sol claro e quente arrancava da superfície do calçamento limpo uma dança refulgente e frenética, de raios vivos que se agitavam no ar como fantasmas presos à terra pelos pés. Magoados pela claridade intensa, seus olhos desviaram-se para dentro da cozinha. Apagou a luz e tornou a sentar-se.

*

Só ele acordou com o canto de um galo vizinho do alojamento. Pretendia partir antes que o sol esquentasse, porque nos momentos mais frescos do dia – crepúsculo matutino ou vespertino – as caminhadas rendem mais. Preferiu não acender a luz com medo de acordar alguém, por isso teve de tatear procurando a calça, que vestiu rapidamente, e a camisa. Estava um pouco frio, àquela hora, mas logo ganharia a estrada, a passo largo, e em pouco tempo seu corpo estaria aquecido. Jogou a mochila nas costas e enfiou os braços pelas alças, que se cruzaram em seu peito. Para não tropeçar em nada, seus pés se arrastaram até o corredor formado pelas camas. Então pôde caminhar normalmente, pois era um caminho conhecido.

Abriu a porta para o ar escuro e gelado da madrugada, mas retrocedeu um passo quando um vulto claro, não muito grande, saltou à sua frente. Não foi difícil reconhecer na criatura que pulava, em demonstrações de alegria, Ego, seu mais recente amigo. Agachou-se no pequeno patamar para retribuir as festas com que tinha sido saudado. O refeitório ficava a menos de dois quarteirões, distância que os dois companheiros percorreram em passo acelerado. Brrrrrrr, fazia o zelador vibrando os lábios e esfregando as mãos nos braços. Ele estava sentindo frio, por isso só pensava no café quente que o esperava.

Por causa do frio, a porta de vidro do refeitório permanecia fechada e foi com alguma sensação de culpa que o zelador a manteve assim. Do lado de fora, sentado sobre as patas traseiras, Ego espiava através do vidro aquele mundo iluminado que ele muito vagamente entendia. Enquanto passava a manteiga no pão, o rapaz refletiu descontente que o mundo não era contínuo, como às vezes parecia, mas compartimentado, cheio de barreiras. Ao olhar para o companheiro, percebeu que ele abanava a cauda, esperançoso. São os impedimentos, pensou o zelador ao arrancar com os dentes um bocado do pão. Quase todos inexplicáveis, mas aceitos passivamente. Então, como começasse a ficar acabrunhado com seus próprios pensamentos, resolveu basear-se na razão e concluiu que os cachorros são mais resistentes ao frio, por isso a porta poderia ficar fechada.

Terminado o café, passou no guichê, onde assinou a requisição, recebeu sua matula de viagem e saiu com passo duro para a madrugada. O volume no bolso da calça era o pão que Ego esperava receber, pois adivinhava que seria seu.

Mais de uma légua da cidade, a estrada enveredava por um descampado ainda ocupado por algumas sombras, quase todas baixas e imóveis. O zelador parou na cabeceira de uma ponte porque estava escuro e ele não conseguia ter certeza de ser uma ponte segura. Então seu corpo soube que estava submerso num silêncio quase absoluto. O rio deveria passar muitos metros abaixo, pois parecia parado, sem existência. Ego chegou em seguida, focinho colhendo cheiros do chão, e não hesitou em atravessar a ponte em seu trote balançado. O rapaz não esperou melhor prova de segurança e percorreu o trajeto exatamente por onde passara o amigo.

O pequeno vulto esbranquiçado sumiu na estrada e o rapaz riu daquele entusiasmo infantil, imaginando as duas orelhas caídas sacudindo-se com o trote de Ego. Poucos passos à frente, estava subindo a lomba de um pequeno outeiro porque seus passos encurtaram e a mochila tornou-se mais pesada, mas encarou a ladeira com entusiasmo certo de que lá do alto veria enfim a mancha leitosa anunciando o nascimento do Sol, recuperando seu senso de direção.

Era a primeira viagem que o zelador fazia acompanhado e isso era motivo de uma satisfação imensa. À medida que se aproximava do alto do outeiro, ele teve essa consciência ao ver o pequeno vulto no meio da estrada à sua espera. Sua viagem podia ser aliviada por metas mais curtas, metas que poderia atingir com poucos passos. Parou ao lado de Ego para lhe fazer uma carícia e então olhou em redor procurando o anúncio do Sol, que não apareceu. Foi por causa de uma brisa úmida descoberta ali no alto que ele entendeu: a chuva não estava muito longe.

Na descida da ladeira os passos se tornaram mais largos e rápidos, não só porque tudo estava mais leve, ou parecia estar, mas também porque não tardaria muito a chover. O jovem cão, que teve esse pressentimento, soltou-se à frente em carreira alucinada, entrando no mato à esquerda e à direita, pulando barranco acima, descendo e atravessando rapidamente a estrada, assim por mais de um quilômetro. Finalmente o zelador sentiu os primeiros pingos de chuva e não via como se proteger. Não que se sentisse satisfeito, claro que não; mas, ante o que lhe parecia inevitável, começou a treinar seu conformismo.

Ego tinha sumido há algum tempo e o jovem não sabia mais exatamente para que lado. Enfim, quando lhe parecia que a chuva ia despencar furiosa em seguida, o cachorro pulou no meio da entrada e voltou para o mato emitindo um latido agudo e prolongado. Era a primeira vez que o zelador ouvia aquilo, mas entendeu o latido como linguagem e correu atrás. Não andou mais de vinte metros mato adentro, quando as nuvens se despejaram fragorosamente do céu. Ele havia acabado de entrar para baixo da aba de uma rocha, onde a chuva não o alcançava. O lugar era escuro e o zelador não se descuidava de animais perigosos. Contudo, ao ver a naturalidade com que Ego passeava de um lado a outro da caverna, farejando todos os cantos, sentiu confiança e desatrelou-se da mochila, que largou no fundo da caverna.

Apesar da chuva, cuja intensidade mantinha-se imutável, pela boca da caverna entrava uma luminosidade ainda baça, mas que já permitia distinguir pedras e árvores, a extensão sem fim da planície. Agachado ao lado da mochila, o zelador tateou o solo e percebeu que era terra seca e um pouco macia. Aproveitou, com o propósito de descansar, e sentou-se no chão. A seus pés, Ego abanava a cauda, querendo demonstrar contentamento. Os dois já atingiam, apesar do curto convívio, um grau bastante razoável de entendimento. Quase ao mesmo tempo os dois deitaram-se de corpo inteiro.

A terra era solta e macia. O ar, ali dentro, era tépido. O rapaz distendeu as pernas com prazer e bocejou. A mão esquerda, a mais limpa, esfregou os olhos, abertos com violência, há umas poucas horas, pelo canto de um galo e pela ideia da viagem. O zelador conhecia as normas de segurança e as seguia com bastante rigor, como tudo o que fazia profissionalmente. Além das normas, que rezavam onde, quando e em que condições poderia um funcionário entregar-se ao sono, havia também suas fobias particulares. Ele sentia um medo mórbido, sobretudo de animais peçonhentos. Tinha pavor de cobras e aranhas, principalmente; isto é, daqueles contra os quais qualquer força poderia tornar-se inútil. Permitir que o sono, abruptamente cortado naquela madrugada, aos poucos voltasse, entorpecendo-lhe os membros e apagando-lhe a vontade, isso já foi uma demonstração cabal de sua confiança em Ego. Cochichar o nome do amigo e perceber que ele havia respondido sacudindo a cauda, foi a última coisa que o jovem fez antes de adormecer.

Os sonhos do zelador eram sempre sobre o passado. Ele não sonhava o futuro. E seu passado, apesar de escasso, dava-lhe matéria para misturar as vilas por que passara, as estradas que tivera de enfrentar, os trabalhos e canseiras próprios de seu ofício.

Ele sonhava agora, enquanto a chuva continuava caindo forte, com a igreja de uma das últimas vilas por onde andara. Era o interior de uma igreja com mesas redondas cobertas por toalhas xadrezes, como dos bares de que também cuidava. E dentro da igreja estava tudo muito escuro e ele toda hora tropeçava nas mesas redondas. Os tocos de cigarro estavam amontoados em uma bacia de alumínio e o vento poderia espalhar tudo novamente. Ele precisava chegar à sacristia para consertar o forro, que ruiria a qualquer momento. Por isso estava com pressa, mas ele andava arrastando os pés, querendo evitar aquelas mesas com toalhas vermelhas com riscos brancos.

O cão latiu e o rapaz sentou-se assustado. Seu companheiro olhava para fora, atento, por onde provavelmente passara algum animal. Fora suficiente, contudo, um latido para que as coisas se arrumassem por ali. A chuva não tinha diminuído muito e as nuvens tornavam-se mais claras, de uma claridade leitosa. O zelador afagou as orelhas caídas do amigo e voltou a dormir.

Quando acordou, finalmente, saciado de sono, abriu muito a boca e alongou os dois braços, em cruz, até tornar-se o imperador daquela caverna. Sentiu o corpo inteiro mergulhando em um bem-estar poucas vezes experimentado. A seu lado, Ego observou os movimentos do amigo com curiosidade e muita atenção: aquele tamanho que poderia ser uma cruz parecia estar maior do que antes. Então o zelador teve o pressentimento de que ficaria com fome muito em breve e quis descobrir no dia em que momento estavam, para confirmar o que já praticamente adivinhava, mas as nuvens escondiam qualquer vestígio do Sol, por onde ele andaria? A chuva tinha deixado um friozinho alegre no dorso do ar, e, à frente da caverna, abria-se uma várzea coberta de arbustos muito verdes e brilhantes. As sombras que tinha visto ao chegar eram formas nítidas, agora, que ele podia identificar. Grupos de canelinhas e aroeiras emergiam daquela vegetação compacta, com suas copas denunciando a chuva recente.

O zelador espichou o pescoço e examinou as nuvens, que nada lhe disseram. O céu e a terra estavam igualmente silenciosos e sombrios, mas não taciturnos. Teve de concluir sozinho com seu organismo que não estava muito longe do meio-dia e sentou-se ao lado da mochila para almoçar.

Com três, quatro dentadas, Ego engoliu a parte que lhe fora destinada, e ficou tenso, pronto para saltar novamente, como aprendera a fazer no dia anterior, mas o amigo, mastigando quieto, não olhava mais para ele. Grunhiu agitado, correu até o fundo da caverna, latiu para alguma sombra ou para nada, voltou a sentar-se sobre as patas traseiras, observando o rapaz, que mastigava quieto. Sua fome era muito maior do que a ração recebida. Sua fome era maior do que ele mesmo.

O zelador mastigava quieto, movimentando muito a mandíbula, com a mente ocupada em cálculos nada alvissareiros. A chuva, além de atrasar a viagem logo no começo, tinha por certo embarrado a estrada, tornando a progressão mais lenta. Dificilmente chegariam, antes da noite, à cabana indicada no mapa como primeiro pouso. Se assim fosse, teriam de dormir ao relento, com a possibilidade de novas chuvas. Para piorar, a matula era calculada para alimentar apenas uma boca, durante seis dias. Qualquer atraso ou descontrole no consumo era infração que não se admitia, por causa das consequências disciplinares e dos prejuízos físicos.

Os olhos de Ego, apesar de pedintes, eram também acusadores. Pelo menos foi o que sentiu o zelador ao observá-los. Agora, só na hora de dormir, é que se conscientizou disso enquanto erguia a mochila e enfiava os braços pelas duas alças. Foi com alguma irritação que ele saiu da caverna e, pisando a terra encharcada, virou a cabeça e olhou para trás. Sentado à boca da caverna, Ego, decepcionado, fingia ter desistido da viagem.

À medida que avançava pela estrada barrenta, mais encolhia seu coração. Várias vezes olhou para trás, preocupado, sem avistar o companheiro, aquela pequena mancha amarelada. Parou, algumas vezes, à espera, mas o corpo latejava a energia recuperada na caverna e batia o remorso da demora, então prosseguia seu caminho. Um quilômetro adiante, curvado ao peso de sua tristeza, foi surpreendido pelo galope faceiro de Ego, que o ultrapassou com o focinho erguido, medindo as árvores que margeavam a estrada.

Abraçadas em seu espinhento desespero, as copas de dois maricás se escureciam de anus, que se puseram a miar irritados com a aproximação dos viajantes. Foi a festa que o jovem cão estava esperando. Investiu contra o bando dando saltos ridiculamente infantis, pois esperava atingir os pássaros em pleno voo. E seu latido, que até então não tinha passado de um balbucio, tornou-se vigoroso, verdadeiro grito de guerra de um caçador.

Foi fácil, então, restabelecerem a paz entre si: era um dia de festa. E a fome, causa do mal-estar que mantivera o cachorro à porta da caverna fingindo ter desistido da viagem, não demorou muito a ser satisfeita. Ego ergueu o focinho, tenso, concentrado, inspirou o ar com sofreguidão e em várias direções, para, em seguida, precipitar-se no mato por uma ribanceira. As folhas secas do chão, apesar da chuva da manhã, anunciaram com estardalhaço a passagem do invasor. O rapaz ainda andou cerca de cem passos antes de sentar-se em uma pedra à espera. Assim como assim, pensava ele, não seria antes do dia seguinte que poderiam compensar o atraso daquela manhã.

Pouco depois, vindos do mato, o zelador ouviu os latidos de seu amigo. Por cima das copas, meia dúzia de corvos assustados batiam as asas com pressa.

Apesar dos transtornos daquele início de viagem, o jovem sorriu, pois estava contente de não haver perdido o companheiro. Aproveitou o tempo desperdiçado para examinar o mapa, fazer seus cálculos, em que se considerava muito habilidoso. O mais difícil era estabelecer em que momento do dia estavam.

Mesmo assim, estabeleceu que se haviam passado aproximadamente duas horas do meio-dia. Mais uma vez o céu não pôde ajudá-lo.

Não demorou muito para que Ego reaparecesse na estrada. Vinha sujo de barro, exalando um fedor nojento de carniça, mas com a barriga tão grande que mal conseguia trotar. Tinha o ar estúpido e feliz de quem praticou uma proeza.

Entre os dois, aos poucos se estabelecia um entendimento silencioso como base do acordo tácito necessário ao convívio. Naquele resto de tarde não houve mais parada, e o trote lento de Ego economizava energias. Ele não saiu mais do lado do companheiro, que não sentia mais a catinga do cão.

Finalmente chegaram a uma ponte assinalada no mapa, e o zelador concluiu que em menos de cinco horas não alcançariam a cabana do primeiro pouso. A escassa claridade do dia tornava-se mais fria e rala – era preciso encontrar logo lugar onde pudessem dormir. Para isso atravessaram a ponte, uns cinco palmos acima da água barrenta do córrego inchado. Andaram cerca de duzentos passos, lentamente, examinando as margens da estrada. Finalmente debaixo de uma jovem mangueira de copa densa e baixa, havia uma raiz alta formando, com um bloco de granito, um cubículo protegido, onde estariam abrigados do vento, e a chuva, no caso de voltar, não os pegaria totalmente desprevenidos. O zelador examinou o local com um ar de sossego. Para ele era indiferente saber ou não quem tinha passado por ali, um dia, sabe-se lá quando, deixando ao lado da estrada uma árvore para garantir o futuro. Preso a seu presente, à possibilidade de sobreviver e de executar o que a Zeladoria lhe determinasse, dispensava-se de qualquer reflexão sobre os significados e as razões. Julgava, mesmo, uma ocupação inútil, pensar no passado ou no futuro. Como segredo inviolável, mantinha um certo desprezo pelos superiores da Zeladoria que o incumbiam de embelezamentos desnecessários nas vilas. Aquilo, na sua opinião, chegava a ser um pouco degenerado. Flores nos jardins, pintura nova em paredes firmes, não prejudicadas pelo tempo, vasos sobre as mesas, enfim, uma infinidade de providências que não ajudavam a conservar coisa alguma. Jamais ousara fazer o menor comentário sobre o que pensava.

A falta de palha seca, nos arredores, foi um transtorno superado com galhos de vassoura de varetas finas e folículos abundantes. O terreno, assim forrado, tornou-se tão macio quanto a cama em que dormira na noite anterior. O zelador sentou-se e abriu o farnel. Ego o observava sem muito interesse. Tocou-lhe, afinal, um pedaço de linguiça, que ele não desprezou. Ao ver que o jantar havia terminado, o jovem cão espichou-se entre as pernas do companheiro, ele também cansado, à espera da noite.

O segundo dia de viagem eclodiu dos latidos de Ego, que, iluminado por um sol de outono, perseguia com muito empenho o bando de anus encarapitados no alto da mangueira. O zelador abriu os olhos assustado e sentou-se quase num pulo. Já era dia. Depois de espantar aquela súcia ruidosa para além de um carrascal espinhento, Ego voltou com a língua pendurada, muito vermelha e molhada. Vinha num trote dominador, com um ar compenetrado de quem está consciente de seu poder. Recebeu sua parte da ração matinal e observou seu companheiro, enquanto este se aprontava para a partida. Por fim, convencido de que nada mais receberia, ganhou a estrada correndo, como se fosse logo ali buscar o Sol.

Umas poucas nuvens no céu, muito brancas, esgarçadas; uma brisa leve e fresca, trazendo notícias da chuva do dia anterior, era o que faltava para que pudessem recuperar um pouco do tempo perdido.

Foi um dia sem novidades. A estrada, mais arenosa, estava em boas condições, o tempo mantinha-se firme. Alguns dos marcos assinalados no mapa estavam bem visíveis, outros, que não apareciam, tinham provavelmente sido tragados pelo mato, que crescia exuberante. Lá pelo meio da manhã, passaram pela cabana que lhes deveria ter servido de pouso na primeira noite. Apesar da curiosidade, continuaram a caminhada sem parar.

Além das estrepolias do cachorro, toda vez que topava com algum bando de aves ou alguma preá que ousava atravessar a estrada em sua frente, nada mais distraía a atenção do zelador.

Só no fim da quarta jornada, o sol beirando a borda do mundo, recuperaram todo o atraso do primeiro dia: chegaram à choupana indicada como quarto pouso. Puderam então descansar. Naquele dia, como nos anteriores, poucos acontecimentos mereceram atenção. Um deles, contudo, foi suficiente para deixar o zelador muito satisfeito com seu jovem companheiro. Uma preá corria pela relva à beira da estrada e só quando estavam bem próximos ela embarafustou pelo seu túnel. Ego disparou em sua perseguição. Ora, ele era muito grande para correr pelos pequenos túneis de capim e macega, o caminho das preás. Ele pulava, então, o corpo perpendicular, pulava muito alto e gania desesperado. Saltando daquela maneira, embrenhou-se pelo macegal que acabava em um banhado coberto por uma relva muito verde. Corria para a direita, em seguida voltava pulando, sumia por trás das taboas do charco, reaparecia soltando ganidos isolados e muito agudos. Subitamente desapareceu e parou de latir. O zelador não quis esperar pelo desfecho: jamais descuidava de seus deveres. Mais de um quilômetro à frente, o rapaz foi alcançado pelo amigo – barro até as orelhas, a barriga enorme e a língua vermelha pendurada. Era o fim do remorso por andar obrigando o pobre animal a uma dieta de fome.

A viagem prosseguiu sem contratempos. Ego perseguia passarinhos dando pulos sem saber que não tinha asas. O zelador, mesmo com o passo largo, pensava que fora uma grande sorte ter arranjado aquele companheiro para suas viagens.

Era meia tarde do sexto dia e os dois, já um tanto alquebrados, subiam uma ladeira em curva. Nos dois lados da estrada, algumas poucas árvores baixas e ralos arbustos. No ponto mais alto do outeiro, onde a curva morria em um longo trecho reto em declive, o zelador soltou um grito que rolou até a várzea e ricocheteou nos morros mais ao fundo. Lá embaixo, num descampado que um pequeno córrego cortava quase em linha reta, seu destino. Uma vila do porte de todas as outras em que já fizera a manutenção, com sua igreja acanhada protegendo a praça central e duas, três ruas com suas casas modestas mergulhadas em profundo sono.

3

De repente, teve uma ideia como quem recebe uma pancada na cabeça. Primeiro, agitou-se na cadeira, onde seu corpo não encontrava conforto: um líquido azedo rolando em suas veias. Então levantou-se de si, sem uma solução muito nítida; convencido, contudo, de que fazia parte de suas obrigações uma atitude violenta. Abriu a porta e apagou a luz.

O que pôs o zelador em movimento, foi a lembrança de que, além de um mês inteiro consumindo umas batatas-doces, que ainda se encontravam em algumas hortas cuja manutenção já fizera, umas poucas raízes de mandioca, raízes muito adultas, mas ainda consumíveis, e algumas folhas envilecidas de hortaliças que renitiram no meio do mato, além disso, era forçoso, de acordo com os regulamentos, que registrasse o fato em seu próximo relatório. E não era pouco ter de confessar um descuido, para ele que, há anos, vinha realizando cada tarefa com esmero, empenhando-se nos mínimos detalhes para merecer uma promoção.

O sangue, de azedo, passou a gelado. E o corpo todo sentiu o frio irradiado pelas veias. Desceu os degraus da escada sentindo náusea, com as mãos trêmulas. Seus olhos, também congelados, transformaram a paisagem numa página muito antiga em branco e preto. À medida que andava, parecia afundar-se num cená-

40 ANOS DE LITERATURA 137

rio enevoado, onde sombras imóveis tinham perdido as arestas e a nitidez. Quase tropeçou no cabo da enxada com que estivera trabalhando pela manhã, e que se escorava na parede do galpão. Foi então que a ideia explodiu num clarão em sua cabeça.

*

Apesar da fisionomia ainda meio infantil, Ego já estava com o corpo de um adulto grandalhão. Suas patas desde muito avisavam que isso acabaria acontecendo. Os dois já tinham passado por três vilas, com poucos reparos a fazer, o que lhes exigiu menos de um ano e meio. O convívio contínuo do zelador e de seu companheiro criara entre eles uma relação de confiança mútua e um sentimento muito próximo de uma amizade irredutível.

Na segunda vila em que estiveram juntos, um dia de inverno, o zelador percebeu que não se lembrava mais dos sons produzidos pela garganta humana. Não que isso lhe fosse muito necessário, mas poderia transformar-se em uma deficiência funcional em determinadas circunstâncias. Estava escovando o piso de um salão e surpreendeu-se a pigarrear. E aquilo era um barulho vivo que lhe fazia bem aos ouvidos.

A partir desse dia, sempre que seus ouvidos sentiam falta de ruídos humanos, caminhava duro, com os calcanhares ferindo o piso, provocando um barulho seco, ritmado, de alguma coisa que se move em rumo certo sobre a Terra. Outras vezes, pigarreava, inventava tosse, e finalmente começou a falar com Ego. O cão, já dono de seu tamanho, mirava-o com a cabeça adernada ora para a esquerda ora para a direita.

Nas diversas viagens que juntos empreenderam, os dois se complementavam. O cão, por ter o sono mais leve e alguns sentidos mais aguçados, era o guardião das noites, sempre vigilante, muito responsável. O jovem, detentor das provisões, muitas vezes via-se na contingência de saciar a fome do amigo.

Era a terceira vez que enfrentavam juntos uma estrada. Ego esticou a cauda, estatuado à frente do zelador, focinho movimentando apenas o botão preto das narinas. Subitamente soltou um latido, um único e enfiou-se pelo mato em carreira desabalada. Seu latido, quando recomeçou, vinha abafado pela distância e pela vegetação densa que escondia os troncos das árvores. Cipós, arbustos, taquaris, uma confusão de ramos entrelaçados que tornavam a passagem quase impossível.

A viagem transcorria tranquila até ali, havia tempo de sobra para atingirem o próximo pouso. O zelador resolveu então esperar. Conhecia muito bem cada gesto de seu companheiro. Sabia que não era uma perseguição festiva, como quando ele espantava os anus ou qualquer outro bando de pássaros. Não era o latido usual da diversão. Havia uma concentração em seu olhar, uma tensão que lhe corria do focinho à cauda, que não podia ser de medo, um sentimento estranho, mas que era de apreensão por algo desconhecido, talvez, talvez a certeza de uma tarefa excessivamente pesada.

Subitamente os latidos cessaram e o zelador teve a impressão de ouvir sons como de um cão rosnando, até ouvir nitidamente os ganidos de dor de seu companheiro que se repetiam cada vez mais próximos e mais lastimosos. Quando o cão pulou de volta para a estrada, o zelador percebeu o que havia acontecido. Havia três espinhos de ouriço grudados em sua boca. Eram longos e finos, com seu corpo amarelo e liso na parte inferior e uma espécie de penugem cinza da metade para cima.

Foi difícil mantê-lo parado, mas a dor exauria suas forças e o cão finalmente submeteu-se. O mato, em volta, fazia um silêncio curioso e cheio de medo. Uma tal gritaria ali, naqueles ermos, era uma coisa nunca vista. Os pássaros fugiram para longe, sozinhos ou em bandos, os pequenos animais não ousaram aproximar-se.

Para o jovem, o espinho de ouriço não era nenhuma novidade, mesmo assim, já estava suando antes de começar sua intervenção. Ele sabia que a retirada daquelas setas agudas causava, no início, maior sofrimento do que deixá-las paradas onde estavam. Conhecia histórias de espinhos que andavam, a cada movimento do portador, por causa de suas farpas viradas como em anzol. Era necessário aumentar a dor para conseguir o alívio. E ele pôs-se a trabalhar. O cão grunhiu de dor, tentou escapar-se, arranhou com suas unhas as pernas do companheiro, mas estava suficientemente preso e a cirurgia em alguns minutos teve fim.

Livre dos espinhos, ainda sangrando, Ego tentou lamber as feridas, um costume atávico que não pôde pôr em prática, agora, porque suas feridas eram dentro da boca. Parou de ganir e ficou algum tempo parado, como que meditando na maldade animal que acabava de conhecer. De vez em quando chacoalhava a cabeça pois sentia ainda as ferroadas que o haviam torturado. O zelador, paciente e penalizado, afagava a cabeça do companheiro em sinal de solidariedade.

Não demorou muito para que o jovem se levantasse e enfiasse os braços pelas alças da mochila. Conhecendo o gesto, Ego pôs-se também de pé e reencetaram a caminhada. O cão trotava tristonho ao lado do amigo e no restante daquela tarde não se importou mais com passarinho algum.

4

Nenhum dos pequenos episódios que foram tecendo, ao longo do tempo, a mútua confiança pôde naquele momento valer ao cão. Educado na rigidez dos regulamentos, o zelador não conhecia a tolerância, vício que aprendera a banir de sua vida desde criança. Quase tropeçou no cabo da enxada com que estivera trabalhando pela manhã, e que se escorava na parede do galpão. Foi então que a ideia explodiu num clarão em sua cabeça. Jogou ao ombro o cabo da enxada, roliço e polido, como se retornasse à limpeza do pátio da escola. Nem que estivesse agora no inferno, pensou, o traidor estaria seguro.

Sua primeira ideia foi a de voltar para a frente da casa e percorrer a rua de uma ponta à outra. Não poderia estar muito longe, arrastando todo aquele peso. Seu ouvido sensível e esperto, contudo, reconheceu o alarido que joões-de-barro e bem-te-vis faziam na orla do mato que servia de proteção aos fundos da horta. O zelador conhecia as vozes dos pássaros e voltou pelo caminho que passava ao lado do galpão.

Não teve de caminhar muito para avistar a mancha cor de banana madura, imensa e imóvel. Ao lado, um montículo de terra, onde deveria estar escondido o que Ego não conseguira devorar. Lambia as patas dianteiras, o cão, provavelmente lavando-as depois do trabalho terminado. Não precisou virar a cabeça para ver quem se aproximava, pois era um passo que já conhecia desde sua infância. Então sacudiu a cauda feliz.

O zelador tomou o cabo pela extremidade e, com o olho da enxada, amassou a cabeça entre as duas orelhas. As quatro pernas apenas estremeceram e o mundo foi encoberto por um lençol de silêncio. Nem pássaros, nem vento, nada mais tinha voz.

Aproveitando a terra fofa da cova recém-fechada, o zelador enterrou o cão por cima de sua comida.

Os sapatos de meu pai

O dia começou completamente sexta-feira, pensei enquanto levava o saco de lixo para a calçada. Um céu úmido chuviscava irritação sobre a cidade indefesa e fria, obrigando-me a proteger o rosto do vento molhado e escolher o lugar onde punha os pés. As lojas vizinhas também levantavam suas portas onduladas. Minha rotina dos dias pares, nossa escala entre as balconistas.

A três passos do poste, junto ao qual deixaria minha carga, dois sapatos largos e sujos, tamanhos, o direito esfregando-se na guia para se livrar do barro. Meu sangue parou e todo meu corpo também. Só meus olhos mantinham alguma vida, mas não ousavam subir além de dois palmos das pernas. O medo grudava-me no céu da boca um gosto indeciso entre o morno e o frio. Qualquer coisa amarga em uma colher: toma, minha filha, vai te fazer bem. Eram os sapatos de meu pai. Por tudo que sei dele, eram os sapatos de meu pai.

Já não sei se o que me resta dele, de meu pai, são reminiscências minhas, situações que eu mesma vivi, ou são as lembranças de minha mãe, casos que ela me contava com olhos brilhantes, muitas vezes de lágrimas, outras vezes de pura paixão.

Paralisada no meio do caminho, não conseguia desgrudar os olhos daquele sapato embarrado esfregando-se na aguda quina da guia. A garoa apertava, mais densa, e um pequeno córrego escorria pelo meio-fio. Quase alegre. A poucos metros abaixo, entretanto, sem nenhuma resistência, despejava-se na boca-de-lobo e sumia da face escura da sexta-feira. Lá embaixo.

Entre sombras e silêncios, nossas horas sempre passaram muito lentas. À noite, principalmente, tínhamos apenas uma à outra para suportar o tempo, quando a televisão não nos pudesse ajudar. Um belo homem, ela me dizia depois de um suspiro. A imagem que dele guardo é de um homem alto como uma árvore, testa larga e olhos castanhos muito vivos. Um rosto liso, de beleza quase feminina. Renovei durante muitos anos essa imagem na foto que minha mãe mantinha escondida e que talvez ainda mantenha. Nunca mais a vi. Não que ela tenha mudado o esconderijo, mas porque finalmente desisti de esperá-lo.

Ele chegava com os bolsos cheios de balas. Não era longe, a farmácia, e ele enchia os bolsos do jaleco branco no supermercado que ficava em seu caminho. Era assim que chegava. E me botava no colo para ver-me descascando as balas com meus dedos aprendizes. Ria muito, então, como se estivesse muito feliz. Ele tinha um sorriso de seu tamanho. Impossível imaginar que um dia não quisesse mais esperar o almoço comigo sentada em seu colo. Desde esse dia, uma das caixas do supermercado não apareceu mais em seu posto de trabalho. Só muito mais tarde, minha filha, muito mais tarde. Minha mãe só percebeu a ausência daquela moça muito mais tarde. Como se aquilo fosse um acidente, uma situação provisória. Até hoje me parece que ela pensa assim.

Por muitos anos meu pai foi apenas um homem de jaleco branco. Até o momento em que descobri uma fotografia escondida por baixo de papéis velhos no fundo de uma gaveta da cômoda. Alguns lugares da casa me impunham medo e respeito, eram santuários que não se podia profanar. Havia verdades interditas, segredos que era melhorar ignorar. Guardei com cuidado a foto no mesmo lugar onde a descobrira. Daí em diante, ele passou a ser personagem de uma paisagem com árvores e alguns canteiros de rosas, como na orla de algum parque.

Quando via minha mãe perdida em seu olhar distante, dependurada e sozinha, sentia medo de que também ela não encontrasse mais o caminho de volta. Então grudava-me em sua mão. Conta, mãe, conta daquela vez em que fomos visitar o zoológico, nós três. Ela me punha sobre suas pernas e começava a contar sem pressa que a tarde estava muito clara, sem nuvens, porque era uma tarde de primavera e que, depois de termos visto macacos e javalis, tigres e leões, depois de termos visto búfalos sonolentos, aquelas montanhas sombrias que eu não poderia entender, eu olhei para o céu azul e apontei soluçando o bando de andorinhas, dizendo que sentia saudade de pegar uma andorinha na mão. Então os dois riram de clara alegria, debaixo do céu azul, numa tarde de primavera. E os olhos de minha mãe brilhavam de pura paixão, ao recontar a história. Meu pai levantou-me no ar como se fosse fazer-me voar e deu-me um beijo na testa. Tolinha, andorinhas não se pegam na mão. E a brisa, que mal sacudiu os galhos das árvores, naquele momento, anunciava o vento que traria as nuvens, antecipando a noite.

Sujo ainda, o sapato direito planta-se na calçada, plantado firme, enquanto o esquerdo começa a mesma operação que me mantinha quase sem respiração. De relance, embora, se o encarasse, poderia reconhecê-lo. Provavelmente. Mas não tive coragem. O tempo sempre deixa rastros em seu caminho e o rosto poderia ter-se camuflado. O córrego diminuiu, não passando então de um risco de água que nem barulho fazia ao precipitar-se na boca-de-lobo. Senti minhas pernas dormentes e tive medo de perder o equilíbrio.

Numa tarde em que lavava a calçada, tive aquela mesma sensação de que o coração pesado jamais voltaria a funcionar. Aquele gelo amargo na boca. Um homem alto, de pasta na mão, apertou a campainha aqui de casa. Abandonei vassoura e mangueira onde estavam e entrei com as pernas e o coração em disparada, gritando por minha mãe. Só podia ser ele, pensava enquanto corria, e repeti em voz alta no fundo do quintal. Era um homem do censo, descobrimos em seguida, com o coração quieto de tão murcho. Os sapatos de seu pai, minha filha, você nunca viu aquele tamanho de sapatos.

Algumas vezes ainda me deixei enganar pelo desejo, quase sempre mais forte do que os sentidos, até que, por fim, nunca mais procurei a fotografia clandestina, no fundo da gaveta.

O gerente me chamava da porta da loja e eu, de onde estava, joguei o saco de lixo na direção do poste. Sem erguer a cabeça. Não, agora não, ia pensando enquanto voltava para a loja, agora não adianta mais, porque agora já sou.

Antes de entrar, ainda olhei para trás e percebi que os sapatos se afastavam rapidamente. Apesar do esforço, continuavam sujos daquele barro que era agora sua própria cor.

Uma tarde de domingo
(Tragédia em três episódios)

> *É tarde! Ele conhece esta paixão demente,*
> *A linha ultrapassei do pudor exigente.*
> *Expus minha desonra ao meu dominador*
> *E, em meu peito, a esperança abriu-se em outra flor.*
>
> JEAN RACINE, *Fedra*

JOANA

> *Oh! que pai infeliz!*
> *E, se eu o condenei, por vossa causa o fiz.*
> *Cruel! Suporeis vós que estais justificada?*
>
> TESEU

Esta casa ficou escura assim tão grande, sua imensidade, depois que eles se foram. E vazia. Não mais vazia do que eu, entretanto, que passo meus dias a contar minutos e passos pelos corredores. Mas vazia o suficiente para que me sinta angustiada, sabendo que não posso estar em todos os cômodos ao mesmo tempo. Nunca sei o que acontece onde não estou, como não sei o que aconteceu em minha casa, as causas de tanta desgraça, enquanto estive fora. À tarde, principalmente, ao cair da tarde, ouço as vozes dos dois conversando e rindo na cozinha, se estou na sala; ou no quarto, se estou na cozinha. Tudo acontece onde não estou. Quando me aproximo, calam-se e mudam de lugar. Como duas sombras silenciosas, suas asas carregadas de pretas nuvens. Às vezes chamo um dos dois, à noite, principalmente, quando costumávamos estar reunidos, e tenho a impressão de ouvir a resposta.

Preciso acender as lâmpadas, iluminar esta casa. Toda. Tenho necessidade de muita luz, de luz que me ofusque e me esfole as vistas, que me jogue dentro do espelho, com meus gestos vacilantes, mas, enfim, movimentos de meu corpo. Só a claridade me põe para fora de mim mesma e evita esta asfixia que me atacou no domingo passado e não me abandonou mais. O que me falta é ânimo de levantar desta cadeira, de percorrer os lugares onde os vi nestes últimos três anos.

Amanhã de manhã, ordeno que se abram todas as janelas para expulsar suas lembranças de meu espaço. Quero uma invasão de sol e que o ar puro fareje os cantos mais recônditos da casa. Se não fizer isso, vou viver confinada em minha escuridão.

Na volta do enterro, eu percebi que estava incompleta, então me fechei no quarto até que as últimas vizinhas tivessem ido embora. Não suportava mais tanta invasão. Não suporto mais a companhia das pessoas, todas elas querendo me consolar. Não é de consolo que eu preciso, é de certeza. Nem a televisão eu ligo mais porque é impossível evitar a alegria. E eu não quero me sentir alegre. Já reli aquele maldito bilhete até gastar as vistas e o papel. Inútil. Não vou além da letra nervosa de Pedro tentando aparentar uma frieza que não é dele. Me afasto desta casa por causa de sua filha, diz ele no final, antes de assinar.

Estava anoitecendo, quando entrei em casa, e nenhuma lâmpada estava ainda acesa, mas não cheguei a estranhar a escuridão: eu, toda iluminada por dentro, como vinha. Domingo à tarde, nenhuma rotina nos prendia, nada nos obrigava, cada um dono de seus afazeres. Ninguém na sala, na cozinha ou na bi-

blioteca. Ninguém em lugar algum da casa. Os móveis, enco-
lhidos mudos na penumbra, negavam-me a história que tinham
testemunhado: sinal algum. Ao entrar no quarto, finalmente, e
encontrar seu guarda-roupa aberto e vazio, foi que percebi. Sobre minha mesa de cabeceira, sua explicação: por causa de sua
filha. A primeira leitura me levou ao desespero. Anita, meu Deus,
Anita, por baixo da santidade! Então odiei minha filha e queria
vê-la morta.

Agora releio o bilhete com os olhos nublados de dúvida. Por
causa de sua filha. Mas o que poderia ter feito minha doce Anita
para ser assim culpada pelo abandono em que Pedro me deixou?
Foi o que li pela primeira vez e a expulsei de casa sem ouvir qualquer explicação. Só agora percebo que a causa pode ser diferente
da culpa.

Cega de dor. Foi assim que ela desceu estas escadas, sabe-se
lá com que propósito. E até penso que sem propósito algum.
Ela tão-somente gritava isto é uma monstruosidade. E repetia
aquilo desvairada. Como desvairada desceu correndo as escadas.
Queria, talvez, apenas atravessar a rua, afastar-se de mim, que
tão rudemente a acusava, fugir para qualquer canto do mundo
onde não a alcançasse minha maldição. Como saber? Corri até
a janela, quando ouvi o guincho dos pneus no asfalto. O trânsito
estava parado e uma multidão aglomerava-se no meio da rua.
Ela tinha-me escapado definitivamente.

Meu sentimento de vitória, naquele instante, me enche agora
de remorso. Nem o pensamento de que ninguém pode escapar
de uma fatalidade tem o poder de me consolar. O bilhete não
esclarece nada, mas sugere um mundo tenebroso. Entre causa e
culpa vou remoendo minhas horas, e as piores são as horas do
anoitecer, quando as sombras começam a invadir a casa, tornando o ar mais denso e pesado.

Anita

Acusado de um crime atroz que me imputais
Que amigos posso eu ter se vós me abandonais.

Hipólito

Entrei na igreja pisando com os pés, suas pontas, o respeito que me ensinaram. O sol tornava-se festivo, atravessando os vitrais, e o ambiente feérico, tão diferente das ruas agitadas por onde vim, pousou nos meus ombros com suavidade, me impregnou de sua calma. Foi meu pai quem me infundiu este respeito pelos símbolos sagrados. Desde cedo, quando ainda me era difícil entender o mundo natural, ele já me impunha o sobrenatural, como se eu, uma predestinada. E foi assim que eu cresci. O incenso é meu ar puro, alimento de minha fome.

O padre chegou logo depois, como havia prometido na porta da casa paroquial, e trazia, pendurada de seus olhos claros, a felicidade de me ver. Aquele olhar me purificava. Estávamos apenas os dois àquela hora na imensidão da nave, submersos em raios coloridos de sol, que reproduziam em todas as alturas as quatorze estações da *via crucis*. E então, minha filha. Era assim que ele sempre começava. Foi isso que ele me disse ao sentar-se a meu lado. O que nos traz de volta esta santinha? Desde cedo, desde os tempos em que meu pai já muito doente me trazia junto para rezarmos, que ele me chama de santinha. Talvez tivesse mesmo rosto de santa, naquele tempo, às vezes acho que sim. Não acredito que hoje continue a ter aquele ar de quem não pertence a este mundo. Principalmente depois da baba de outros olhos com que fui coberta ainda há pouco lá em casa.

A necessidade de contar o que trazia a santinha de volta quebrou minha calma como pedra lascada e áspera. A primeira palavra me rasgou, em defloramento, e um choro brutal, sacudido e descontrolado, me impediu de continuar. A tarde estava preguiçosa, não passava de umas quatro horas, quando entrei, e meu choro convocava todo o sofrimento da Virgem, de todas as virgens, em meu socorro. Os raios coloridos do sol em que estava mergulhada a nave moveram-se em contorções descontroladas como holofotes em noite de ataque aéreo. Padre Artemísio apenas colocou a mão sobre minha cabeça e deixou que eu me esvaísse em choro. Sua mão, tão leve que mal pressentia sua presença me protegendo. A santinha do padre Artemísio trepidava em rota de angústia.

Quando por fim meus olhos secaram, febris, presos por uma fúria quase divina, parados, não posso continuar naquela casa, foi o que em primeiro lugar eu disse, as palavras ainda úmidas e grossas.

Os desígnios divinos, minha filha, os desígnios divinos são insondáveis. Aquilo me soou como hosanas de um coro de anjos, todos com a cara que eu tive quando criança: uma verdade. Ele tomou minhas mãos nas suas, transmitindo-me coragem. Se for de Sua vontade, podemos encontrar uma solução. Ele, o que estava pensando, era o que eu já sabia, o que muitas vezes havia insinuado: que a vida monacal trazia a verdadeira e única felicidade. Concordei. Que sim, já me sentia preparada.

Sei que minha história confusa saiu ainda mais descosida por causa da emoção. Tentava me controlar, seguir uma linha lógica, mas a memória funciona aos arrancos e paradas bruscas. Uma vez ou outra padre Artemísio me pedia explicações, então repetia certas passagens, emendava o descosido, procurava coerência nas impressões que me ficaram.

Terminei meu relato com as sombras já instaladas no interior da igreja. Ouvi a porta lateral abrir-se e vi entrar uma das beatas que, apesar da pouca luz, consegui reconhecer. Estávamos os dois em silêncio difícil. Eu mais aliviada, depois de compartilhar com padre Artemísio as sujeiras em que estava envolta. Ele, entretanto, pesado, muito pesado com tudo que havia ouvido.

Agora, minha filha, preciso me preparar. Em pouco tempo meu povo deve estar aqui, à minha espera. Seus olhos claros estavam sumidos, quase invisíveis. Por causa das sombras que haviam ocupado a igreja, mas também, me parece, por causa da crueza do assunto. Mesmo sem ver claramente seus claros olhos, encarei-o à espera de meu destino. Muda. Padre Artemísio percebeu-me firme no propósito de não sair sem uma solução. Vai, ele disse ao cabo de algum tempo, vai, minha filha. Converse com sua mãe. Mostrei-lhe que não poderia dizer a verdade a minha mãe, que não merecia tal decepção. Diga-lhe apenas que o chamado de sua vocação, minha santinha, e isso, pelo que sei, não é mentira. Saí de lá quase feliz, alegre com a resolução finalmente tomada.

Breve, muito em breve, devo abandonar estas ruas agitadas, este cheiro de petróleo, estes ruídos diabólicos. Ainda hoje minha mãe precisa saber de minha resolução.

PEDRO

> *Cada instante, Teseu, é precioso. A culpada*
> *Sou eu que ao filho casto e tão respeitador*
> *Ousei fixar um olhar de incestuoso impudor.*
>
> FEDRA

Preciso sair deste inferno. Não suporto mais o castigo das noites de insônia a imaginar sua respiração no quarto ao lado, uma parede apenas no caminho de meus desejos. Não posso continuar fazendo amor com a mãe usando a filha como fantasia. Ainda hoje preciso sumir. Agora, antes que a Joana volte do clube, antes que tenha de enfrentá-la com uma explicação impossível. Um bilhete apenas, e ponto-final.

Ela saiu tropeçando em raivas, minha enteada, seus olhos grandes e doces num rosto desconhecido-irado. Minha mãe vai saber de tudo, ela me jogou da porta, num grito como um *jab* de direita, antes de bater a porta: um cruzado de esquerda. Os dois golpes me atingiram e me deixaram sem reação. Sua voz estava tão irreconhecível quanto seu rosto, sem as doçuras do convívio, aquele mel que me fluía suave pelos ouvidos como veneno que antes de matar inunda os sentidos e concede a visão do paraíso – gozo inefável. Sua voz, seu olhar, os peitos empinados e pequenos, suas coxas macias e quentes, seus lábios carnudos, fruta madura e sumarenta, tudo isso me habitou nestes últimos três anos, dia e noite, como o prazer de uma morte. Era impossível que Anita ainda não tivesse pelo menos pressentido o desejo que aos poucos acabava comigo. Tanta ingenuidade não existe neste mundo, eu pensava.

Ao levantar-se da cadeira, deu dois passos para trás quase derrubando a estante de CDs. Seus lábios tremiam e os olhos marejavam. Foi o momento em que percebi a falsidade dos prenúncios que vinha observando desde a hora do almoço: o destino parecia a meu favor. Eu percebi, então, entre assustado e curioso como numa vertigem, o tamanho de sua indignação. Tinha suas mãos nas minhas e suava por causa disso. O tesão me incendiava os olhos, minha saliva era uma lava grossa e quente. E ela finalmente entendeu que as carícias recebidas não eram paternais. Um momento antes eu ainda acreditava na possibilidade daquele amor proibido. Até o momento em que ela arrancou bruscamente suas mãos das minhas.

A voz que eu ouvia não era minha, era pálida, era como a voz da televisão na sala ao lado. Meus lábios se moviam à revelia de minha vontade. A cena era de um sonho difícil e surreal. Eu sabia o que estava fazendo, mas não controlava qualquer ação. Desde o instante em que tomei suas mãos entre as minhas e ela sorrindo permitiu que assim ficassem, perdi completamente o comando de mim, dessa loucura que durante tanto tempo eu vinha evitando. A tarde juntos, eu acabava de dizer, e ela perguntou por quê. E me encarava de olhos corajosos, o que entendi errado. Ora, por quê. E então você não percebe? Percebe o quê?, ela voltou a perguntar, suas mãos quentes irrigadas pelo suor incontrolável de meu tesão. Que eu quero fazer amor com você, eu disse baixinho, como se uma coisa assim proibida pudesse marcar os móveis, as paredes, pudesse criar um corpo com asas e evadir-se pelas janelas. Suas pestanas enrugadas me fitaram um momento sem compreender nada, obtusas, e então suas duas mãos fugiram assustadas.

Tanta coisa para se fazer num domingo à tarde melhor do que jogar vôlei, minha filha. Foi tão primeira essa vez que se declarava entre nós qualquer parentesco que a meus ouvidos soou como mentira. Um som falso. Mesmo assim, Anita, que nestes três anos vinha evitando qualquer aproximação comigo, entregou-me docilmente suas mãos. Ela esteve muito perto de ceder. Tenho certeza disso. Senti que se agradava das carícias, tensa, gotículas de suor na testa e no buço. Avancei rude, uma fome antiga me guiando os passos. Foi a minha perdição, porque então vi a sombra de seu pai encarando-me do fundo de seus olhos grandes e assustados. Entre nós, quase sempre, aquele anjo da guarda que o câncer comeu, mas cuja lembrança está em cada canto desta casa, afrontando-me com sua santidade.

Anita, em geral, usa roupas fechadas e escuras, escondendo o corpo. Não sai da igreja e se comporta como uma noviça. E dizem que estas são as mais quentes. Nas tardes de calor, entretanto, ou quando resolve lavar o quintal, finge que não me vê. Talvez não me veja mesmo. Veste um shortinho muito curto e apertado, metade da barriga aparecendo abaixo do nó nas fraldas da blusa. Uma vez só que eu pudesse enfiar o dedo naquele umbigo orgulhoso e despudorado, uma vez só e morreria realizado. Meu Deus do céu, são as tardes em que faço amor sozinho.

Um ciúme assim mórbido e intenso não acreditava que um dia pudesse sentir. O domingo quente se desmanchava na frente da televisão quando ela passou e se despediu displicente. Desde cedo eu estivera certo de que o destino estava a meu favor. Anita não tinha aonde ir. Foi do que se queixou na volta da missa. Mais tarde, pouco antes do almoço, Joana me perguntou se eu não me incomodaria de ela passar a tarde com suas amigas jogando não entendi bem o que no clube. Sábado à noite os empregados costumam ser dispensados. Eu tinha o jogo do Brasil a que assistir. Boa razão para estar em casa. Tudo armado e ela parecia não entender.

Aonde vai, vestida desta maneira? Usava um agasalho esportivo e tênis. Ela parou surpresa com essa intromissão assim tão paterna. Coisa fora de meu feitio. E demorou algum tempo surpresa, resposta nenhuma acudindo-lhe. Foi o tempo em que me levantei para cercá-la, conversando amistoso, chegando ao ponto de chamá-la de filha. De minha filha. Jogar vôlei com os amigos, ela disse finalmente, provocando sem saber o ciúme que me decidiu a não retardar aquela abordagem.

O jogo ainda não tinha começado.

O peso da gravata

[2016]

A dona da casa

O silêncio é sua escuridão, por isso viver tornou-se um exercício diário, meticuloso, em que tateia com os pés o piso frio da cozinha, não vá acordar a mãe. Desde o divórcio, vem apalpando a medo os dias e os vazios na consciência da velha mãe, com quem decidiu morar, aproveitando uns restos de responsabilidade familiar. Nossas velhices são amparos mútuos, dizia às vezes, em tom de brincadeira, pois sabe-se tão jovem que nem chegou a pensar ainda em aposentadoria.

Depois de abrir a porta dos fundos, costumava entrar pela cozinha, enfia a mão no espaço escuro, acende a lâmpada e entra com silêncio de ladrão experiente. É preciso fazer um lanche para poder dormir. Lava as mãos sujas de giz na torneira da pia e, mesmo sem enxugá-las, põe a frigideira untada de óleo sobre o fogão. Um ovo mexido com pão é tudo que sua mente cansada e o estômago vazio ambicionam.

Quando o grito estremece o ar iluminado da cozinha, Isaura olha assustada para trás.

— Vagabunda!

A guedelha revolta e toda ela amarrotada pela cama, sua mãe aparece estátua na porta completamente viúva. Isaura não deixa de mexer o ovo na frigideira, fingindo não ter ouvido o insulto, mas sua cabeça baixa permite um olhar de esguelha, por cima do ombro, tendo a mãe como alvo.

— Sua porca vagabunda. Pensa que eu não sei? Meu dinheiro, sua ladra, devolva meu dinheiro. Roubou meu dinheiro pra sustentar aquele animal. Vamos, estou esperando. Você não está ouvindo? Quero meu dinheiro de volta.

Exausta, a velha interrompe os gritos esganiçados e a cozinha fica sendo quase uma cozinha comum: mãe e filha antes de dormir. O ruído do garfo mexendo o ovo na frigideira e a respiração ruidosa da mãe. Nada mais. Além disso, apenas o rumor noturno da cidade, e a amplidão, com suas estrelas distantes e silenciosas, uma aragem fria quase imóvel.

A velha desce os dois degraus para o piso da cozinha, disposta a resolver o futuro de suas vidas.

— Sua ladra! Pensa que vai me matar pra ficar sozinha na minha casa? Esta casa é muito minha, entendeu? Você se meteu aqui dentro pra depois trazer aquele sujo pra cá, pensa que eu não descobri? Mas eu sei me defender, sua vaca. Conheço muito bem suas intenções, vagabunda. E o meu dinheiro, o que você fez do meu dinheiro?

A velha fala e lentamente contorna a mesa, no centro da cozinha. Isaura, mesmo mexendo o ovo na frigideira, não perde de vista sua mãe. Sabe que entrar naquele jogo a excitará ainda mais, por isso não responde, tampouco encara a velha. Evita qualquer movimento que possa exacerbar aquele surto de ódio, imitando um poste sem lâmpada, desses, pouco mais que inúteis, que não se fazem notar.

Isaura desliga o fogo, sem coragem de mover os pés. A mãe aproxima-se do armário, os olhos lacrimosos num rosto pálido e enrugado.

— A casa pra botar homem aqui dentro. Sei muito bem. Acaba comigo e toma conta da minha casa. Anda por aí, a noite toda, fazendo o quê, sua vagabunda?

A pressão no peito de Isaura cresce sufocante, mas segura as lágrimas, muda, por isso esquece a fome, o sono, moída de dó da velha, que um dia foi sua mãe. Então a ouve chamar para dentro, o dia morrendo, seu rosto esbraseado, correndo entre as amigas da rua, gastando os excessos de energia. Sente na face o beijo de boa-noite, as mãos da mãe ajeitando-lhe no corpo o cobertor.

Parada na frente do fogão, a mulher aperta as têmporas com as duas mãos, a testa enrugada, sem conseguir entender o sentido de tudo aquilo. Pagava o quê, com o sofrimento?

A velha abre uma gaveta do armário, onde enfia a mão direita, que volta com a faca de ponta, sua faca de cortar carne.

— Antes sou eu que acabo com você, vagabunda!

O magro braço erguido faz um movimento rápido, de que Isaura se esquiva. Em seguida desfere uma bofetada no rosto da mãe, que se amontoa sentada no piso frio da cozinha. A faca voa para longe e a mão vazia abre e fecha os dedos, impotente. Sentada sobre sua vida e assombrada por seus temores, a velha fica chorando baixinho enquanto a noite escorre do céu.

Jardim Europa

Primeiro, Sebastião esticou os braços sonolentos com firmeza, abarcando a saleta da portaria, de parede a parede – sua largura. O gesto forte e rude abriu-lhe em caverna a cavidade do peito de pelame crespo e a boca redonda com dentes muito brancos. Desde o início da noite, vinha mantendo os vidros todos fechados, por isso o ar pareceu-lhe insuficiente e de baixa qualidade: um ar raro. Apesar daquele desfrute da tontura boa, estrelada. Só então, com os olhos bem despertos, resolveu atender aos apelos cada vez mais nítidos do telefone.

Enquanto erguia o aparelho, olhou para o relógio ponto: uma hora ainda para entregar o posto ao porteiro que viria da cidade para rendê-lo. O dia prometia nascer, mas não dava muita certeza, pois não passava de uma barra esbranquiçada que o vigia adivinhava por cima do muro – seu exíguo horizonte. Apesar da noite persistente, achou estranho ninguém ter pedido passagem até aquela hora. A manhã era preparada, ali dentro do condomínio, por um batalhão de funcionários.

Depois dos primeiros meses no cargo de porteiro, tomando pílulas desesperadas contra o sono, os sentidos de Sebastião desenvolveram acuidade e astúcia tamanhas que ninguém jamais o pegara dormindo. Era considerado, por todos os moradores do condomínio, como um funcionário modelo, e não havia casa, no interior daqueles muros, em que não fosse tido quase como um membro da família, tão discreto e prestativo se mostrava. Ouvia os elogios com modéstia de olhos baixos, sem comentários, para depois repetir, em casa, tudo que tinha ouvido, com detalhes como nomes, profissões e inflexão da voz. Não o incomodava muito desencadear, às vezes, um pouco de inveja.

Mas Sebastião nem sempre foi como acabou sendo: um funcionário modelo. Sua preparação foi acompanhada de uma infinidade de experiências, com observações rigorosas, formulação de diversas teorias, muitas delas abandonadas ao longo dos anos, guerra de palavras pela imprensa, às vezes com ofensas à moral do adversário, até chegar-se ao resultado final: ele. Sebastião foi longamente adestrado para atingir a condição de admitido. Enfim, uma pessoa de confiança não se constrói senão com séculos de processo civilizatório.

O porteiro, entretanto, não era tão bronco que não vislumbrasse de olho miúdo algumas das manobras e não intuísse as artimanhas mais dissimuladas. Não era. A sobrevivência é que inventava recursos: as espertezas de Sebastião. Ele gostava de se fingir cego para ver tudo sem despertar suspeitas? Eram lições que encontrava nos livros, companheiros seus nas longas noites, e na vida, que muito ensina, bastando manter-se alguém ligado nas significações. Ele se mantinha.

Ninguém de seu sangue, até então, tinha feito uso de telefone. Sabiam de sua existência e utilidade, as crianças usavam latinhas de conserva imitando os aparelhos reais, mas o único da família que desfrutava de intimidades com o telefone era Sebastião. Isso, e outros pormenores de sua função, dava-lhe certo grau social entre os conhecidos, o qual ele não desprezava. Do outro lado da linha quem esperava era dona Leonor, com sua voz despetalada. Ai, tão aflita, seu Sebastião.

Existem exigências que, a despeito de injustas, são, por alguma razão, desejáveis. Querer que o porteiro explicasse por que Isaura, até aquela hora, não tinha passado pela portaria, poderia parecer absurdo ao porteiro, mas de exigências absurdas também se tecem prestígios, e são elas que aquilatam o quanto uma pessoa participa da vida das demais. Isso dava ao vigia a sensação de ser íntimo dos condôminos e fazia-lhe muito bem. O café do meu marido, seu Sebastião! E ela ainda não chegou. O dr. Oscar já deveria estar na estrada, entende?

Com o rosto dobrado e um sulco de preocupação na testa, o porteiro entendia, ou fingia entender, sobretudo pequenos problemas domésticos, aqueles que não ultrapassavam o voo de um passarinho. Por isso, muito rapidamente usou o sulco da testa para imaginar uma solução, e recomendou a dona Leonor que pedisse auxílio a algum dos vizinhos cuja empregada dormisse no emprego. Ele mesmo sabia de várias delas. Enquanto isso, investido de uma autoridade séria, ele tentaria descobrir o tamanho do estranho silêncio que esperava o nascimento do sol e sua possível relação com o estranho atraso de Isaura.

Desligou o telefone e levantou-se, antes de abrir o primeiro vidro. Descobriu, então, espantado, que o silêncio fora fabricação sua, e apenas sua, para uso exclusivo dentro da portaria: necessidade do sono de pálidos sonhos que sonhava. O sono.

*

O porteiro saiu com seu uniforme cáqui para a umidade escura, atraído por um rumor que existia no ar frio e cuja origem seus ouvidos não tinham competência para determinar. Auscultou todos os espaços da colina e seus arredores com severidade profissional, farejante, sem descobrir nada. O rumor parecia estar em tudo, pois era como uma vibração, coisa viva, um diálogo entre a terra e o céu. Por ter conhecimento de suas graves obrigações (em seu registro constava que era encarregado pelo turno da noite) foi que Sebastião, de pernas muito abertas na frente de sua portaria, examinou atento a ladeira que descia para a cidade.

Nenhum automóvel se mexia no imenso espaço aberto a sua frente, pedestre algum subia pela avenida.

Enquanto examinava o mundo do lado de fora do muro, o porteiro pensava, então, quer dizer que a dona Isaura, hein, sim senhor. E sacudindo a cabeça muito compreensiva, sorria imaginando a bandalheira em que a empregada talvez estivesse metida.

Fazer segredo do muito que sabia era uma de suas perícias. Sebastião fazia. Conhecia casos escabrosos, conflitos sem conciliação, derrotas vergonhosas e vitórias sublimes, vividos por moradores do condomínio Jardim Europa. Empregada nenhuma passava pela portaria sem deixar alguma história, qualquer pista de enredo, quase sempre de forma indireta, alusiva e de soslaio, que Sebastião trancava na guarita (meus olhos não viram, nem ouviram meus ouvidos) por saber que o armazém dos segredos aumenta o poder de um homem. Não que houvesse propósito claro, talvez criminoso, de utilizar em proveito próprio as histórias que ouvia. Muitas vezes já temera até que não passassem de armadilhas lançadas com malícia em seu caminho e contra as quais deveria ficar prevenido. Saber que destino dar a tudo o que ouvia não sabia, mesmo assim preferia continuar guardando porque o futuro é um alforje cheio de surpresas.

No meio da ladeira, uma sombra em movimento querendo existir, poderia ser a Isaura? Com a brisa que subia da cidade, chegou mais nítido o vozerio. A sombra oscilava à passagem do rumor, mas não saía do lugar, e Sebastião a desqualificou como a possibilidade de ser a Isaura chegando atrasada ao serviço. O burburinho, este sim, parecia vir daquela direção, como se a cidade estivesse inundando a colina.

Finalmente o porteiro convenceu-se de que era o telefone que retinia daquela maneira descabelada e voltou rápido para seu posto na guarita, como lhe ditava o dever. O assunto era novamente a Isaura, mas agora quem queria saber dela era a Rosa, uma de suas colegas, que, da casa de dona Leonor, perguntava se ela ainda não tinha aparecido. Não tinha. Desde meia-noite, mais ou menos, não havia registro da passagem de uma só pessoa pela portaria. Resposta breve como um relatório, uma resposta profissional, com precisão nos detalhes, porque Sebastião começava a desconfiar de que as nuvens moviam-se mais baixas e escuras do que costumavam mover-se naquela época do ano.

A empregada pediu que ele esperasse na linha e passou o aparelho para o dr. Oscar, marido de dona Leonor. Já, sim senhor. Mas também não sei. Comecei as investigações, mas ainda não descobri nada. Vou continuar tentando, dr. Oscar. Sim. Sim. Vou continuar tentando. Parece que vem de baixo, do lado da cidade, mas não se consegue ver nada por enquanto. Eu também começo a ficar apreensivo, dr. Oscar. Também. Sim, senhor. Imediatamente.

O modo gentil de responder. Aquele modo gentil vinha de seu treinamento, pois Sebastião fora preparado para a função. Só isso. Esse dr. Oscar, quando falava, falava com a boca cheia de prestígio, o modo autoritário sustentado por sua fortuna. Funcionário do Condomínio Jardim Europa devia satisfação apenas ao senhor síndico, eleito pela assembleia. Ao depor o telefone sobre o pino, Sebastião sorriu quase vesgo daquele desconcerto que era receber ordens de quem não tinha direito de ordenar. Recebia sem receber, como astuciava.

O rumorejo de vozes humanas clareava com o dia, e Sebastião saiu da portaria com olhos assustados investigando os terrenos baldios da ladeira, pois agora conseguia vislumbrar uma barra escura lá embaixo, no início da avenida, por onde o condomínio se comunicava com a cidade.

*

Com dois toques rápidos da buzina, Sebastião foi chamado de volta à portaria, porque o dr. Oscar estava iniciando uma viagem importante e era necessário que a cancela fosse erguida logo para que a partida não fosse atrasada ainda mais. Sebastião quase não viu o carro com o dr. Oscar dentro, de tanto que julgava ser temerário enfrentar aquela barreira humana lá embaixo, a crescer no início da avenida, por onde o condomínio se comunicava com a cidade, pelo menos antes de uma averiguação mais rigorosa.

O dr. Oscar ouviu com a testa impaciente enrugada, o motor ronronando, e o vidro abaixado permitindo a mistura dos ares, o de fora com o de dentro. Piscou longo, sacudindo a cabeça, que não, não tinha mais como esperar. Sentindo-se desconfortável com a proximidade do rosto de Sebastião, ergueu o vidro fumê e olhou para frente: o lugar por onde deveria descer com o carro. Era contra certas regalias de tratamento concedidas a subalternos, que por fim julgam-se no direito de opinar sobre o que se deve e o que não se deve fazer. Várias vezes tinha advertido Leonor a respeito de algumas intimidades inconvenientes, talvez perigosas, permitidas aos serviçais.

A vitória de Sebastião era saber os resultados mesmo antes que acontecessem. Ficou observando o carro diminuir ladeira abaixo e não conseguia não sentir pena, apesar de toda aquela arrogância de cristal. Enfim, estar empregado e receber um salário razoável dava-lhe uma alegria que por nada poderia estragar-se.

Muito lírico, em seu estado, Sebastião deliciava-se ainda com seus próprios pensamentos leves, aquelas descobertas, quando retiniu a campainha do telefone. Desta vez foi preciso examinar-se dentro do uniforme e seus botões, com postura correta e profissional, pois quem chamava era o senhor síndico, o superior imediato, a quem devia obediência, de acordo com o Manual de Procedimentos.

Fora acordado por um rumor, som cavo e pairante, estando em tudo. Que se pode dizer de um barulho assim, hem, seu Sebastião? O porteiro, atitude marcial, disse tudo que sabia. Mas não sabia muito. Está ouvindo? A voz do senhor síndico tinha restos de sono dependurados, de um sono com o final azedo por causa daquele barulho que subia do coração da Terra, um barulho como de vozes humanas. E como saber que é produzido por seres humanos um tal rumor? O senhor síndico dizia-se racional, e, em momentos de maior exaltação, acrescentava a suas características o adjetivo cartesiano. Por isso era o síndico, e todos os moradores do Jardim o admiravam, pois, além de usar métodos satisfatórios, ainda sabia defini-los de maneira racional. Hem, seu Sebastião, como saber?

O funcionário, mesmo dentro de seu uniforme, ousava considerar o chefe um pouco cansativo, com tantas dúvidas, com aquela necessidade de comprovação mesmo para os fenômenos mais simples e naturais. Apesar dessa opinião, conhecia seus deveres e procurava dar respostas racionais, o que nem sempre era possível. Eu sei porque moro na cidade, seu Renato. Para mim, este som não deixa de ser algo familiar.

Enquanto conversavam cheios de siso – as pessoas executando seus graves papéis – o alarido tornava-se mais nítido, e Sebastião descobriu alumbrado que a manhã tinha chegado espalhando claridade sobre a colina. O orvalho, nas plantas dos jardins, multiplicava o Sol em milhares de pequenos brilhos. Pensou rapidamente, entre duas palavras de seu Renato, que já deveria estar em casa, àquela hora, tomando café com a esposa de olhos inchados e coxas mornas.

Sebastião teve um momento de vertigem, umas lembranças físicas que o ocuparam, e se distraiu. Como, senhor? Um relatório. Imediatamente.

Quando ouviu o clique do telefone pousado no pino, o porteiro ergueu as sobrancelhas convencido de que aquela tarefa extrapolava suas funções, regidas por um manual e restritas à prestação de serviços intramuros. Teria de abandonar o posto por algum tempo, descer quanto possível a ladeira na direção da cidade e voltar com um relatório minucioso do que observasse. Poderia recusar-se? Em época de grande desemprego, como aquela, não há sapo grande demais – todos passam pela goela.

*

As crianças, para quem viver era um contentamento, chegaram pulando sobre um pé só e rindo suas curiosidades. Elas tentavam descobrir o que acontecia e olhavam para o distante sopé da colina com muita imaginação. Os diversos barulhos soavam sem nenhuma regência e provocavam as gargalhadas de um grupo de adolescentes que ameaçava quebrar a cancela. Dentro da guarita fechada, o telefone, aborrecido, não parava de tocar. Começaram a chegar automóveis querendo sair, atrás de seus compromissos, mas como a cancela estivesse abaixada, contentaram-se em ficar buzinando. As empregadas abandonaram por instantes as crianças que conduziam para contarem novidades umas às outras.

O rumor que subia a ladeira nos raios do sol nunca cessava, e as pessoas perguntavam-se intrigadas o que significava aquilo.

No portão, ninguém se identificava e isso parecia uma liberdade, pois era um momento em que as normas não funcionavam mais. A sensação de medo, por causa do barulho que a cidade mandava para o alto da colina, acabava compensada pelo sentido de rompimento com a rotina: aquele acontecimento inesperado. Os mais velhos tinham rugas apreensivas na testa, mas as crianças e os adolescentes achavam que um mundo todo coreografado não tinha muita graça. Apesar das diferenças, contudo, e mesmo com o portão aberto, pedestre nenhum se atrevia a afastar-se mais do que uns dez metros da portaria na direção da avenida porque o mundo parecia roncar com voz irada: o longo ronco. Vigoroso. Uma das crianças afirmou que sentia o ronco na pele e todos concordaram que ele era trepidante.

Quando chegou o senhor síndico, os moradores sentiram-se aliviados: ele era uma autoridade. Ele ultrapassou a cancela, que estava fechada, fazendo um pouco de esforço para abaixar-se, mas o portão estava incorretamente aberto e um síndico não comete irregularidades. Mal se viu na aleia que descia para a avenida, seu Renato começou a pesquisar tudo metodicamente: olhava com a mão direita em pala sobre os olhos, escutava com a mão esquerda em concha direcionando a orelha. E o seu Sebastião?, ele perguntou. Ninguém respondeu porque, ao chegarem, já encontraram a portaria deserta.

Tendo observado metodicamente a situação, o senhor síndico deu dez passos rápidos para a esquerda, voltando sobre seus pés também rapidamente. Ele estava um pouco suado e virava muito a cabeça como alguém que se sentisse ameaçado sem saber de onde partiria o ataque. Continuou indo e vindo com agilidade, parando, então, para repetir os movimentos de observação. Segundo acreditavam os moradores do Jardim, tratava-se de uma observação científica. E essa era a principal razão de escolherem sempre seu Renato para síndico do condomínio.

O dr. Oscar e seu prestígio voltaram com a retina suja do que viram no sopé da colina, mas não quiseram falar com ninguém. A testa aborrecida do dr. Oscar tinha sulcos suados e ele ordenou aos garotos que botassem a cancela abaixo. Eles começavam a obedecer à ordem recebida quando o senhor síndico, abandonando suas observações, voltou-se para o bando aos berros, perguntando o que eles pensavam que estavam fazendo.

A manhã, naquele momento, começou a perder sua claridade para que o céu se agasalhasse melhor com algumas nuvens. Fazia um bom tempo que o orvalho tinha desaparecido, reduzindo o brilho das folhas nas árvores. O jardim encolheu-se na sombra do dia – um modo de se preservar.

Finalmente, com a briga abortada pelas bondades de seu Renato, suas palavras conciliáveis e eruditas, o dr. Oscar informou que o Sebastião, aquele moço da portaria, tinha feito algumas anotações, lá embaixo, mesmo no pé da ladeira, e subia agora semovente a extensão toda da avenida.

À medida que a manhã escurecia, as crianças iam perdendo a vontade de brincar, quietas paradas, com o queixo escorado nas mãos sobre a cancela. Algumas chegaram a pedir para voltar, mas a gente não pode sair assim, antes que chegue alguma explicação. Uma das meninas, a menor de todas, começou a chorar baixinho com suas lágrimas e um fio de baba que lhe descia pelo queixo. O rosto era corado e estava aflito, seu rosto, porque ela queria a proteção da mãe. Ali parada na portaria, não saíam tampouco voltavam, é que era uma coisa muito difícil de entender. Por isso estava sentindo medo. E o vento também. O vento já estava desmanchando penteados e sacudindo a saia dos uniformes. O vento que subia pela avenida levantou uma poeira grossa contra as crianças que não sabiam direito proteger os olhos. E a *van*, por que não aparece logo?

Um avental verde lançou braços fortes e profissionais em torno da menina que chorava e a ergueu ao colo, com as pernas penduradas. Depois de alguns beijos no rosto corado, estancaram-se as lágrimas e a baba refluiu.

Então o vento virou e ninguém, além das crianças, percebeu aquela esperteza: ele buscava outras feições. E o resultado que todos sentiram de imediato foi a diminuição do alarido. Na mesma hora os moradores tiveram a impressão de que o rumor desistia de existir e por isso mostraram muitos sorrisos de augúrios dos melhores, crentes de que o mundo voltava a ser um lugar habitável.

O senhor síndico, entre todos, era o mais feliz com a diminuição do rumor, pois não precisava mais considerar seu mandato ameaçado. Com a voz e os gestos muito vivos e exaltados ele agredia um pouco a irritação do dr. Oscar, mas lembrou-se a tempo de que ele mesmo era pura razão e conteve em limites aceitáveis aquelas manifestações emocionais. Abandonou o grupo e, com passo rápido, desceu vinte metros na direção da avenida.

— Até que enfim, seu Sebastião!

*

Quem primeiro o viu suando dentro de seu uniforme cáqui, foi o senhor síndico, e o que ele pensou todos pensaram ao mesmo tempo e sem terem combinado nada: que Sebastião vinha voando sozinho, com seus próprios recursos, ele mesmo, no ar. Por trás dele vinha uma brisa nova, que acabava de chegar, por isso os passos de Sebastião pareciam soltos, passos a esmo.

Antes de completar a subida, Sebastião gritou: O cheiro!

O cheiro que chegou trazido pela brisa era sem uma cor definida, porque era invisivelmente marrom, mas causou asco e embrulhou o estômago dos moradores; um cheiro de coisa morta ou mortiça. Um cheiro de morte. Fedor. O dr. Oscar fechou novamente os vidros do carro e respirou sozinho o ar puro que mantinha estocado no carro, em seu espaço livre de muitos pés cúbicos. Os donos dos outros carros imitaram o dr. Oscar, porque, além de seu dinheiro, ele contava com grande prestígio entre os condôminos. Os demais, que estavam pedestres, deformaram o rosto com esgares e contrações para expressar com bastante ênfase o quanto aquele fedor era asqueroso.

Seu Renato carregou seu funcionário para o interior da portaria, pois queria evitar que o relatório de Sebastião virasse boato no Jardim Europa. Fica muito difícil separar o que é do que não é, quando uma notícia começa a repercutir de mau jeito.

Encerrados na portaria de vidro fosco, sentados em frente um ao outro e tocando-se apenas com as pontas dos olhos, seu Renato faria Sebastião jurar que apenas revelaria ao público aquilo que lhe fosse permitido. A verdade, seu Sebastião, muitas vezes a verdade pode causar mais mal do que bem. Nós, os dirigentes, temos o dever de administrar a verdade, entendeu, seu Sebastião?

Ele mesmo, o senhor síndico, havia atendido aos apelos nervosos do telefone, dizendo que mais tarde todos seriam informados de maneira completa a respeito de tudo que estava acontecendo. E despediu-se mesmo sem saber de que o outro lado da linha necessitava com tanta urgência. O momento era de se deixar conduzir pelo ponteiro das suposições, e notícias, claro, só depois do relatório.

Sebastião, de certa forma discípulo de seu Renato, organizou logicamente o pensamento e procurou um tom de impassibilidade para apresentar seu relatório. Que, obedecendo a ordens do senhor síndico, por telefone, abandonara seu posto e descera até o início da avenida, na baixada, onde encontrou aglomerada uma multidão de pessoas de uma cor quase indefinível, uma pele parda, olhos e cabelos escuros. Ainda que, observara surpreso o aumento constante daquela multidão, como se brotassem das valetas, de cavernas e buracos, dos esgotos da cidade. Formavam uma barreira de carne, muralha pardacenta em atitude agressiva. Mais uma vez que, descobrira tratar-se de uma barreira intransponível, razão suficiente para não entrar nem sair ninguém em suas diárias e normais atividades. Finalmente que, olhavam para cima, para o alto da colina, com olhos de muita fome.

Seu clamor com seu fedor, terminou Sebastião, carregados pelo vento, já chegaram até aqui.

O síndico abriu a porta e jogou olhar grave por cima da pequena multidão que aguardava notícias por perto da portaria. Que fossem todos para casa. O caso não admitia falar em perigo, mas, por enquanto, era melhor ninguém abandonar a proteção dos muros do condomínio. E que mantivessem a calma. Ele mesmo, auxiliado pelo guarda, seu Sebastião, manteria um programa de informações por telefone.

Alguns automóveis, os que pretendiam sair, manobraram com barulho irritado para voltar. O carro de dr. Oscar não era mais visto por ali, pois a cancela fora erguida logo depois da entrada do senhor síndico e seu funcionário no cubículo da portaria. As empregadas, sobretudo as que pedagogeavam, despediram-se felizes com a oportunidade de participar de uma aventura. O grupo dissolveu-se e, mesmo os adolescentes, cuja coragem confundia-se com imprudência, desistiram de verificar o que realmente acontecia lá embaixo, no início da avenida.

A portaria ficou deserta pelo lado de fora, por onde apenas um vento escuro passava com seu cheiro nauseante. Do lado de dentro, o senhor síndico traçava planos, com mapas e compassos, auxiliado por seu funcionário.

Na primeira pausa, elaborado o Plano A, o porteiro avisou que estava quase desmaiando, de fome e de sono. Uma afirmação assim tão humanamente inesperada assustou o síndico, que precisou ouvir as razões de Sebastião para ordenar um café reforçado, com pão, queijo e geleia, além de um comprimido de qualquer estimulante. Porque o substituto, o diurno, era provável que estivesse retido na barreira humana.

*

Depois de ficar sozinho na guarita, como todos pensavam que era sua preferência de viver, Sebastião, que tinha falado em desmaiar de sono apenas por esperteza preventiva, ficou algum tempo reparando no dia do lado de fora. Os vidros da portaria obrigavam o porteiro a ver um mundo esverdeado, mais escuro do que ele é na realidade, como se estivesse à beira de um anoitecer. Então Sebastião abriu um dos vidros e por ele continuou a espiar, querendo entender a manhã, porque uma cor suja descia sobre a colina, como um orvalho e seus rumores.

Olhando para fora, o mundo, Sebastião descobriu finalmente que é preciso bastante esforço e educação dos sentidos para captar o exterior. Às vezes ele parece uma significação: redonda. Às vezes se parece com uma interrogação vermelha – movediço. Ao desentranhar as mãos do barro, do fundo, ele sabia o sofrimento de suas unhas, o quanto não traziam nada. Mas era um sofrimento sem expressão, silencioso. Por isso a teimosia de Sebastião, tentando ler-se ao ler o mundo, a colheita. Ele ainda não conhecia a necessidade de ultrapassar o estado bruto, o ser--em-si, adormecido mas existente em seu interior.

Rosa chegou clandestina, de pés macios, e pendurou o sorriso no vão do vidro aberto por onde Sebastião tentava descobrir a cor verdadeira do mundo. E o sorriso de Rosa, como um painel, fechava aquela abertura para o exterior. Os patrões tinham sido convocados e saíram com pressa. Os moradores reuniam-se para ouvir novidades, então tinha aproveitado para passear pelas redondezas.

— Mas você não tem medo deste burburinho?

Rosa sorriu desta vez com os dentes todos e com os dois olhos. Que não, medo nenhum, pois conhecia o rumor em cada um de seus detalhes. Este mesmo rumor. Sim, morava no Jardim, mas uma vez por semana visitava parentes para levar algum dinheiro a eles.

Ela não conhecia a vida de Sebastião fora dos muros, nem isso a impressionava de qualquer maneira. Sozinha, com sua vida na palma da mão, Rosa não perdia oportunidade de estar junto, contanto que fosse escolha do momento, sem nada que a pudesse amarrar. Aceitou o convite e entrou para a escura proteção da guarita com o sorriso inteiramente exposto.

Aquilo uma sede, a busca das bocas, o descompasso da respiração? O porteiro estava maravilhado com a resposta de seus instintos, raramente com tamanha saúde. Por isso, ao beijar o pescoço de Rosa, arriscou mordê-la de leve, canibal. A mão da mulher, que cega buscava a própria fonte do prazer, voltou-se ansiosa para o botão que mantinha sua calça presa à cintura.

A cena amorosa de poucos requintes no espaço exíguo da portaria foi interrompida pelo toque irritado do telefone. Pela súbita mudança de atitude de Sebastião ao levantar o aparelho, o peito estufado, os ombros e o queixo erguidos, era possível presumir o chefe na outra ponta da linha. O senhor síndico queria saber. Sua voz tinha uma estridência que denunciava algum desassossego. Por que o vozerio vinha aumentando tanto? Pois então que investigasse. Imediatamente.

Sebastião argumentou que passara a noite em vigília e só tinha recebido uma pequena ração de pão com manteiga e geleia, com uma xícara de café. O senhor síndico perguntou-lhe, querendo ser irônico, de onde o porteiro tirava, em um momento tão grave, a calma para pensar em comida e sono. A ironia estragou-se com a elevação final da voz, que mesmo Rosa, folheando uma revista de pecuária, conseguiu ouvir com toda clareza.

Imediatamente é uma ordem que não se deve discutir.

Desenrolando-se aos poucos, lento de pé, o porteiro emergiu-se: a cabeça erguida e os ouvidos atentos. Era um desconforto tão áspero a perturbar seu orgulho que até a porta rangeu para se deixar abrir.

— Me espere aqui – Sebastião recomendou saindo – preciso investigar o que anda acontecendo.

O semblante anoitecido de tristeza, o porteiro desceu a avenida sentindo-se inacabado.

*

— Peraí, peraí, peraí, seu Sebastião! Repita o que o senhor está me dizendo.

E Sebastião, de humor prejudicado com o desaparecimento de Rosa, começou novamente o relato do que tinha visto e ouvido: Impossível calcular quantos: multidão compacta, muralha. Todos eles com a mesma fisionomia parda. Como se estivessem grudados uns nos outros, uma coisa só. Às vezes, sim. Às vezes um grupo pequeno começa a gritaria e em seguida o alarido inunda a baixada inteira. Sim, senhor. Eles erguem o olhar para o condomínio com muita exigência de comida.

Os dentes de Sebastião ainda mordiam sílabas, por isso ele gaguejava, com vontade mesmo de não relatar mais nada. Chegou a pensar que deveria recusar-se à continuação daquele relato, mas podia prever o medo na voz do chefe: necessidade urgente de seu orgulho arranhado. Sim senhor, seu Renato, eles sobem devagar mal movendo-se, e agora estão parados mais ou menos na metade da ladeira. Daqui já se pode ver a mancha parda cobrindo a avenida.

Não foi propriamente uma voz o que o porteiro ouviu como resposta, uma voz humana. Sua impressão foi de alguma coisa raspando em aspereza, rasgando, um vagido, som gemente e chiado, um som que se fina sem melodia. E ele calou-se, esperando, porque não entendeu o que aquilo significava.

A partir daquela interrupção brutal e fria, quando se sentia prestes a provar o gosto de Rosa, Sebastião começou a fermentar um rancor, que era seu desejo de ser, de ter sua vida própria garantida, sem necessidade de mãos que o dirigissem. Então, como um ser existente, inteiro, deixou que sua risada vertesse para o bocal do telefone. Depois de rir toda sua raiva, pôs-se à escuta, tentando entender, mas só ouvia o arfar de uma respiração asmática, que não lhe dizia grande coisa.

Por fim, vindo do fundo da escuridão, chegou seu nome balbuciado com insegurança, quase tropeçado. E a pergunta inesperada: se já tinha chamado a polícia. Ele, seu Renato, o síndico sempre atento aos métodos, mas principalmente às burocracias do poder, infringindo o regulamento. Mas como, seu Renato, pois o senhor sabe melhor do que ninguém que tal procedimento é de sua exclusiva competência. Acabou de falar com os olhos já arregalados e arrependidos daquele excesso de coragem. Só mesmo um dia excepcional para ousar uma tal repreensão.

Já refeito do susto inicial, reagindo, a voz do chefe cresceu imensa para dizer que então estava autorizado a pedir socorro. Imediatamente. E o clique metálico interrompeu repentino aquela conversa doente.

*

— Tudo sob controle, madame. Sim, sim. Pode ficar sossegada.

A demora foi causada pelo congestionamento do telefone. Todos tinham a mesma necessidade de algumas palavras com que apaziguar o espírito e a família. A mesma necessidade e na mesma hora. Quando por fim conseguiu ligar para o senhor síndico, teve de explicar que todos ligaram ao mesmo tempo. Sim, tinha telefonado para a polícia imediatamente. Como fora ordenado. Sim, seu Renato, mas era impossível ligar porque o telefone não parava, sim, congestionamento. Tudo sob controle. Segundo o que haviam combinado: tudo sob controle. Os moradores? Aparentemente satisfeitos. Sim. A polícia? Impossível qualquer intervenção de socorro, pois se eles também barrados pela multidão: os caminhos fechados.

Desta vez o que ouviu foi realmente um gemido. Um som cavo como se o último alento estivesse abandonando o peito do senhor síndico. O som de um animal ferido, imobilizado, que se contorce como única reação possível. Um ronco produzido pela caixa do corpo, sem nenhum controle.

Sebastião levantou-se com sua fome no colo, tentando escapar da má impressão daquele telefonema. Estava disposto a ficar de vigia sobre o canteiro de grama que marcava o fim da avenida, um bom observatório. O dia continuava escuro, sem, contudo, ameaça de chuva. Apesar de escuro, era um dia longo e quente. Mas o que poderia fazer ali, a não ser transmitir lá para dentro informações sobre a evolução dos acontecimentos? Estava cansado e o sono endurecia sua cabeça de uma forma que ela parecia pesada. E vazia. Não só de pensamentos, de soluções, ela estava vazia, mas também de vontade. O sono é o peso do oco – Sebastião andou perto de concluir quando pisou a grama.

À visão da imensa mancha parda formando um horizonte, um outro, que dividia em duas a ladeira, na testa do porteiro apareceram perguntas sem clareza, umas perguntas que pareciam sonhos já velhos, meio imprestáveis. E elas se resumiam na impossibilidade de encontrar uma resposta clara para o significado de tudo aquilo. Então, como sentisse o vazio dentro de sua cabeça, fechou os olhos, primeiro apenas com as pálpebras, em seguida, porém, com a testa contraída: uma dor quase aparente. A ideia concebida com esforço não era propriamente uma resposta, mas uma espécie de lembrança, ou a sensação de uma lembrança muito antiga. Parece que estivera sempre esperando o ataque ao condomínio, mesmo sem saber que esperava e que o ataque era possível. Por isso aquele sentimento constante de que alguma coisa lhe fugia?

— O telefone, Bastião!

A voz vinha da guarita, uma voz vizinha, nítida melodiosa, e Sebastião virou-se rápido para descobrir que Rosa o chamava. E descobriu. Ela passava dobrada por baixo da cancela.

Ao vê-la dobrada, com os redondos do corpo realçados pela posição, o porteiro teve ímpetos de desobedecer às normas, de não atender ao telefone, de arrastar Rosa para obscuros recantos do jardim. Mais uma vez, entretanto, venceu a voz do treinador, que lhe ensinara as bases da responsabilidade.

Sebastião correu para o telefone e respondeu que tudo sob controle, madame, sim, sim, pode ficar sossegada.

Na porta, o rosto de Rosa sorria malicioso. "Pode ficar sossegada", ela repetiu com voz ganida e cheia de chique. E a conivência descoberta no olhar trocado foi o modo que encontraram de ficar contentes. Um com o outro: havia promessas a cumprir. Antes, porém, Rosa tinha relatos que trazia lá do interior do condomínio. Além de um lanche e da garrafa com café.

Sebastião comia devagar, sem barulho, para não atrapalhar o relatório de Rosa, que ele ouvia sem saber que semblante escolhia: de luz radiosa – pendor atávico; ou sombra e medo, adquiridos no período de treinamento.

Em todas as casas pregam-se portas e janelas, cravam-se cravos e arrocham-se parafusos. Os moradores. Isso, desde a informação de que a polícia nada poderia fazer por eles. O pânico. E choram apavorados. Alguns começaram a vedação de todas as frestas com fitas adesivas, deixando apenas pequenos orifícios para a renovação do ar. Não suportam mais o mau cheiro e os gritos. Eles todos entre o vômito e a loucura.

Apesar de escuro, era um dia longo e quente. Mal passava do meio-dia quando Sebastião limpou a boca nas costas da mão. Levantou-se de olhar aceso pedindo a continuação da cena de lascívia interrompida. Rosa retirou o fone do pino e fez gesto ameaçando jogá-lo pela janela, mas apenas soltou uma gargalhada, ela, com seus redondos, pulsando de desejo. No jardim, Rosa propôs, que ninguém vai sair de casa a uma hora dessas.

Atrás de uma sebe de murtas e ligustros, peças de roupa voaram como pássaros faminto, pousando nos galhos dos arbustos. De muito longe, ouviam-se marteladas e aquele ruído seco, o guincho das furadeiras. De muito longe. Eram ruídos que já não lhes diziam nada debaixo do céu escuro, porque pareciam vir do outro lado do rio.

Enquanto se vestiam, Rosa, deliciada, contou ainda que, em seu pânico, muitas mulheres e crianças diziam ter visto cabeças pardas por cima do muro, sentindo-se de intimidade devassada por olhos sujos. Seu Renato ordenou aos filhos que telefonassem para todos os representantes do conselho, convocando uma assembleia imediata. A ninguém é permitido faltar. O síndico obrigou os filhos a repetirem a frase final para que saísse perfeita. E eles repetiram: a ninguém é permitido faltar.

*

O sono, depois que Rosa desapareceu entre árvores e arbustos, rondou Sebastião por algum tempo até encontrar o momento certo de atacar. Ele acabava de ocupar sua cadeira na portaria quando a cabeça pendeu de sua altura e pendeu e caiu em cima do braço estendido sobre a mesa. Antes de se entregar, contudo, e em mordida de remorso, um lampejo, recolocara o fone em seu lugar.

Um sono total, absoluto, Sebastião só conhecia em casa, na baixada, bem longe do movimento. Em geral, apagava-se até o meio-dia, uma hora, quando farto refeito levantava-se para almoçar. Se sonhava ou o que sonhava durante as horas de repouso era coisa que não sabia. Nunca se lembrava de um sonho que tivesse tido. E até pensava que assim estava melhor: os sonhos podem perturbar a mente.

Na portaria, Sebastião tinha aprendido a dormir um sono relativo, em que alguns dos sentidos mantinham-se ligados, à espera de qualquer sinal. O mais atento dos sentidos era sua audição. Estava sempre pronto a levantar a cabeça se ouvisse o retinir do telefone ou da campainha, a buzina de um carro.

Pela boca aberta, de lábios soltos e túmidos, passava o ruído da respiração. Em poucos minutos seu rosto todo se arredondou, inchado, e um fio de baba escorreu-lhe sobre a manga do uniforme. O porteiro e seu corpo embrutecido dormiam o cansaço inteiro daquela manhã de barulho e medo, mas também de lascívia e prazer.

As cores que Sebastião levava dentro dos olhos para o sono eram as cores da saudade: o azul e o branco, ao fundo, borrifados de amarelo. O dia escuro, o céu coberto de nuvens, isso tudo fazia parte da fraude desde sempre imposta aos admitidos. O porteiro ainda não conhecia os ventos e suas direções, mas começava a sentir-se incomodado dentro daquele corpo treinado para a obediência.

Os primeiros toques do telefone dissolveram-se ao longe em algum sonho que jamais seria lembrado. Mas eles vieram crescendo, cada vez mais perto, até rebentarem ali mesmo, ao alcance de seus ouvidos. Sebastião ergueu primeiro o corpo para então ajeitar a cabeça perpendicular ao pescoço. Completamente perdido, olhou assustado para o relógio ponto, tentando situar-se. Passava já das duas horas da tarde e somente esse fato poderia justificar a demora do encarregado do período noturno para atender ao telefone. Estufou o peito, marcial, antes de levar o aparelho ao ouvido.

A assembleia dos moradores do Condomínio Jardim Europa, por intermédio do senhor síndico, exigia um relatório imediato da situação. Então ficaram sabendo que a barreira não tinha avançado mais que uns trinta metros. Ótimo. Não, as pretensões deles continuavam desconhecidas. Claro, medo do contato direto. Mas tinha como descobrir tudo em poucos minutos. Pois então que aguardassem. Sim, o telefone do salão de festas. Correto. Por cima do muro? Não, não tinha visto nada. Não, cabeça nenhuma. Se tinha ligado a cerca elétrica? Sebastião disse que sim, que a cerca estivera ligada desde o início da noite anterior. Fez uma pausa. Mas o senhor, seu Renato, não acha que a cerca só funciona em caso de invasão individual? Muito mais barulho que o alarme da cerca, faz o povo gritando, seu Renato. E a polícia, o senhor sabe, não consegue furar o bloqueio.

A voz do senhor síndico chegou um pouco suada de assombro, mas exigente, querendo que o funcionário investigasse logo as razões daquela gente parda.

Na terceira tentativa, Sebastião encontrou Rosa em casa das proximidades e pediu-lhe que viesse ajudá-lo, mas com urgência, entendeu? Missão arriscada.

Ao saber do que se tratava, Rosa sacudiu os peitos de riso. Missão arriscada, Sebastião?! Então falar com meu povo é arriscado? E balançando as ancas, contente pela incumbência, a doméstica desceu ao encontro da muralha humana, aquela faixa parda na paisagem.

Coisa extraordinária, pensava o porteiro, enquanto olhava por trás os volumes de Rosa, que um dia com tudo para entrar na história como o dia do Grande Desastre, para ele, como indivíduo, podia ser considerado o dia da Grande Sorte. Tão grande era seu contentamento que aquele início de tarde começou a clarear debaixo de um Sol soberbo. Sebastião levantou-se em toda sua altura e abandonou o cubículo da portaria porque seu princípio de felicidade precisava de mais ar. Aproveitou para fechar o portão, lembrando-se de que a cancela, como obstáculo, só funciona em situações de normalidade. Espremeu os olhos para ver longe, mas Rosa tinha desaparecido, diluída na mancha escura.

*

Mas Sebastião não estava preparado para uma alegria duradoura. Ele mesmo, sem que ninguém o induzisse a isso, começava a desconfiar do excesso de sorte que tivera naquele dia: cair-lhe Rosa nos braços sem que tivesse feito esforço algum para isso. Agora o clamor que se levantava do condomínio fazia contraponto com o outro, o que subia pela avenida. Pelo telefone, os moradores todos acabaram sendo informados de que nem tudo estava sob controle. Aquela convocação de uma assembleia extraordinária, apesar de toda discrição tentada pelo senhor síndico, tinha acabado de deflagrar a desconfiança dos moradores. Dava-se crédito a todas as versões que andavam correndo sem freios pelos fios. Ninguém mais sabia os limites entre real e imaginário. Era o início do pânico e os gritos de pavor que se cruzavam no ar tinham as mais diversas idades.

O encarregado pelo turno da noite já desistira de se orientar pelo relógio ponto. O que seu mostrador poderia ainda dizer já nada mais significava para ele. A ruptura com as principais normas dentro das quais conhecia suas medidas, abolia também os ciclos do tempo, quem sabe até a rigidez da hierarquia. Nem por isso, entretanto, deixava de se comover com aquele clamor aterrorizado. Terminou de chavear o portão e deu alguns passos na ruela que o separava do gramado. O sol continuava queimando a pele e Sebastião abrigou-se à sombra esguia de uma tuia-azul. Ali ele decidiu esperar pelo retorno de Rosa. Então ousou a primeira infração: sentou-se na grama com a liberdade de um autêntico morador. Sebastião esmagou entre os dedos a ponta de um ramo da tuia e o levou às narinas. Era um cheiro frio e intenso, o cheiro de madeira da tuia, e a Sebastião pareceu ter alguma coisa de selvagem, por isso deixou que o penetrasse até os pulmões, sentiu-o percorrer todas as veias, visitando-lhe a umidade quente do corpo.

Sebastião estava sentado na grama, e seu rosto não expressava qualquer sentimento, mas parecia cansado, com manchas roxas por baixo dos olhos. Os gritos que, momentos antes, haviam-no perturbado tornaram-se quase inaudíveis. Ele realmente não sentia nada, embrutecido pelo cansaço, pela falta de banho e pela fome. Quando o telefone começou a tocar na guarita, Sebastião ficou em dúvida: podia ser apenas a memória de outros toques, podia ser um telefone tocando em alguma das casas mais próximas. Ele jogou o corpo todo na grama, denso, e dormiu.

O sorriso de Rosa ocupava todo seu rosto e estava no alto, encostado no azul, quando Sebastião abriu os olhos. Ela chegou sorrateira, sem dizer nada, mas sorria, e o porteiro, mesmo dormindo, sentiu a proximidade da mulher. Suas pálpebras fecharam, lentas, novamente os olhos, que demoraram para abrir-se àquela claridade crua. Deitado com a metade superior do corpo à sombra da tuia, a vida começava um capítulo novo, diferente, e Sebastião sentiu que já não era a mesma pessoa das normas decoradas no treinamento. O que viria a ser, bem, no mundo móvel, como o encontrava agora, era difícil imaginar o dia seguinte, como se dia seguinte fosse uma invenção das palavras.

Aberto no peito, o dólmã do uniforme de porteiro, Sebastião levantou-se e começou a abotoá-lo, pois agora se tratava da missão de que fora incumbido. Antes de entrarem na portaria, Rosa reteve o porteiro pelo braço e apontou para o cinturão que cortava a avenida, aquela nuvem. Olhe bem, ela disse com voz severa, eles avançam devagar, mas não param.

*

O que se ouve entre os pardos (Sebastião pronunciava cada palavra dando-lhe peso profético), o que se ouve entre eles, é que lá fora a vida anda muito difícil. Que o condomínio, seu Renato, é o melhor lugar para se viver.

Depois de ouvir o relato de Rosa, o porteiro discou o número do salão de festas e o próprio síndico foi quem atendeu. Como fundo, ouvia-se a zoeira dos moradores em assembleia: gargalhadas histéricas, gritos e gemidos, palavrões ameaçadores. É da portaria, gritou o senhor síndico, e subitamente um silêncio de morte desabou sobre o telefone. O presidente da assembleia, seu Renato, repetiu para o povo reunido as palavras que acabava de ouvir. O alarido retornou mais violento do que antes.

Como?, gritou Sebastião porque não conseguia entender o que lhe dizia o senhor síndico. Então teve a impressão de vê--lo gesticulando com a largura de seus braços pedindo silêncio. Não, seu Renato, não foi possível porque eles não têm chefe. Como é que pode? Não sei, não senhor. Não sei como é que pode, mas eles agem cada um por sua própria conta. Sim, sim, alguns metros a mais.

Depois das últimas palavras (que o síndico repetiu para a assembleia), foi tamanha a balbúrdia, e por tanto tempo, que Sebastião decidiu desligar o telefone. Seu rosto, pelo menos a parte do rosto que a barba espessa e crescida não escondia, estava entre pálido e pardo. O suor da testa escorria e infiltrava-se pela barba, então Rosa, que deixara o corpo colado no porteiro e ouvia tudo com atenção, usou um dos guardanapos que trouxera com o lanche para limpar o rosto do amigo.

De um banho, é disso que eu preciso. E a voz do porteiro não lhe escondeu o sofrimento.

O primeiro beijo não ultrapassou os lábios – um beijo dos lábios. A partir do segundo, entretanto, os músculos reagiram, as mãos se movimentaram e um calor grosso precipitou-se na corrente sanguínea. Pouco passava das três horas da tarde e o dia confundia-se com a noite, como se o tempo estivesse suspenso, como se nem o presente fosse para os dois uma experiência de que pudessem formar conceito muito claro. Confiavam na sede que os abrasava e no medo dos moradores, que se refugiavam em suas casas.

Berenice anunciou-se apressada com as batidas frenéticas de uma moeda no vidro da portaria. Seu ar era de espanto e ela dizia qualquer coisa, porque movia os lábios sem produzir som que penetrasse na guarita.

Ela perguntava se eles tinham visto alguma coisa. Foi o que os dois ouviram quando finalmente saíram para o dia. Mas que coisa? Berenice contou que estava servindo o café aos moradores em assembleia, quando irrompeu no salão a velhinha, esposa do dr. ... aquele, o rei do carvão, é, isso mesmo, o dr. Alencastro. Ela já era feia, com seu cabelo de palha seca, os olhos grandes demais e a boca chupada para dentro por baixo do nariz de bruxa, mas vinha deformada pelo medo. Seu marido tinha visto alguns dos pardos pulando o muro e mais tarde ficou sabendo que tinham estuprado aquelas duas loirinhas, as filhas dos noruegueses, elas ainda com o uniforme da escola, descuidadas, brincando no jardim. Ao lado de sua casa, parece que no sobrado dos Santillana, ouviram gritos de terror e viram em seguida um homem sair com um punhal ensanguentado na mão. E contou ainda outras barbaridades e agora o partido favorável ao morticínio ganhou muitos adeptos. Já é a maioria. A assembleia deliberou pela autodefesa e começaram a requisitar todas as armas pesadas disponíveis, que não são poucas.

Com um olhar inteiramente estúpido, Berenice percebia a indiferença com que os dois ouviam seu relato, como se nada mais existisse no mundo além deles dois. Os disfarces, com sorriso imóvel e quebradiço, as mãos contando os dedos, nada funcionava.

— Então vocês aqui o tempo todo e não viram nada?!

Sua insinuação intencional não os pegou desprevenidos. Olhaqui, Berenice, e foi Rosa quem falou, por serem íntimas as duas, ninguém da baixada chegou a menos de cem metros daqui até agora. Não seja tola de acreditar no delírio daquele casal, que o medo apodrece a verdade.

Berenice afastou-se até o gramado, binóculo a tiracolo, para examinar a parte externa do muro, por onde acreditavam iniciada a invasão. Virou-se para a avenida a tempo de assistir quase deslumbrada à parábola riscada a fogo no céu, e seu primeiro efeito.

Rosa e Sebastião se abraçaram apavorados, perguntando-se é assim?, mas então é assim? E como nenhum dos dois conseguisse imaginar uma resposta, continuavam repetindo a pergunta. Fração de segundo depois, Berenice gemeu: Meu Deus, cinco, seis mortos.

Sebastião correu até a guarita e discou o número do salão de festas. Ninguém mais respondia e ele entendeu que a guerra tinha começado.

Mas então não seria possível outra solução? Tentou o telefone da casa do chefe e mais uma vez não obteve resposta. Gritou alguma coisa para as duas mulheres, que observavam impotentes o espetáculo de brutalidade, e disparou rápido por entre as árvores e os arbustos que escondiam as casas do condomínio. Pelo trajeto do canhonaço, ele havia sido disparado de algum lugar não muito distante do ponto mais elevado do outeiro.

*

Até encontrar os artilheiros, enquanto escalava a ladeira abrupta dentro de seu uniforme grosso e quente, Sebastião assistiu à passagem de mais três petardos: riscos de fogo na placidez do céu azul, para onde o cheiro forte de carne assada atraía novamente um rebanho de nuvens escuras e famintas.

Com seu uniforme de campanha, um uniforme cartesiano coberto de medalhas, o capitão Renato comandava as ações bélicas. De onde estavam, era impossível avistar a barreira dos futuros invasores, que uma dobra do terreno escondia. Apenas na tela de um pequeno aparelho de televisão, ligado à câmera da portaria, narravam-se os fatos do exterior. Nem por isso os soldados improvisados deixavam de portar binóculos a tiracolo. O síndico, em sua prancheta, observava ângulos e distâncias, a seguir desenvolvia cálculos trigonométricos que dirigiam seus projéteis.

Então é assim, seu Renato, gritou-lhe o porteiro quase dentro do ouvido, não existe outro recurso? Tem gente morrendo lá embaixo, seu Renato.

Muito marcial, o comandante ordenou que Sebastião voltasse para seu posto e deixasse de encher o saco. Ah, sim, e ligasse para o número de seu celular informando tudo o que acontecia do lado de fora. Sebastião ainda relutou entre cumprir ou não as ordens recebidas, mas foi ameaçado de uma corte marcial, uma corte cujo significado ele desconhecia, e que lhe soava como alguma coisa muito grave. Então juntou seu desespero e desceu tão rápido e tão suado quanto subira.

Foi saudado de longe pelos gritos alegres das mulheres que tinha deixado tomando conta da portaria. Veja, elas gritavam, venha ver! E davam pulos sacudindo o binóculo. Aquilo era uma festa?

Sebastião arrumou-se por trás do binóculo e não conseguiu ver a razão da alegria das mulheres. Então passou novo projétil sibilando no ar já um pouco enfumaçado e ele entendeu: Quando o petardo batia no chão, depois de derrubar meia dúzia dos pardos, abria uma cratera de tamanho de uma casa. Em poucos segundos, uma dúzia de novos indivíduos, nascidos da terra como cogumelos, saíam do buraco e colocavam-se ao lado dos companheiros. A barreira humana, quando eles se alinhavam, andava alguns metros e parava.

Sebastião correu à portaria e discou o número do celular do senhor síndico, agora Capitão Renato. Eles se multiplicam, ele gritou, cada canhonaço de vocês aumenta o número dos pardos. Parem logo com isso, ordenou Sebastião, com voz encorpada, possante. Vocês não estão vendo que só complicam a situação?

*

O Capitão Renato, sentindo-se inteiramente síndico outra vez, propôs nova assembleia. Havia profundos sinais de cansaço em suas faces e sua testa. Ele passou a mão no rosto como se quisesse acordar de um pesadelo. E como não encontrasse oposição entre seus soldados nem respostas a suas inquietações, em rigorosa fila indiana, dirigiram-se todos para o salão de festas.

Reinstalada a assembleia permanente, como foi declarada, fez-se profundo silêncio. Os moradores estavam esgotados, sem forças até mesmo para o desespero.

— Alguém pode dar alguma sugestão?

Sozinho atrás da pequena mesa coberta por uma toalha branca, o senhor síndico estava sozinho, porque os representantes dos moradores, imóveis, sonhavam com milagres, com o surgimento de um líder poderoso que os conduzisse à outra margem do rio. No rosto de alguns deles, viam-se lágrimas quentes, que brotavam silenciosas e silenciosas escorriam-lhes pelo rosto. Em seus olhos parados podiam-se descobrir paisagens campestres, rebanhos de ovelhas dóceis e amigas, árvores frutíferas, manchas de sombra em cuja relva dançavam jovens descalços.

— Ninguém diz nada?

Um ex-soldado entrou com um pequeno aparelho de televisão e o colocou sobre a mesa. Estendeu o cabo até a parede, então uma imagem cinza moveu-se na tela. Moveu-se estilhaçada em muitos fragmentos para então se fixar em uma paisagem conhecida: as proximidades da portaria. A rua, o gramado fronteiro, um pedaço de muro e um canto da guarita.

Seu Renato então, para ganhar tempo, propôs que algum dos presentes, um voluntário, fosse até a portaria, de onde, movendo a câmera, poderia mostrar os acontecimentos em tempo real. Com base no que vissem, tomariam a decisão mais adequada. Como ninguém se apresentasse para a tarefa, o senhor síndico apontou o dr. Oscar, em virtude de seu prestígio e da confiança que os demais moradores depositavam nele.

— Quem estiver de acordo permaneça como está.

Como ninguém se mexesse, o senhor síndico teve apenas o trabalho de contar as pessoas que permaneciam sentadas para então anunciar que, por sessenta e sete votos a zero, sua sugestão acabava de ser aprovada.

A cena fixa na tela do pequeno televisor, a partir do momento em que o dr. Oscar se retirou, passou a ser o único sinal de vida no salão. Mesmo os olhos grudados na tela, olhos imensos redondos, estavam opacos, sem nenhuma vibração. Quando já parecia impossível qualquer gesto, o senhor síndico teve a ideia de ligar para o telefone da portaria em busca de notícias. Com o celular grudado ao ouvido, seu Renato, estatuado, esperou o desligamento automático. Ninguém respondia.

— O senhor acaba de perder meu voto.

A voz chegou por trás, de muito perto, e o senhor síndico virou-se rapidamente para encontrar os olhos de dona Leonor. Ideia infeliz, ela acrescentou, escolher justamente meu marido. Pensei nele por ser o primeiro, o mais rico e o mais corajoso. Tenho certeza de que ele, esteja onde estiver, vai descobrir uma solução. De mais a mais, interrompeu dona Leonor, que não fazia questão de ouvir as ponderações de seu Renato, já é quase noite e o senhor não resolveu coisíssima nenhuma. Coisíssima nenhuma, entendeu?, ela declamou meio histérica para a plateia de moradores, que não tiveram a menor reação. E seu dedo, que teso riscara o ar nas imediações do rosto do senhor síndico, tombou flácido rente ao corpo de dona Leonor.

Então, na frente de todos aqueles olhos imóveis, a imagem luminosa da telinha moveu-se. Primeiro ela tremeu doida brusca, em seguida, entretanto, começou a mover-se lenta, guiada por alguma lógica e todos entenderam que o dr. Oscar, agora, estava por trás da câmera. Ele deu um *close* no portão e na cancela abertos, dirigiu-se para a porta da guarita, cujo interior deserto entrou silencioso pelas lentes e foi saltar à vista dos moradores em assembleia. Voltou-se para a frente do portão, onde uma folha de jornal era empurrada pelo vento e um tufo seco de capim arrastava-se com dificuldade. Folhas de árvore dançavam na rua fronteiriça à portaria e a câmera foi subindo, sem pressa, até invadir o gramado, no momento mesmo em que a barreira de pardos parou sobre o canteiro, por trás de uma tuia-azul. Já era noite, e foi com alguma dificuldade que os moradores do Condomínio Jardim Europa conseguiram identificar Sebastião e as duas mulheres, os admitidos, entre os temidos invasores.

Linha reta

Não era bem assim o sonho que durante anos vinha-lhe aliviando o lado azedo, mas coisa tão simples como viver.

Nico deita-se na relva com o corpo inteiro em cima das costas, braços em cruz, e fica olhando as nuvens. Ele bem rei de todo o espaço, abrangendo. Então volta a ser um menino que deita na grama para olhar as nuvens. Às vezes conseguia cavalgar alguma delas, de andadura mais suave. Era assim que viajava sua liberdade na construção de si mesmo.

Foram muitas horas de caminhada e tremem-lhe as pernas de músculos flácidos. Por isso estira-se debaixo do sol. Ele tem uma necessidade muito velha de esfregar-se no sol, de cozer um pouco todos os instantes do corpo. Contra uma das nuvens brancas que pairam como se estivessem paradas, ele observa o voo circular de alguns corvos. Talvez o exercício necessário, exercício de manutenção, sem comida nenhuma por objeto. A tal distância, não são atingidos pelo cheiro de um homem deitado na relva. Nico sorri ao pensar que está há dois dias sem banho, com todos os suores que foram secando um sobre o outro, impregnados em sua pele. Quando sorri, seus lábios repuxam de leve, mas sem maldade. Os corvos se distanciam levando para outros campos sua coreografia simples e silenciosa: aquela necessidade de voar em círculos.

Um pouco abaixo, à esquerda, surge um gavião que se anuncia com um guincho agudo e potente, um guincho que rola pela encosta e é provável que alcance os banhados lá de baixo, da planície. Então ele para, ponto claro e imóvel, fixo no azul do céu. Suas asas tremem nervosas, tensas. Súbito ele as fecha e se precipita vertiginoso, some no verde do campo. Fascinado, Nico tenta descobrir o que faz o gavião na terra. O que sabe, aquilo de que tem notícia, não é suficiente para apaziguá-lo. É preciso saber se a presa o pressentiu, se teve tempo de abrigar-se em qualquer toca inacessível às garras do predador. Ergue a cabeça, senta-se e procura descobrir o que acontece neste exato momento. Com os músculos do rosto tensos, ele imagina uma pequena tragédia naquele ermo tão prosaico. Não consegue ver nada por alguns instantes, e por isso sofre a incerteza da vítima, até que surge novamente no céu, batendo lentamente as asas, o caçador; sem, contudo, revelar o resultado de sua caçada. Não adianta mais pensar no assunto, e Nico deita-se novamente, à espera de algum sonho bom.

De olhos fechados, ele ouve o chiar da aragem nas folhas da relva ao redor de sua cabeça, vizinha de seus sentidos. Ouve seu nome no grito agudo da mãe. Distante. Naquele tempo ainda era Alexandre e seus pequenos sonhos não ultrapassavam a extensão de seu braço curto. Ouve outra vez seu nome, agora um pouco mais perto. Não responde, não move um único músculo, pois sabe que a mãe há muito não existe mais. Era um tempo de esperança latejante e sem contornos, em que a vida se resumia ao presente: o grito da mãe, as peladas com os amigos, o sol grudado no céu, o corpo descansando em cima da grama onde a bola tinha corrido ainda há pouco. A mãe não existe mais e os amigos caíram no mundo. Restavam-lhe o sol e o corpo descansando em cima da relva.

Passa uma abelha zumbindo rente a seu ouvido e Nico abre os olhos. Sua testa enrugada carrega o desconforto de ouvir um barulho de motor que sobe do baixio. Sentado, ele perscruta o céu, olha em volta, concentra-se todo nos olhos. O ruído esmorece e Nico volta a deitar-se, convencido de que não passara de um susto produzido pela memória.

Apesar de não conhecer a região, Nico planeja prosseguir na fuga à noite. Caminhando sempre em linha reta, espera encontrar alguma estrada, um caminho qualquer que o leve dali. Não consegue calcular os quilômetros percorridos, mas sabe que não foram poucos. Não eram ainda seis horas da manhã quando saíra do lado de fora dos muros. Desde então vinha caminhando, correndo, escondendo-se, procurando seguir sempre em linha reta. O sol, contra o qual traçara seu rumo, havia percorrido mais da metade de seu caminho e começava a descer em busca do horizonte.

O ruído de motor retorna, agora mais nítido, e Nico descobre o aparelho um pouco acima do banhado, por onde passara ainda antes do meio-dia. Percebe, assustado, que o helicóptero vem na sua direção. Se ficar onde está, exposto ao céu, vai ser descoberto e Nico arrasta-se ágil bem uns dez metros, escondendo-se entre arbustos mais altos, e ali fica imóvel, com sua cara de pedra.

Em pouco tempo o helicóptero escurece o céu inteiro como uma tempestade, fazendo círculos nervosos, aparentemente procurando onde pousar. Um pouco mais baixo, que viesse, ia ser possível descobrir a cor dos olhos de seus tripulantes. Nico aproveita o distanciamento do aparelho com seu rumor em manobra de pouso e corre. Corre tudo que sabem suas pernas depois do descanso. O terror é grande e o terreno irregular, por isso ele não pode olhar para trás, então corre ainda mais, movido pela impressão de que os caçadores já tropeçam em seus calcanhares.

Nos últimos quarenta metros que o separam do bosque à frente, ainda ouve um grito que rola encosta abaixo e que talvez vá morrer bem longe, lá pelo pantanal. Vale a pena tanto esforço para sentir o sabor da liberdade sem saber por quanto tempo? Chega a sentir vontade de entregar-se, mas é uma ideia que não medra porque atinge finalmente a orla do mato, onde penetra por vinte metros e para para descansar. Agora está escondido, mas também não vê o que pode estar acontecendo do outro lado das árvores. Por isso, não perde muito tempo e, mesmo ofegante, imagina uma linha reta, com a intenção de percorrê-la.

Transpõe uma sanga profunda e sem vestígio nenhum de água, e ao transpô-la o barulho das pisadas sobre as folhas mortas aumenta a secura de sua boca. Depois de escalar o barranco, agarrando-se em cipós e plantas rasteiras, Nico para tentando ouvir alguma coisa. O pio de um pássaro, o ranger de dois galhos que se roçam, algum estalo provocado pelo vento: nada mais. O silêncio vem de longe e assusta. O silêncio é o que ainda não está decifrado.

Nunca mais, Nico repete baixinho, e o brilho de seus olhos ilumina uma alegria furiosa. Então ele olha para os lados, perscruta o mato fechado, de aparência neutra. Qual o rumo a seguir? Não há escolha possível, pois não sabe o que existe para além dos troncos, galhos e cipós. Assim, decide manter a rota inicial, uma reta só, para não ficar andando em círculos. Quanto tempo aguenta sem água e sem comida? Evita o assunto, pois não tem resposta. Atravessa com bastante dificuldade um carrascal de arbustos e cipós que se sustentam entrelaçados num abraço áspero e se misturam tornando o caminho quase impossível. Os braços estão arranhados e sente o rosto arder. Coisa pouca, muito menor do que outras dores que já conhece.

Sai finalmente em uma clareira e examina o céu com suas nuvens brancas: o Sol deve andar a dois, três palmos do horizonte. Escolhe uma pedra e senta para descansar. O estrago de sua pele não é muito grande, dois, três riscos de espinho, pouco mais. Esfrega os braços, porque no meio do mato o ar esfria de tanto percorrer escuridão. Fecha os olhos e tenta não estar mais ali. Assim permanece por muito tempo. Sente a aproximação de uma cãibra e põe-se de pé. Acaba de perder quanto tinha. Onde foi mesmo aquele jogo de baralho? Talvez tenham sacado ao mesmo tempo. Quem pode saber o que acontece como uma vertigem? Nico ergue a cabeça, o pescoço esticado e uma ruga na testa, marca da angústia por não conseguir elevar-se acima de sua altura. Toda aquela inundação de árvores, com seus troncos parados e com a estatura de suas copas, os renques, fileiras, a muralha porosa, muralha em que pode penetrar, mas da qual parece que jamais vai sair, aquele oceano de árvores é que o sufoca. Abre a camisa no peito e inspira com barulho o ar escuro e frio do mato.

Não aguenta mais ficar ali. Repete com os lábios que não pode mais ficar ali. Começa novamente sua caminhada, no rumo que havia escolhido, mas que já nem sabe se é o mesmo. Anda apressado, desviando-se de galhos e troncos, e repete que não pode mais ficar ali, porque imerso naquilo sufoca, porque não consegue ver o que pode estar acontecendo bem a seu lado. A respiração torna-se ofegante, mas Nico não para, não descansa, o medo é um sentimento que se alterna com a sensação de que o ar, todo o ar que se agita por baixo das copas, será insuficiente para encher-lhe os pulmões.

Depois de uma escalada difícil morro acima, as árvores finalmente começam a rarear, o céu reaparece com algumas nuvens manchadas de sangue, e Nico se vê na orla do matagal.

Inspira com violência o ar fresco da sombra, ergue o queixo para ver melhor o que tem à sua frente. Sentado em um tronco velho que se esfarela, ele contempla o panorama que se estende por muitos quilômetros. O lugar em que está é muito alto e Nico pode observar a várzea que um sol frio ainda ilumina em silêncio. É o espaço, a liberdade, e ele repete que nunca mais. Poucos passos à sua frente, o despenhadeiro desce vertical. É preciso dar uma volta muito longa para chegar à várzea.

Merda, ele impreca contra a situação, e levanta-se para procurar alguma saída pelos flancos daquele paredão de rocha. Mergulhar novamente no mato e morrer sufocado, não, isso não vai fazer.

Quando se prepara para continuar a caminhada, descobre que um de seus caçadores aproxima-se rápido pelo lado esquerdo. Não há por ali uma pedra, uma árvore, um buraco qualquer onde possa esconder-se. Do mato, às costas, vem o alarido de muitos homens contentes com o resultado da caçada. Ele sabe, agora, que está cercado, e a liberdade só tem uma direção. Fecha então os olhos e vira paisagem.

Na janela do velho sobrado

Para Ana Luiza Camarani

Acordou com a explosão na boca e tentou ficar na cama por causa do frio. As vistas viam as estrelas do esforço e mais nada antes de se acostumarem à escuridão do quarto, onde penetrava apenas uma claridade baça através das fasquias da veneziana. Tentou conter a tosse no fundo da garganta, engolida, até quase o sufocamento. Era uma espécie de mão descarnada e com dedos de aço que se apertava em torno de sua cabeça.

Esbugalhando os olhos, que tentavam saltar das órbitas, e com o sangue inchando-lhe as veias do pescoço, Eliseu desistiu do silêncio e soltou novamente a tosse, que parecia nascer-lhe nos pulmões e subir queimando o esôfago até a boca. Então sentiu que algo como um carnegão se desprendia de seu interior e procurava a saída mais próxima. Levantou-se num pulo só e correu para a janela, cujas venezianas estouraram dois tiros secos contra a parede do lado de fora quando as abriu.

A noite fria e úmida bateu-lhe no rosto febril e suas sombras engoliram a massa de catarro e sangue que Eliseu expulsou com ímpeto e raiva.

O alívio veio envolto por uma tontura boa, como um descanso e um copo de água fresca à beira de um desmaio. Inspirar, naquele momento, o ar escuro até inflar os pulmões foi o que reteve Eliseu apoiado no peitoril da janela. A crise tinha passado e agora era imperioso desfrutar o prazer de estar respirando. Era como se estivesse atingindo um sentimento bom, quase uma felicidade: o bem-estar.

A noite estava distante, além do jardim, por trás do muro, no alto de alguns postes que mal se podiam ver da janela do sobrado. A noite era um silêncio raramente interrompido por um latido, um grito, uma buzina, tudo esmaecido pela distância. No céu, umas poucas estrelas brilhavam e sumiam e brilhavam outra vez entre nuvens que se agitavam esgarçadas.

Uma claridade, então, moveu-se da direita para a esquerda, lenta, e Eliseu ouviu sua respiração ofegante e cava, como se o ar estivesse por demais denso. Era uma claridade branca e de pouco brilho, mancha pálida no rosto da noite. À distância de um braço e envolta em luz, formou-se um busto feminino, cabelos loiros como raios de sol, mas com buracos escuros em lugar dos olhos. Na vizinhança, agitados, os cães uivavam e ganiam sem parar. As mãos de Eliseu grudaram-se no parapeito da janela e seus braços perderam qualquer movimento. Os pelos do corpo se eriçaram em formigamento. A forma feminina inclinou a cabeça e em voz cava, uma voz que parecia a vibração de um corpo, afirmou, Há quanto tempo, meu amado. Um hálito pestilento envolveu a cabeça de Eliseu, quase a ponto de o sufocar.

Com o mesmo vagar de sua aparição, a claridade continuou seu caminho aéreo até desaparecer. Calaram-se os cães, e um silêncio majestoso, como se a noite estivesse parada, seguiu-se a seu desaparecimento. Nuvens e estrelas, a brisa noturna, nada se movia debaixo da abóbada celeste. Eliseu suava aterrorizado, mas não conseguia forças para afastar-se da janela.

Sol alto, ao descer para o andar inferior e encontrar a irmã e o cunhado, Eliseu não soube explicar a que horas exatamente conseguira dormir. Lembrava-se apenas de que tremera de frio por muito tempo, encolhido na cama, até surgirem os primeiros clarões da aurora para apagar de seus olhos aquela figura envolta em luz.

O cunhado enrugou a testa, com ar de incredulidade, mesmo tendo ouvido o relato da aparição e da frase que Eliseu tentou reproduzir no fundo da garganta: Há quanto tempo, meu amado. Ninguém está livre de uma alucinação, cunhadinho. Ninguém.

Eliseu voltou-se para a irmã, que lhe preparava a mesa do café. Mas ela concordava com o marido. Então toda experiência que foge ao lugar comum, ao ramerrão do dia a dia, só pode ser alucinação?, perguntava um Eliseu exasperado ao casal que, involuntariamente, demonstrava enorme indiferença pelos detalhes de seu relato.

O dia estava claro, brilhante, como um desmentido ao terror da meia-noite por que tinha passado o rapaz. Mesmo assim, Eliseu enfrentou o fulgor do dia e foi examinar o jardim debaixo da janela de seu quarto. Rente à parede, um canteiro de sempre-vivas parecia intacto. Nem marcas de pés, na terra fofa, nem galhos quebrados das plantas. Ele se agachava procurando algum vestígio com que comprovar sua experiência. Levantava-se, dava dois passos e agachava-se novamente, sacudindo inconformado a cabeça.

O cunhado apareceu à porta e não conteve a gargalhada. Teu fantasma, ele gritou, era um gigante? Eliseu encarou-o com raiva. Ia responder com uma agressão qualquer, mas preferiu calar-se. Olhou para cima, para a janela como um olho fechado em sua altura e rente à qual tinha passado a terrível figura luminosa, desceu novamente o olhar até o canteiro de sempre-vivas, e desistiu daquela pesquisa estúpida.

Entre os cunhados, era antiga uma relação de ambiguidade, que misturava admiração e deboche. O respeito, que em geral Eliseu nutria pelo marido de sua irmã, oscilava, pendulando, até momentos de profundo desprezo. Mas o sono, conciliado quando os primeiros clarões da aurora entravam pela veneziana,

198 MENALTON BRAFF

tinha conseguido apagar muito da impressão causada pela visão da meia-noite.

A tosse interrompeu o caminho de Eliseu, quando ele se dirigia à porta onde o cunhado estava ainda com o sorriso aberto. É possível, latejou em sua mente assim que passou a tontura, que eu esteja vítima de alucinações? O cunhado se afastou para que ele entrasse na cozinha, e lhe perguntou se se sentia bem. Eliseu, como resposta, apenas ergueu os ombros, o que não significava nada, por isso podia significar qualquer coisa.

Vítima de alucinações? Impossível, se vira a figura de tão perto, sentira-lhe no rosto o hálito pestilento, se ouvira com tanta nitidez o uivo dos cães da vizinhança. Resolveu, entretanto, não comentar mais com a irmã e o cunhado o que se passara durante a noite anterior.

Logo depois do almoço o cunhado saiu para o trabalho e a irmã ocupou-se com as miudezas de manutenção do velho sobrado. Eliseu caminhou até a sala, com seus móveis arruinados, mas não chegou a sentar-se. Vítima, ele? Deu uma volta, espiou pelo postigo a rua deserta, botou e tirou as mãos nos bolsos, sem saber por quê. De alucinação? Então bocejou com os olhos fechados e descobriu que estava com sono.

Enquanto escalava os degraus da escada, que rangiam sob seus pés, Eliseu ainda se perguntava se era possível uma perturbação mental tamanha que o fizesse imaginar tudo que julgava ter visto e ouvido. E aquele cheiro de pólvora queimada, que o sufocara, poderia ter sido apenas o resultado de uma imaginação doentia? No patamar do andar superior, que apenas uma tênue claridade iluminava, depois de atravessar o vidro fosco e sujo de uma pequena claraboia, o suor tornava suas mãos pegajosas, e, da testa fria, desciam-lhe bagas de suor até o rosto esquálido.

Preciso descansar, Eliseu pensou abrindo a porta do quarto, porque à noite quero estar bem desperto. E, vestido como estava, jogou-se na cama ainda desfeita, mergulhando na morrinha morna de seu próprio suor.

As pancadas estrondearam sobrado acima, intensificadas pela ressonância da caixa de madeira da escada. Eliseu abriu as pálpebras no escuro, atento. Depois de pequena pausa, repetiram-se as pancadas. Só quando ouviu seu nome gritado pela voz da irmã foi que se localizou. A janta na mesa!, ele ouviu o convite. Então se lembrou de que deitara com muito sono, sem tempo para tirar a roupa com que estava vestido.

Com a mudança brusca de posição, Eliseu sentiu uma trepidação incômoda no peito, o movimento de alguma coisa que se desprendia e que, em pouco tempo, se transformou numa pressão de dentro para fora, como se todo ele estivesse a ponto de explodir. A tosse chegou-lhe à boca numa explosão já conhecida e ele correu à janela. Desengonçadas, as venezianas espocaram na parede do lado de fora. A noite havia chegado sem o menor rumor, como se nada tivesse mudado. Não teve como evitar a lembrança da visão que tivera na noite anterior, e, mesmo com os cabelos eriçados de medo, ele continuou reclinado sobre o parapeito da janela. Uma aragem fria penetrou no quarto, resfriando o suor que porejava por baixo da camisa de Eliseu, que, ainda tonto do esforço, vestiu uma blusa de lã e sem fome nenhuma desceu para o andar inferior.

Foi recebido com espanto, por causa de seu rosto inchado e o desalinho geral da roupa e do cabelo, por causa de seus olhos parados e lacrimejantes.

Durante todo o jantar, Eliseu manteve aquele mesmo olhar alheado, desatento, como se alguma ideia fixa o estivesse perturbando. Para trazê-lo de volta à mesa da cozinha, era preciso que fosse interpelado várias vezes e com alguma veemência. Quando a irmã e o cunhado o convidaram para assistir com eles à novela, Eliseu respondeu que não, que não estava com vontade e mentiu que sentia um pouco de dor de cabeça.

No quarto, Eliseu ficou olhando o despertador, tenso, concentrado, à espera de que chegasse a meia-noite. Era preciso pôr-se à prova para saber se começava a ser dominado por qualquer tipo de demência.

O movimento dos ponteiros era imperceptível e o cansaço subiu das pernas de Eliseu até invadir todo seu corpo. Tirou os sapatos e recostou-se na cama, convencido de que apenas descansava uns instantes enquanto esperava as horas passarem. Mas não resistiu ao cansaço causado pela tensão em que passara boa parte do dia: acabou adormecendo.

Acordou bem mais tarde com a sensação de que o peito estava prestes a explodir. Acordou assustado, com a tosse arrombando seus lábios, e correu à janela. No escuro em que se encontrava, não pôde ver as horas, mas intuiu, pelo silêncio da cidade, que se aproximava da meia-noite.

E então tudo se repetiu. A claridade silenciosa em cujo centro flutuava uma figura feminina com dois buracos negros no rosto. Na vizinhança, os cães voltaram a uivar e ganir, apavorados. À distância de um braço, Eliseu percebeu movendo-se uma cavidade em forma de boca e, bem nítidas, as palavras que se articulavam no peito da visão: Minha paciência vai chegando ao fim. E depois de inclinar levemente a cabeça, a figura continuou seu caminho silencioso e aéreo. Esvaecida, a claridade, acalmaram-se os cães por trás dos muros da vizinhança e a noite voltou a ser apenas uma abóbada cravejada de estrelas, algumas luzes tremeluzindo no alto dos postes, e as sombras de árvores e telhados quase indistintos.

A paz, em que parecia mergulhada a noite, contudo, não correspondia à mente de Eliseu, tumultuada pelo desarranjo dos pensamentos.

Algum tempo mais tarde, descobriu-se com menos medo do que na noite anterior, apesar da indiscutível irritação da figura que o visitara. Fechou as duas folhas da veneziana, que bateram

40 ANOS DE LITERATURA 201

no caixilho com barulho morno, trocou de roupa e se enfiou por baixo do edredom.

Quem estava louco, confundindo visão com imaginação?

Não foi um sono tranquilo, o sono de Eliseu naquela segunda noite de visita da estranha criatura, estranha e desconhecida (apesar de sua cara de velha companheira). Algumas vezes tossiu até acordar, para então enxugar no lençol o suor do rosto e do peito. A nuca encharcada causava incômodo e ele sentia no corpo todo a ardência da febre. Um sono todo entrecortado de sustos e desconforto. Na memória de suas narinas, o hálito mefítico continuava incomodando, mesmo durante o sono.

De manhã, à mesa do café, a irmã e o cunhado estranharam seu olhar vazio e a voz estrangulada com que os cumprimentou antes de sentar-se.

— Andou vendo fantasma outra vez?

Nem bem fez a pergunta, o cunhado arrependeu-se porque Eliseu virou para seu lado um rosto que já não habitava entre eles, um rosto opaco, de pele amarelada sem brilho.

— Você – e era uma voz que lhe subia dos intestinos antes de ressoar nos pulmões apodrecidos – você brinca com o que não conhece.

Calaram-se os três, ouvindo-se até o fim do desjejum apenas o ruído de lábios a sorver o café quente. E em silêncio o velho sobrado passou o dia, que em tudo pareceu um dia normal, em que se cumpriam todas as rotinas. Os monossílabos obrigatórios do almoço e do jantar não podiam ser contabilizados como conversação. Não era terror, o que o casal sentia para evitar qualquer palavra à mesa. Não chegava a tanto. Mas não podiam escapar de certa sensação de assombro e respeito na presença de um ser humano a tal ponto destruído.

Foi com dificuldade e sentindo-se muito cansado que Eliseu, logo após o jantar, subiu as escadas rangentes para fechar-se em seu quarto. Ao ouvirem o barulho da porta sendo fechada, lá em cima, a irmã e o cunhado discutiram o assunto e chegaram à conclusão de que o estado de Eliseu demonstrava alguma gravidade, e que era necessário procurar um médico, medida que protelaram para a manhã seguinte.

Estavam ainda no primeiro sono, os dois, quando foram acordados por vozes que pareciam humanas que altercavam no andar de cima. Misturando-se ao som de palavras incompreensíveis, ouviram alguém chorando e rindo ao mesmo tempo. Vai, vai, parecia alguém dizer. Então fez-se alguns instantes de total silêncio no escuro do velho sobrado. Na cama, de ouvidos muito abertos, o casal aguardava. Os pelos eriçados, por baixo dos cobertores, não eram apenas de frio.

Súbito ouviram o baque de algo que cai e um grito rouco decrescendo rapidamente. Depois, outra vez o silêncio, mas um silêncio como que arfante, como se o sobrado respirasse com dificuldade. Acenderam as luzes e, com as mãos unidas pelo suor, escalaram os degraus de madeira desgastados pelo uso e pelo tempo. Além de seus passos hesitantes, conseguiam ouvir as batidas fortes de seus corações.

O marido foi quem, tremendo de espanto, escancarou a porta do quarto. A luz estava acesa e a lâmpada, dependurada do teto, ainda balançava, mas Eliseu não estava mais na cama. Os dois tiveram a mesma e estranha intuição e correram juntos até a janela, inteiramente aberta. As plantas, cá embaixo, no jardim, guardavam o silêncio das estrelas, que se mantinham acordadas na imensidão do céu.

O peso da gravata

As três notas curtas e uma longa, da Quinta: torpedo. Gonçalo segura o volante com a mão esquerda, liberando a direita para ver que porra de mensagem é esta agora: não esquecer a recepção logo mais às cinco. Joga o aparelho no banco do carona e bate com a mão espalmada na testa: droga, droga, droga! Mais de uma hora pajeando o diretor da Região Sul no aeroporto.

É a terceira vez que manuseia o celular no trajeto curto até o escritório. O aniversário da filha, não se atrasar. A menina em crise, Gonçalo, qualquer hora escapa do controle. Desde quando esta náusea por ouvir a voz da mulher? Depois a secretária. O pessoal da Espanha, doutor Gonçalo, na sala da recepção olhando para o relógio. Muito sérios estes espanhóis, com suas pestanas bastas e as caras de toureiros. Não, medo não, mas eles disseram que embarcam ainda hoje, o senhor está entendendo, doutor Gonçalo? Ainda hoje, e não param de olhar para seus relógios suíços.

Não esquecer a recepção logo mais às cinco.

A tarde foge rápida e quente deixando as marcas de suas patas largas sobre a cidade. Gonçalo pega do porta-luvas a caixa de lenços de papel para limpar o suor da testa. E amanhã? Começava o dia estudando as propostas de revisão dos preços. Depois o discurso na Câmara do Comércio. À noite. Redigir quando, senão quando os outros seres humanos dormem? E o restante do dia, na agenda da secretária, déspota pouco esclarecida na distribuição de seus minutos.

O farol fecha e os pneus guincham. Gonçalo bate com as duas mãos no volante. No final do mês: os objetivos estavam superdimensionados, não acham? Olha ao redor. A cidade parada à espera da vida. A vida parada à espera da morte. Não pode abrir o vidro, mas o calor entra por seus olhos. Seus olhos parados à espera do nada.

Às cinco.

São três e quarenta e cinco. Há três espanhóis vestidos de toureiros sentados nas poltronas macias na sala da recepção. Pelo menos o ar-condicionado. Antes das cinco. Uma nuvem, por um momento, esconde o sol e o semáforo aproveita para ficar verde.

Há quantos séculos paga o clube sem poder usufruir?

A avenida se move, primeiro lenta, então acelerando aos poucos. Há carros na frente e atrás. Na faixa da esquerda, como na direita, passam carros, ônibus e caminhões transportando seus rugidos à vista e seus passageiros suados, que sonham com um destino. Todos têm pressa de chegar.

Cancelar não, que a família. Principalmente o Júnior. Melhor do que ficar puxando fumo. Hoje em dia.

A avenida corta o parque e Gonçalo enche-se de verde. Então respira fundo, examinando atento seus pulmões desabituados. Ah, sim. Hoje em dia.

Não esquecer a recepção logo mais às cinco.

O celular chama-lhe a atenção. Alguém vai dizer alguma coisa sobre seu rumo, seu caminho, sua vida. Gonçalo chega a soltar a mão direita, que volta a segurar rudemente o volante. Não, ainda não. Tenta manter-se consciente para anular os gestos reflexos. Olha-se no retrovisor. O telefone insiste. Está com ar de muito cansado. O telefone insiste. Estas manchas roxas por baixo dos olhos podem significar alguma coisa. Brusco, desaperta o nó da gravata e desabotoa o colarinho. Sente-se vivo e cheio das sombras do parque. Está decidido a não atender a porra do celular. Que toque o resto do dia, que berre o resto da vida, que desembeste a gritar histérico, não vai mais comandar sua vida com suas exigências ridículas.

No centro de um grande círculo gramado, a estátua de bronze não se move. Gonçalo diminui a velocidade e entra por uma rua marginal de pouco trânsito. Por fim ele pisa no breque com uma urgência desconhecida porque o coração pulsa-lhe muito cabrito na caixa do peito. Como é que passando por este mesmo caminho quase todos os dias nunca tinha visto aquela índia de bronze, uiraçaba pendente do ombro e arazoia presa na cintura? Ah, que vida!, ele suspira.

Fora do carro o calor é agressivo e forte, robusto, e Gonçalo de Azevedo Rodrigues saca o paletó com alívio. Duas meninas passando dão risadas por causa do gesto irresponsável do homem jogando um paletó sobre a grama.

De dentro de automóveis invejosos, os motoristas ainda não reparam muito em Gonçalo porque ele é, por enquanto, apenas um homem sem camisa e pele muito alva. Quando começa a abrir a braguilha, um casal de velhos, vexados com o gesto livre de qualquer pudor, olha para outro lado, temendo que ele mije ali mesmo à vista de todos e à beira de uma avenida movimentada. O rosto de Gonçalo resplandece por causa da alegria concentrada que durante tantos anos vinha recalcando.

Algumas pessoas param em meia-lua observando a coragem daquele homem, até onde é que ela vai. Eles querem saber. E conversam entre si com muitas risadas de entremeio, pois não é cena de ver-se todo dia, um homem que traz a pele muito clara por baixo da roupa, dando pulos em volta de Iracema, só de cuecas.

Quando a polícia chega com seus cassetetes à mostra, o povo abre espaço e deixa que o sargento junte a roupa do doutor. Ele, o doutor Gonçalo, já está de pé sobre o pedestal, no mesmo nível da índia. Ela ainda reluta, tanta gente assistindo, mas Gonçalo já a enlaça pela cintura para retirar-lhe a arazoia.

O povo aplaude. Os guardas exigem que o povo se disperse, mas exigem cheios de convicção de que é uma exigência inútil. Cada vez que empurram para fora do gramado uma ala, a outra torna a invadir o espaço mais próximo da cena. Ouvem-se brecadas e arrancadas barulhentas, as buzinas incendeiam o ar. Até pode um desastre, grita o sargento, os braços ocupados em proteger aquela roupa cara do doutor.

— Ninguém vai calar a boca desta merda de celular?!, berra o comandante.

Por fim, sob vaias, o sargento aproxima-se do monumento e grita para que o doutor desça daí. Mas Gonçalo acaba de empurrar para os pés sua cueca e olha com malícia para o policial. Nem às cinco nem nunca mais, ele canta, o braço direito erguido como um tenor no auge da euforia.

Desça já daí, ruge novamente o sargento, para alegria do povo, que se esmera em apupos e risadas.

Então, para o pasmo de todos, Gonçalo e Iracema, abraçados e felizes, pulam do pedestal e começam a dançar. Ninguém se move, ninguém comenta nada. As fisionomias começam a inventar uma inveja pura, uma saudade de viver, mas tão indefinida que chega a escurecer o céu.

Com passo leve, talvez uma valsa, Gonçalo e sua amante invadem a avenida parando totalmente o trânsito. Entre os carros atônitos, eles seguem valsando até perderem-se no horizonte.

O violinista

A porta do clube era um clarão de festa sobre o escuro da noite garoenta, quando atravessei a rua muito perpendicular e apressado, pisando por cima de sua umidade. Mal atingi a calçada, o lado de lá, me dei conta de uma certa inflexão familiar naquele som que escapava pelas aberturas do saguão. Não pela melodia, uma ária plangente e bela, executada com bastante frequência por muitos violinistas. Não. O que me parecia familiar era a execução. Eu conhecia apenas um violinista capaz de arrancar tais soluços das notas mais graves de seu instrumento, que se alternavam com gritos agudos e lancinantes. Em suas mãos, o instrumento tinha alma.

Só então me lembrei de que há mais de seis meses, desde a crise da Orquestra Sinfônica, não tinha tido notícias do Antenor Braga, seu jovem *spala*. Várias vezes fui visitá-lo no camarim e o encontrava sempre estudando como se fosse aquela sua primeira apresentação. Em minhas críticas no *Diário*, não me cansava de elogiar o talento que o jovem aliava a um estudo muito sério. Não sei se me culpo a mim ou à vida que levo pelo esquecimento, mas a verdade é que durante este tempo todo muito poucas vezes pensei no meu amigo.

Mergulhei de rosto úmido na iluminação que jorrava do enorme lustre central, com suas cristalinas gotas pingentes, e se intensificava nos grandes espelhos em toda a volta do saguão. Entreguei o convite na porta e entrei, umas rugas de espanto riscando minha testa. Era uma festa de casamento, meu Deus, a celebração de um consórcio amoroso, por que aquela música tão triste, apesar de bela?

Muita gente conversava alegre e distraída no saguão enquanto outros já subiam as escadarias para o salão principal. Ergui meu corpo na ponta dos pés, nem assim, de onde estava, foi possível confirmar a identidade do violinista. Imitação tão perfeita do Antenor era bastante improvável.

Me atirei na corrente dos que pretendiam chegar logo ao salão, movendo-me na direção da escadaria.

De pé sobre o primeiro degrau, Antenor Braga, ele mesmo, recebia com música os convidados para a festa. Traje a rigor, o mesmo com que muitas vezes o vi sobre o palco, em noites de gala. O público sim, o público não era o mesmo. As pessoas passavam roçando pelo violinista, esbarrando nele sem lhe prestar qualquer atenção. Antenor mantinha os olhos fechados, imaginando-se, provavelmente, em uma daquelas noitadas que fizeram sua reputação. Ele não tocava para aquele público, ele os mantinha fora de seu espaço. Ele tocava para si mesmo, revivendo um passado extinto.

Parei em sua frente, horrorizado com o que via, indignado com a crueldade do destino: o maior talento com que cruzei na vida submetido à indiferença de um público que não era o seu. Cravei-me no granito da escada numa tentativa desesperada de proteger meu amigo de corpos mais pesados, com seus ouvidos de arame farpado. Em alguns momentos esqueci com os cotovelos as lições de boas maneiras.

Os últimos convidados subiam a escadaria, a música chegava ao fim. Não aplaudi, não disse nada, com medo do constrangimento. Depois de pendurar os dois braços, Antenor abriu os olhos, como se voltasse de um sonho, parecendo não saber bem onde estava. Olhou em volta, tentando reconhecer aquele espaço tão estranho, até me reconhecer ali, a menos de dois passos. Piscou fundo e firme, e não conseguiu evitar uma ruga, que me pareceu de aborrecimento. Mas não, era pura vergonha o que ele sentia. Com olhares rápidos, cheios de ângulos, examinou os arredores, procurando lugar onde se esconder. Foi o que interpretei de seu visível mal-estar.

Antenor Braga, na minha frente e sobre o primeiro degrau da escadaria, sentiu-se acuado, provavelmente, sem poder evitar-me. Então fechou novamente os olhos e seu rosto foi perdendo a cor.

Fiquei com medo de que o Antenor fosse desmaiar e olhei em volta, procurando alguma ideia de socorro. Com estranha lentidão, ele voltou a segurar o violino entre o queixo e a clavícula, erguendo o arco preso pela mão direita até quase a altura da cabeça. E então parou. Seu rosto de alabastro não tinha mais vida, apesar de sua expressão de sofrimento: os lábios apertados e imóveis, os olhos escondidos e duas rugas na testa. Sua última reação parece ter sido o desejo frustrado de encolher-se, de desaparecer. E então parou.

Ao me aproximar, o corpo todo úmido, mas agora de suor, percebi que ele não podia ouvir seu nome, que eu repetia apavorado. Cheguei a tocar sua mão com meus dedos, que se mancharam de branco como se ele fosse de gesso.

Ninguém por perto que testemunhasse minha inocência, eu não sabia mais o que fazer. Subir para o salão e festejar com os demais, já não conseguiria mais. Avisar ao dono da festa o que estava acontecendo, foi uma ideia que me ocorreu, mas me acovardei, com medo de que me julgassem louco.

O mundo perdeu a solidez e eu, o equilíbrio. Os balaústres da escadaria oscilavam, o clube todo parecia adernar. Pensei que fosse vomitar e me apoiei no corrimão. Eu ainda não tinha jantado e meu estômago vazio não respondeu.

Assim que diminuiu a vertigem, virei as costas e fugi para a garoa escura sem olhar uma única vez para trás.

Já era madrugada quando penso que cheguei a cochilar. Não me lembro de ter fechado ou não os olhos. Tudo era escuridão e esse detalhe não faria diferença. Até aquela hora, levantei-me diversas vezes: para enxugar o suor que me grudava o pijama no corpo, para tomar um analgésico que me aliviasse a dor de cabeça, para tomar um calmante que me livrasse das lembranças da véspera. Talvez tenha dormido meia-hora, pouco mais.

Tomei o café que a empregada preparou com muito barulho e desci para comprar os jornais do dia. Nenhuma nota, alusão nenhuma. Falava-se do casamento, da elegância de seus convidados e da viagem dos nubentes para o exterior. Do Antenor Braga, transformado em recepcionista, notícia nenhuma. Não, não tinha sido uma alucinação, pois se me lembrava de tudo, dos detalhes mais insignificantes.

Corri ao clube. Passava um pouco das nove quando atravessei a rua muito perpendicular e apressado e não foi sem certo gosto de pavor na boca que dei os primeiros passos no saguão. No pé da escadaria, sobre o primeiro degrau, havia apenas um vaso de cimento muito grande, onde uma cheflera solitária não percebeu minha confusão.

Uma das faxineiras passava torta com um balde na mão e pulei na frente dela. Se não tinha visto nada de estranho ali no primeiro degrau. Ela me olhou curiosa, sem entender muito bem minha pergunta, que repeti com novas explicações. Por fim a mulher se abriu num sorriso manso, ah, aquela estátua de gesso. Pois então, o caminhão da prefeitura já tinha levado para o depósito.

Quatro anos depois

Ontem, depois de quatro anos, resolvi visitar meu túmulo. Era noite, e o cemitério com seus ricos jazigos alternados com pobres sepulturas rasas não me assustaram, apesar da hora. E do silêncio perturbado apenas pelas asas do vento roçando o alto dos ciprestes. Preferi uma visita noturna, na esperança de não ser atrapalhado por ninguém: funcionários e sobreviventes. As aleias de saibro grosso estavam desertas e fracamente iluminadas por uns raios meio azulados, o luar.

Por sorte meus passos são silenciosos, e isso me evitava o cuidado com a possibilidade de acordar alguém, de sorte que pude caminhar tranquilo, olhando os nomes gravados nas lápides, alguns conhecidos, que me faziam lembrar fatos de minha vida. Uns tantos túmulos me encheram de inveja, pelo zelo dos familiares: isso era respeito à memória de seus mortos. Outros, não. Percebi, no desleixo em que estavam mergulhados, o alívio com a partida do ente querido. Seu olvido.

Minha silenciosa viagem trouxe-me inúmeras recordações: amigos que haviam partido antes de mim, e as aventuras que compartilhamos; um professor, morto em idade avançada, que declarava com toda a honestidade não gostar de mim; um vizinho com quem tive de brigar por causa do volume excessivo de seu aparelho de som. Coisas da vida, pensei, ninguém se livra delas.

Enquanto caminhava, parando, olhando e lembrando, por aqueles longos corredores, não me dava conta de que tudo era feito para retardar a chegada a meu túmulo. Postergava o momento. Eu queria vê-lo e ao mesmo tempo tinha medo do que veria.

O lugar em que me enterraram fica em um dos extremos mais retirados do cemitério. E é incrível que o tenham conseguido, pois suicidas não podem jazer (quase disse "conviver") na companhia daqueles que tiveram morte cristã. E o único cemitério da cidade é este onde estou sepultado, o cemitério da Igreja. Não sei quais foram os argumentos utilizados, as mentiras piedosas com que convenceram o padre de que meu corpo não poderia viajar até a cidade mais próxima em que houvesse um campo santo administrado pela prefeitura.

Só a desesperança em sua dimensão absoluta, ia pensando, pode explicar o desejo do fim. Pois foi o meu caso. Elevei o amor por minha mulher à condição de supremo bem, a única razão por que continuar a vida. E isso ela ouviu em confissão que lhe fiz uma noite antes de apagar a luz. Mas ela, assombrada, apenas me encarou por alguns segundos, sem nada dizer. A madrugada, entrando pela janela, me entrou pelos olhos abertos. Naquela noite percebi que meu amor não encontrava em Fricka a ressonância necessária para que a vida se justificasse. Para mim, que a amei com cada uma de minhas células e com uma intensidade que me deixava no limiar da loucura, tornou-se insuportável a convicção de que havia algum segredo em sua vida impedindo-a de me amar.

Só me faltava a certeza, e de minha mulher, de sua boca, jamais conseguiria as palavras que me apaziguassem. Por isso passei a observar os detalhes de seu comportamento. Nada me escapava: seus olhares; os gestos, seus passos, os afagos que me dispensava. Vasculhei seu passado, quis conhecer seus colegas de escola, passava noites imaginando traições. Então achei que seus olhos se evadiam de mim, suas mãos, muitas vezes úmidas e frias, outras vezes quentes e secas no afago que me parecia cada vez mais distraído. Ou urgente.

Com a passagem dos meses, a observação atenta me cansou. E o cansaço me deu a certeza de que precisava.

E foi assim que fui parar logo ali, a vinte passos, à sombra daquelas árvores.

Por fim, me vi em frente a um túmulo em cuja lápide meu nome se destacava. Com minhas datas e uma foto oval em que identifiquei meu rosto antigo. Um olhar triste tinha sido captado pela máquina em uma das últimas fotos que me tiraram. Uns olhos que naquela época já conduziam a uma alma que se arrastava de angústia. Era o sentimento da solidão, do amor sem ressonância.

Me aproximei o suficiente para ver que o lugar onde jazia meu corpo era talvez o mais bem cuidado de todo aquele cemitério. Mármore e granito, vasos com flores artificiais, como eram permitidos, palavras em alto relevo folheadas a ouro, objetos de bronze brunido. Tudo perfeito, impecável, exatamente como eu havia imaginado não estar.

Sentado no ombro da sepultura, gastei as horas de que não tinha mais necessidade. Eu queria entender. Era preciso que entendesse. Não sei se dormi. Minha noção de tempo anda bastante prejudicada. Mas foi grande o susto quando, sol alto, aproximou-se um vulto totalmente envolto em roupas pretas. Só quando o susto tornou-se surpresa foi que identifiquei Fricka debaixo daqueles panos escuros. Mais magra, mais pálida. Cheguei a me levantar num princípio idiota de fuga: ela não poderia me ver.

Minha viúva lavou as pedras, arrumou a posição das flores nos vasos, bruniu as peças de bronze, então se ajoelhou suspirando ao lado da campa e assim permaneceu por algum tempo. Por fim, levantou-se, enxugou uma lágrima e despediu-se, Até amanhã, meu infeliz amado.

Então me afastei rapidamente, uma seta envenenada atravessada em meu pensamento: Que horror é a eternidade.

Vestido de dor

Seus dedos nervosos de unhas arroxeadas sufocam minhas mãos cobertas de suor, e no pavor de seus olhos posso ver a morte que, mal escondida nas pupilas, já me olha vizinhando. No quarto, só nós duas, por sua exigência, e o silêncio duro e seco da agonia: aquela respiração difícil. Revestida de laca branca, a porta nos dá certa intimidade e isola-nos do corredor, por onde passam lépidas enfermeiras de passo lépido, que cumprimentam com sua brancura nossos parentes de olhares mortos, amontoados numa saleta ao lado, onde esperam apreensivos e mudos um desfecho, qualquer que seja.

Preciso esfregar os olhos para espantar a ardência do sono, mas minha irmã não larga minhas mãos. Já faz algum tempo que ela parece reunir forças para me dizer por que me pediu que viesse urgente.

Passei a noite toda viajando, pois era o apelo de uma moribunda, e a um pedido assim, apesar de tudo, não se pode recusar socorro. Viajei com os olhos fechados, trancada para os tempos que correm. Eu queria estar sozinha comigo, porque, depois de muitos anos, envolvia-me novamente com minha irmã mais velha, e o passado me chegou dolorido como se eu voltasse a ser criança.

Apagaram-se as luzes, brilhando, sobre a mesa, apenas as três velinhas. A sala estava apinhada de gente pequena como eu, divertindo-se com línguas-de-sogra, balões coloridos e chapéus de aniversário. Eu me sentia muito alegre porque era o centro de todas as atenções. Por isso batia palmas sem parar, com minhas mãos ainda gordas e sem malícia. De pé no alto de uma cadeira, eu me equilibrava com o auxílio de minha mãe e sabia que estavam cantando para mim. E meu coração fazia uma festa pequena, uma festa do meu tamanho. Então me senti uma borboleta leve leve, de asas amarelas muito luminosas. Quando todos pararam e gritaram pique-pique, minha mãe, que tomava conta de meu equilíbrio, me disse que apagasse as velinhas. Cheguei a me inclinar para elas, mas, de repente, o fogo transformou-se em fumaça escura, a primeira fumaça de minha vida. Minha irmã, mais perto do bolo que eu, saiu pulando e rindo depois de derrubar no piso as velas que reacendiam teimosas. Fiquei triste e comecei a chorar, mas achei que era assim mesmo: direitos de irmã mais velha. Então parei. E isso foi o que vi: minha mãe estava com um sorriso nos olhos e nos lábios, mas olhou-me adivinhando o futuro. E o que viu foi que a deixou séria desconcertada. Nosso abraço, meu e dela, ainda não poderia ser uma profecia, pois com aquelas pernas inseguras e roliças quem pode saber o que é estar no mundo? Minha alegria voltou pelo cheiro bom de minha mãe, de seu colo, onde me vi com o rosto enfiado.

O ônibus parou para que os passageiros esticassem as pernas e tomassem um lanche rápido. Enxuguei os olhos com a mão esquerda, enquanto usava a direita para me firmar nos balaústres, e desci também. O restaurante era uma ilha luminosa tatuada no escuro rosto da noite.

Ela fecha os olhos e sua respiração se regulariza num ritmo bem humano. Apesar do cansaço e do sono, espero resignadamente pelo que devo ainda ouvir. E, enquanto não tenho de enfrentar seus olhos de pedra, aproveito para contemplar seu rosto marcado por má velhice. Ela sempre foi magra, mas agora a pele parece não cobrir mais do que ossos. Descubro sem me espantar que em rosto magro o nariz é mais saliente. Quanto ao seu, causou-me sempre a impressão de que era uma arma que ela apontava para nós com ameaças sem disfarce. Seu nariz pontiagudo. Agora suas aletas fremem levemente com a entrada e a saída do ar. Seu nariz pontiagudo já não me infunde medo e posso contemplar sem pressa este rosto onde se demoram os traços da agonia.

Assim que recebi a ligação de uma sobrinha desconhecida, corri à rodoviária. Sua voz era estranha e não me deixava alternativa. Era um apelo que não parecia mais deste mundo e encarei a viagem como um imperativo categórico. A senhora precisa salvar uma alma, era o que ouvia pelo telefone. No início da noite deixava minha cidade sem saber o que encontraria pela frente.

De novo no ônibus, mantive por algum tempo a cortina aberta. Sombras de árvores e de morros desfilavam sem variação. No céu alternavam-se nuvens escuras com manchas mais claras em que cintilavam parcas estrelas. Cansada da paisagem monótona, fechei a cortina e os olhos, voltando à infância sem controle nenhum da minha vontade, com os pensamentos soltos no pasto.

Quando chegamos a casa, fui cercada pela curiosidade sorridente de todo povo que veio saber então como é que foi. Orgulhosa em meu uniforme novo, respondia contente às perguntas que me faziam sobre meu primeiro dia de aula. Minha irmã observava de longe a cena e eu não entendia por quê.

Foi depois do almoço, o rosto marcado pelos muitos beijos recebidos, que voltei ao quarto para guardar o material. Aguardava-me um choque jamais esquecido. Sobre minha cama, a cartilha com que sonhara nos últimos anos e que eu tinha acabado de usar na escola, tinha algumas páginas rasgadas e outras inteiramente rabiscadas. Minha irmã passou correndo e rindo pela frente da porta. Antes que eu pudesse entender o que acontecia, ela já estava lá na cozinha me acusando de ter feito aquilo.

Doeram-me as repreensões injustas de minha mãe, que não quis acreditar na minha defesa. Eu vinha aos poucos entendendo o mundo, e tal era a frequência com que era tratada como irmã mais nova, que mesmo os castigos imerecidos pareciam-me parte de minha condição de caçula. Herdeira de irmã mais velha, as roupas que já não lhe serviam chegavam-me com manchas e rasgos inexplicáveis. O sonho que então me perseguia durante quase todas as horas do dia era comigo alta e magra, com um nariz pontiagudo apontando para as pessoas e ordenando tudo que me viesse à cabeça. Eu queria ser aquela irmã com todos os seus privilégios.

Ela reabre os olhos e começa a mover os lábios secos, de onde o sangue já parece ter fugido. No silêncio branco do quarto, ouço as sílabas que vou juntando abismada. O inferno, não. Não o inferno, não. Descubro, então, em seu rosto, as marcas do terror de quem já vislumbra o inferno.

Não sei o que fazer ou dizer, porque o modo como se agarra em minhas mãos, puxando-as, e o jeito como me bebe com os olhos sem brilho, por um momento penso que minha irmã quer arrastar-me consigo para o outro lado.

Meu vizinho de banco começou a roncar com uma sonoridade descabida, o que me trouxe para a superfície dessa viagem. Sua irmã está muito mal, disse aquela sobrinha desconhecida. Muito mal, mas não quer descolar a alma do corpo sem vê-la uma última vez.

Fazia muitos anos que não tinha mais notícias dela. A separação deu-se pouco depois de meu casamento. Durante o namoro não tive maiores problemas. Mantive em segredo o que estava acontecendo, e ninguém da família me atrapalhou. Mas um dia resolvemos juntar nossos destinos e não tive escolha senão botar aliança de noivado, como exigiam as famílias. Tanto as boas quanto as más, e não sei como classificar a minha.

A partir do momento em que meu noivo recebeu permissão para me encontrar em casa, meu sossego acabou. Tenho a impressão de que minha irmã mais velha, então muito solteira, agradou-se daquele homem jovem que toda semana aparecia lá em casa. Vinha sempre interromper nosso namoro com pequenas ofertas, com olhares langorosos e frases ambíguas. Chegou a tentar uma intriga entre nós dois, dizendo a ele que eu me encontrava em segredo com um rapaz de nossa rua. Não foi fácil convencer meu noivo, mas ele confessou-me depois de casados, que percebia as manobras de minha irmã.

O que finalmente nos separou para sempre aconteceu numa noite de Natal. Eu estava casada há pouco mais de um mês, e meu vestido de noiva estava ainda guardado em um baú de nossa mãe.

Meu marido e eu chegamos cedo para a festa, a tempo de ajudarmos nos últimos preparativos. Chegaram alguns tios e primos, como era costume, e eu não acreditava em nada que pudesse atrapalhar a alegria de meu primeiro Natal de casada.

Quando já estávamos todos reunidos na sala, a mesa posta, os homens um pouco mais alegres por causa das bebidas, só então vimos minha irmã descendo as escadas como alguém que desce das nuvens para visitar os mortais. Ficamos todos deslumbrados com a realeza de seus gestos, a beleza de seu penteado e a elegância de seu vestido. Cá embaixo, contudo, ao abraçá-la, foi que o branco fulgurante de seu vestido me fez mal. O modelo era bem diferente, nada que lembrasse meu vestido de cauda longa, mas eu conhecia aquele tecido, eu conhecia cada figura, cada entrançado dos fios, conhecia até o cheiro daquele pano, e meu coração não se aquietou mais. Corri ao baú de nossa mãe, e não encontrei meu vestido. Ela se havia apoderado dele. Aleguei uma dor terrível de cabeça para irmos embora. E nunca mais nos encontramos.

Ontem, logo depois do almoço, recebi a ligação de uma sobrinha desconhecida que me fez um apelo que não me deixava escolha. A senhora tem de salvar uma alma, tia. Agora tenho os olhos ardendo de sono e o corpo moído de cansaço. Resolvo por fim dizer alguma coisa e tento acalmá-la com a promessa de que não vou deixá-la perder-se nos caminhos do inferno.

Minha irmã abre o quanto pode os olhos e me contempla algum tempo. Desfaz-se por um instante a expressão de terror de seu rosto. Ela volta a mover os lábios e a ouço pedir:

— Me perdoa.

Seus dedos magros afrouxam e os olhos perdem inteiramente o brilho. Não tenho tempo de lhe dar meu perdão.

AMOR PASSAGEIRO
[2018]

Abundância de estrelas no céu

Seus duros pés fincados na plataforma cresciam dormentes de espera. Envolto pela multidão, era quase impossível mover-se do lugar. O reflexo do Sol a meio céu borrava com esplendores, para olhos cansados de ver como eram os seus, o letreiro dos ônibus – o destino que prometiam. Ao lado, de mochila às costas, o menino exibia as habilidades recém-adquiridas, gritando para a mãe o nome de bairros próximos e distantes. Sem exagero de gratidão, porque era inconsciente, Noé valia-se daquela ajuda enquanto se esforçava para mudar a posição dos pés enraizados e presos dentro de botas secas.

O menino gritou Paraíso como um alívio alegre, e a mãe sorriu. Antes que o ônibus parasse, corpos suados disputaram o espaço à beira da plataforma. Entre eles, a mãe com o filho preso pela mão. Noé reparou que ela usava uma saia fina e florida, diminuindo seu peso, então resolveu sentir calor. Com os braços em cruz no peito, pegou a blusa pela borda inferior e a retirou por cima da cabeça. Agora sim, ele respirou, agora seu corpo estava muito melhor. Mas o ônibus já partia e ele começou a sentir saudade do menino que sabia ler e de sua mãe que usava uma saia fina e florida.

Com menos gente na plataforma, Noé começou a observar. Não para distrair-se na espera, que não podia medir, mas porque o mundo se abre ante olhos abertos. Notou que havia uma imensidão de sapatos, quase todos parados na extremidade de pernas ligeiramente abertas. Os mais agitados, ele concluiu surpreso, são os menores e de cores mais alegres. Alguns, como suas botas, pareciam plantados na dureza do cimento: totalmente imóveis. A maioria dos sapatos estavam ou sujos ou foscos, descoloridos. Apenas uns poucos brilhavam como estrelas.

Mais um ônibus estacionou rangendo suas ferragens, para alegria de algumas pessoas, que passaram à condição de passageiros. A plataforma ficou ainda mais aliviada, e, olhando para a direita, Noé descobriu que, ao lado da rodoviária, havia uma praça. Não muito grande, ele percebeu quase frustrado, mas dominada por imensa figueira cuja sombra cobria todos os bancos e algumas das pequenas aleias de saibro que a cruzavam. Além da praça, os prédios escondiam o horizonte; acima dela, um céu imaculado, azul como um vidro. Estar lá, à sombra, foi um pensamento que lhe ocorreu para sentir-se mais alegre. Mas como descobrir, daquela distância, o destino de cada ônibus? Resolveu então voltar àquela neutralidade entre a alegria e a tristeza, um estado cinzento com que costumava esperar suas conduções.

Envolvido com a praça e a sombra de sua figueira, muito mais atento aos fluxos internos, sutis pensamentos, Noé assustou-se ao ver estacionando mais um ônibus. Enquanto devaneava, o mundo acontecia? Teve de afastar-se rapidamente do lugar onde estava para ler o letreiro à testa do coletivo. Suspirou aliviado: não, também este não lhe servia. Com os braços da blusa cingindo-lhe a cintura, Noé voltava para a mesma posição que ocupara todo esse tempo, mas descobriu, num surto de alegria, que, em alguns dos bancos junto à parede, havia lugares vagos. Meus pés, ele pensou de imediato e sem querer, não precisam continuar crescendo. Já havia pouca gente na plataforma, e a brisa atravessou aquele espaço farejando alguma coisa como numa caçada. Noé esfregou os braços nus com as duas mãos. Esfregou com força e aspereza até sentir que o calor voltava.

Só então, com o corpo largado na tábua lisa do banco, foi que Noé lembrou-se de enfiar os dedos na barba branca. Era seu gesto preferido de meditação. Desde que chegara, muitos ônibus haviam chegado e partido. Nenhum deles, entretanto, com um destino aceitável. Tristeza, Floresta, Penha, Paraíso, Campo Grande, uma lista sem fim, mas nenhum que lhe servisse. Estava no seu direito, portanto, de sentir-se irritado. E isso, apesar de agora gozar as delícias de um assento, sem a necessidade de sentir os pés crescendo desmedidamente.

Quando apontava a soberba frontaria de um ônibus qualquer, Noé levantava-se cheio de esperança e, na beira da plataforma, ficava atento até descobrir que não era aquele o caminho que pretendia. Na segunda ou terceira vez em que isso aconteceu, Noé notou que os reflexos do sol, tão incômodos algumas horas antes, haviam-se extinguido, e ele conseguia ler com facilidade uns nomes que nada lhe diziam. Voltava para o banco coçando os braços, vítimas inocentes de sua irritação.

Da copa da figueira, toda ela uma sombra fresca, então, escorria crepitante a algazarra dos pardais, em que cada pipilo continha uma urgência de registro muito agudo. Como não se visse nem se ouvisse ônibus nenhum desde que o Sol, esbraseado, sumira num incêndio por trás de uns edifícios escuros, Noé pôde dedicar-se por inteiro à escuta do alvoroço com que os pardais ajeitavam-se para esperar a noite. Foi assim que, tendo os olhos desocupados, olhou para o céu, onde surgiam as primeiras estrelas. Naquele momento, observando bem o azul ainda claro, Noé descobriu como é o infinito. E apesar do cansaço, da irritação, ele conseguiu um sorriso satisfeito, pois era uma descoberta feita de inopino, totalmente casual.

Finalmente apareceu mais um ônibus. E esse já vinha todo iluminado. Do banco, onde há bastante tempo estava sentado,

Noé pôde ler o letreiro, que indicava um lugar qualquer, de que ele nunca tivera notícia. Não foi preciso levantar-se para decidir que era mais uma decepção. O ônibus parou, abriu a porta com um gemido e iluminou a plataforma. Algumas pessoas embarcaram com seus suores no rosto e nas axilas, além da certeza de que eram esperadas em seus destinos.

Noé, sentado em seu banco, dois operários encharcando-se de cerveja e cachaça no bar da rodoviária e o balconista, eram os últimos semoventes da estação. Noé sentiu um frio que era muito parecido com uma solidão, por isso tratou de vestir a blusa. Sentindo-se um pouco mais confortável, resolveu pensar em todos os acertos que viera fazendo nos últimos tempos, o modo como se despedira dos seres e das coisas, até chegar ali, consciente de que não havia mais caminho de volta.

Os dois operários atravessaram a plataforma e sumiram noite adentro, abraçados e cantando com incongruência suas vidas ralas. Foi um vulto só, o que Noé viu, mas eram duas as vozes roucas, deterioradas. A porta do bar desceu com um estrondo e o balconista seguiu as pisadas de seus fregueses.

Com os braços cruzados no peito, Noé ainda gastou os olhos perscrutando a boca da avenida por onde poderia chegar algum ônibus. Esperou muito tempo. A plataforma era um espaço inútil, vazio, preparada para sua espera de toda a noite. Os pardais já dormiam silenciosos. Apenas de raro em raro podia-se ouvir um pipilo perdido, de quem ainda não se acomodou direito. As estrelas, bem mais nítidas agora, desenhavam navios e castelos na planura do céu.

Noé tossiu um pouco, mas apenas para se distrair. Com a mão direita tateou a extensão do banco, encolheu as pernas e deitou-se.

Amor passageiro

Ajeitou a mala no bagageiro, desabotoou dois botões do sobretudo e se aboletou no banco desocupado: um banco só para si já era o início de um conforto. Uma viagem longa e monótona, estava preparado para ficar aborrecido.

Passava pouco das dez horas de uma noite fria quando Osvaldo embarcou, sonolento, mas sem esconder a alegria de voltar de férias para sua cidade. Alegria como promessa, para acontecer no futuro. Férias de meio de ano, não chegava a um mês, mesmo assim, rever a família, os amigos e principalmente sua Débora, o anjo com quem há muito vinha sonhando, era como entendia a felicidade a seu alcance. Examinou o vagão até o fundo e quase todos seus companheiros de viagem dormiam. Um sujeito gordo de chapéu a quatro fileiras distante de Osvaldo parecia contar piadas porque seu interlocutor, quase tão gordo como ele, ria sem parar. Perto deles, uma família com crianças sentia-se incomodada, pois se ajeitavam para dormir, fechavam os olhos, e não pegavam no sono por causa das gargalhadas do vizinho.

Como o vagão estivesse com muitos lugares vagos, e considerando que do banco escolhido não ouvia o que diziam os dois gordos, resolveu que também, acompanhando a maioria, poderia deitar em seu banco e dormir até a estação de sua cidade.

Abriu dois botões do paletó, não dormiria com aperto de roupa, repuxado, e estirou-se no banco, disposto a dormir.

Na estação seguinte, um povo invadiu seu vagão fazendo barulho porque acabavam de escapar da chuva, cujas marcas traziam em suas roupas. Osvaldo, pelas frestas dos olhos semiabertos, conferiu a acomodação dos recém-chegados: o banco inteiro continuava seu. Fechou as pálpebras e entrou naquele espaço entre sono e vigília em que o tempo é um amontoado cinza de figuras desconexas: a família, o professor de cálculo matricial, o sorriso da Débora, sua pele clara e macia, os cabelos longos e levemente ondulados, a briga com um primo quando crianças, o enterro de um irmão de sua mãe, o tio Marcão: infarto do miocárdio, e outros vultos que mal reconhecia ou nem conhecia.

Já passavam quinze minutos da meia-noite quando o guincho das rodas sendo brecadas o acordou. Abriu os olhos e conferiu o horário. Baixou rapidamente as pálpebras ao perceber que havia novos passageiros entrando pelo corredor.

Seu conforto estava chegando ao fim? Seu pé direito estava sendo atacado por alguém. Fingiu acordar naquele instante e seus olhos se encontraram. A jovem que pedia lugar a seu lado, protegida por um poncho, fez um gesto que significava a necessidade de repartirem o banco. Rapidamente Osvaldo recolheu as pernas e sentou-se. A jovem pediu licença e ocupou a outra metade do assento, o lugar perto da janela. Aí ela fica presa, pensou Osvaldo e sorriu por dentro, que é um sorriso invisível. Mas não havia malícia em seu pensamento, por enquanto, porque era tão-somente uma ideia feita de palavras, sem qualquer movimento de alguma intenção sensual. Na verdade não tinha acordado completamente, e os pensamentos maliciosos ocorrem é em pleno domínio da consciência.

Em uma curva, logo depois da estação, os joelhos se tocaram e depois da curva continuaram esquentando-se mutuamente. Osvaldo esperava que a companheira de banco afastasse a

230 MENALTON BRAFF

perna daquele conforto, mas isso não aconteceu. Então moveu a cabeça e encarou a jovem, que o encarava também. Ela sorriu e as pernas continuaram coladas. Um pouco de calor subiu do baixo ventre para o peito e provocou uma leve tontura no rapaz. Como se o sangue lhe corresse com mais pressa, um pouco agitado. Sua companheira de banco tinha um rosto impressionantemente belo, e seus olhos grandes e escuros eram carregados de malícia.

No vagão, agora, os passageiros dormiam. Apenas o casal de jovens continuava bem acordado. Como se estivessem sozinhos no mundo. Ainda mais porque o espaldar dos bancos, com sua altura, mantinha-os meio escondidos. Os familiares da moça tinham ocupado alguns bancos lá pra frente, bem distantes, o que os ajudava a sentirem-se à vontade.

Logo, logo sem uma única palavra se entenderam porque os braços colaram-se também. Em lugar das palavras, em que nenhum dos dois era muito habilidoso, entendiam-se por sorrisos e olhares, por isso progrediam rapidamente. As mãos não tiveram dificuldade para encontrar-se e se apertaram como um desespero, uma urgência desconhecida.

Osvaldo sentiu que se apaixonava rapidamente e seus músculos se retesavam para que tal sentimento não o tomasse por inteiro. E foi nesse momento que sua companheira, desvestindo o poncho, cobriu os dois corpos do peito até os pés. As mãos, agora protegidas, começaram uma pesquisa de ambas as partes mais sensíveis um do outro e as descobertas transformaram-se numa zoeira que lhes entupiu os ouvidos, por isso ficaram os dois meio tontos.

Por efeito daquela excitação, o rapaz sentiu o saco escrotal empedrar numa espécie de cãibra, por isso, depois de ajeitar a roupa, procurou o mictório do vagão, numa tentativa de se aliviar. No corredor, tropeçou na perna de um dos gordos, que agora dormiam, disse um palavrão enquanto se escorava num banco para não cair. O gordo acordou assustado, mas voltou a fechar os olhos para continuar dormindo. No fim do vagão, Osvaldo entrou no mictório, urinou, como pretendia, nem assim a dor no escroto cedeu. Pensou em se masturbar na esperança de que fosse um paliativo para sua dor, mas se lembrou de que poderia estragar a noite, que ainda muito prometia. Desistiu.

De volta ao banco e protegido pelo poncho, escolheu carícias menos excitantes, como beijar a companheira com uma das mãos cobrindo um dos seios dela. Mas por causa da dor que sentia, não permitiu que ela continuasse manuseando seu órgão ainda em riste.

Depois de algumas manobras em que ambos se empenharam, seus dedos sentiram os pelos pubianos e seu corpo todo retesado encontrou uma espécie de peso além do que poderia suportar. A companheira fechou os olhos, respirando com ruído e dificuldade até estremecer antes de repousar, tranquila, seu rosto com uma expressão de paz angelical.

Duas estações mais tarde, depois de terem saído da chuva, o ronco da máquina, o ruído monótono do ferro no ferro – as rodas nos trilhos – Osvaldo sentiu que as pálpebras não se mantinham mais em estado de alerta. O trem invadia a madrugada, rasgando a escuridão, seu ruído invadia o sono dos passageiros como poderoso entorpecente, a companheira de viagem sorriu para Osvaldo, um sorriso todo ele denunciando cumplicidade, então fechou os olhos e recolheu as mãos.

Aos poucos foi aliviando-se a dor de Osvaldo e seu corpo continuava aquecido, principalmente na coxa colada à coxa da companheira e no braço que os dois mantinham colados. O conforto gozado sob o poncho foi trazendo um sono bom de mistura com o estado amoroso que vinha sentindo. Nunca antes Osvaldo se considerara tão homem como agora, aquela explosão de sexo (mesmo que incompleto) e isso lhe fazia muito bem. Por isso, jogou as costas contra o espaldar do banco e adormeceu.

O dia estava ainda longe, mas já dava os primeiros sinais, com postes e árvores fingindo-se de vultos a correr em sentido contrário ao trem, e o frio do fim da madrugada acordou Osvaldo. Primeiro, a ausência do poncho, seu conforto, em seguida a posição, meio sentado, caído um pouco para o corredor, a dor no pescoço. O vagão quase vazio, mesmo assim a seu lado uma mulher enrolada em um cobertor e uma criança de uns dois anos dormindo em seu regaço. Ela o encarou com desgosto por ele ter acordado, nem assim fez qualquer gesto.

Sem razão alguma para continuar com a libido fervendo, concluiu que tinha sido apenas um amor passageiro.

Dois plátanos

Toca esperar. Ainda bem que alguma sombra, meus olhos cansados de sol. Lá no alto algum remendo na pista, e os carros vêm passando. Em lenta fila eles passam. Um caminhão, cinco automóveis, um intervalo, mas já vem aparecendo outro caminhão. E muitos carros atrás. Até cheiro de piche. Ainda bem que umas poucas horas nos separam. Nestes três dias de viagem tive tempo de ensaiar várias vezes como será nosso reencontro. Mas principalmente busquei na imaginação o semblante ao mesmo tempo surpreso e incrédulo dos dois ao abrirem a porta. A expressão de alegria? Ali, de pé no patamar, na frente da porta, parado, o susto. Meu pai, disfarçando a emoção, como sempre, isto é hora de chegar em casa, garoto!

Esta estrada, quando a usei pela última vez, era de terra. Com chuva, nem caminhão passava. Beleza de asfalto. Fui atrás do progresso e o progresso chegou sem mim aqui. O mato das margens sumido. Agora plantação, tudo cultivado, então a pobreza ficou no passado?

Que eu vou ali, ganho algum e já volto. Nas minhas costas eu podia adivinhar as lágrimas deles, ou não, mas também a esperança de que eu cumprisse minha promessa.

Eu só ia buscar o futuro, onde ele estivesse. Quando passei pelos plátanos, em volta dos quais me criei ensaiando a vida, tive a tentação de parar, mas apenas virei a cabeça e recebi como uma bênção os acenos que me fizeram, suas despedidas.

Não que não ajudassem, estes braços. Nós sabíamos. Mas havia oportunidade de melhor emprego para eles. E o contrato de um diarista por qualquer bagatela quando o progresso era apenas uma palavra que as pessoas disponíveis pronunciavam com a boca cheia de esperança.

Cansado de esperar, então parti.

Chegou o bastão, por isso todos começaram a acelerar, os motores roncando. Não fosse esse calor, um sol desvairado, não teria tanta pressa de chegar. Umas três horas. Quando passei por esta estrada na ida, era de terra, alguns trechos de areia grossa, uns córregos cortando o caminho. Nossa fila em movimento. Com este asfalto, talvez até menos do que três horas.

Sozinho eu sei que não, ele não daria conta, mas sempre algum diarista. Meu destino não podia ter sido amarrado àquela terra pobre, naqueles morros pedregosos. Roçadinho de milho, uma coivara de feijão, flor de piretro nas tiras de terra entre as pedras, uns pés de mamonas e, lá embaixo, perto do córrego, aquela faixa estreita de arroz. Que mais? Ah, os bichos miúdos no terreiro, vivendo uma vida como permitia a natureza. E uns escassos animais de melhor estatura.

Aí vem a caçamba deles empurrando a gente para o acostamento. Ainda não se vê o bloqueio lá do alto.

Ou vão logo vir com acusações, este tempo todo.

Bem, se eles estão pensando que desde o início foi tudo muito fácil pra mim, eles estão é muito enganados. Lavoura dos dois lados. E era tudo mato sem serventia, um carrascal que até cobra evitava. E assim na beira da estrada, mas também na subida dos morros. Tudo cultivado. Os anos passaram por aqui. Nem imaginam, eles. As durezas por que passei nos primeiros tempos. Os arrependimentos que tive de engolir a seco.

Na descida longa em boa velocidade, o ar-condicionado me refresca as mãos e o rosto. Cá no sopé, a placa. Entramos em novo município. Não, o último não, mais umas três horas, acho que devo ainda atravessar, já não me lembro mais, dois ou três até chegar em casa.

Não é um retorno definitivo. Vão ficar decepcionados, mas não posso passar de um mês, as obrigações à minha espera. A gente vai assumindo, sem perceber vai acumulando, bem, mas é pista simples, e quando vê, vive em função do trabalho. Mas se não fosse assim? Cara doido, ultrapassou o caminhão na faixa contínua, é pista simples e tenho de diminuir a marcha, como eles?, uns sacos de mamona e outros de piretro, umas notinhas embrulhadas num lenço e um par de sapatos no fim do ano. Tudo asfaltado, pois não é que o progresso?!

As portas que eu tive de arrombar, então, nisso ninguém pensa? Os anos. Não podia contar como vivia, seria pura tristeza. Apesar de tudo. Sim, porque com um diarista, e a mamãe ajudando um pouco mais, até melhor do que eu, iam vivendo. Mas quando parti, isso sim, jurei que só voltava em visita de resgate. O arrimo da velhice.

Agora sim, agora posso acelerar.

Lutei sozinho e me fiz. Hoje volto feito. Quem sabe comigo. Vendemos tudo, que não é grande coisa. Acho que vou propor como solução. Comigo. Vão viver muito melhor.

Quantos quilômetros? Não vi. Umas duas horas, duas e pouco.

Vou chegar ainda dia, nem almoço, porque quero chegar ainda dia claro. Será que vão me reconhecer? No patamar, parado, na frente da porta aberta. Isso é hora de chegar em casa, menino? Ele. Talvez não me reconheçam. Um bigode cheio e alguns cabelos brancos, pelo menos no primeiro instante podem não me reconhecer, e isso porque não me esperam e acho até que nem acreditam neste retorno. Por pouco tempo, claro, mas é um retorno. Pra trás ficaram mil obrigações à minha espera. Outra placa, mais um município. Não me lembro muito bem: uns dois, não mais que isso.

Na verdade, nem mesmo eu me lembro da minha voz antiga, que era minha voz ainda nova. Se até a fisionomia dos dois, com o tempo, foi-se desmanchando, amarelando, até virar duas manchas ocupando minha memória. Se já quase não me lembro de como eram, vai ser difícil imaginar como são hoje. Mas a casa, sim, e os dois plátanos plantados na frente, dois guardas atentos. Olhei pra trás e me acenaram uma despedida. Trabalhar mais, não, vou proibir. Olhe aqui, meu pai, o senhor já trabalhou na vida até demais, agora chega.

A placa do município onde nasci. Tenho de segurar o coração pelos pulsos senão ele dispara. Aqui devo reconhecer até as árvores da beira da estrada. Meu município. E o Sol ainda está alto. Fui eu mesmo quem sugeri: um diarista. Tanta gente se oferecendo. Então não se pode dizer que foi um abandono. O asfalto vai na direção da cidade. Eu fico antes, mas não consigo me lembrar. As árvores que eu conhecia, que muitas vezes cumprimentei, elas sumiram? Ah, sim, dois quilômetros depois da ponte.

Agora entro à esquerda porque só pode ser esta estradinha de terra. Vai para onde?, eu perguntava quando era criança. Vai parar onde? E minha mãe dizia, Estrada não tem fim, ela não para. Aquele umbuzeiro velho, ainda de pé. Mas e a porteira?

O caminho que leva até a casa tomado pelo mato. Um frio na espinha. E lá na frente, agora sim, já dá pra ver, os dois plátanos com suas folhas pálidas e espalmadas. Depois deles a casa, depois de dois guardas decrépitos.

Desço do carro sem conseguir respirar: uma pressão. A porta da frente caída, a escada desfeita e telhas quebradas. Aonde foi que cheguei, meu Deus! Onde as galinhas e porcos, onde a horta da minha mãe, o bigode do meu pai?

As janelas todas abertas, o mato cobrindo as passagens. Mas o que foi isso? Este ar escuro aqui dentro com cheiro de mofo.

Lúcia, a cortesã

Tu me purificaste ungindo-me com os teus lábios. Tu me santificaste com o teu primeiro olhar! Nesse momento Deus sorriu e o consórcio de nossas almas se fez no seio do Criador.

José de Alencar, *Lucíola*

Lúcia era seu nome de guerra. Na pia batismal chamaram-lhe Maria da Glória, nome que usou até os dezessete anos, época em que as circunstâncias de sua vida forçaram-na a esquecer sua madrinha, a Nossa Senhora da Glória.

Até aquela idade, teve uma vida comum, de menina que estuda apenas o suficiente enquanto espera o amadurecimento para tornar-se esposa e mãe, uma dona de casa para ser acrescentada como um número nas estatísticas demográficas. Na escola, durante o Ensino Médio, experimentou cigarro e sentiu a boca muito amarga, ficou duas ou três vezes com meninos da classe, conhecendo alguns amassos masculinos em exercício de maturidade. Repetiu, até então, o que via e ouvia em sua volta. Nunca tivera vocação para rebeldias além daquelas de ficar um almoço sem comer, para a aflição da mãe, por não lhe terem permitido passar o fim de semana em excursão com os colegas de classe.

O pai foi sempre um homem trabalhador, taciturno mas honesto, cumpridor, sem mancha alguma em sua ficha. Enfim, trabalhar pouco mais de vinte anos na mesma empresa era façanha admirada por parentes e amigos. Um dia, entretanto, a empresa teve de enxugar-se e enxugou-se nas costas de alguns de seus empregados com toalha infelizmente muito áspera. Pairava sobre os lares uma fumaça ameaçando crise mundial e o pai de Maria da Glória inchou o dedo médio batendo em portas fechadas.

Já fazia vários meses que a tristeza gania pelos arredores da casa de Maria da Glória, onde o pai desempregado começava a perder a esperança e a mãe não saía mais da cama, sem que algum médico descobrisse o que era aquilo. Seu irmão, com idade orçando aí pelos dez anos, era ainda considerado economicamente inútil, a não ser pelo fato de continuar sendo, por absoluta necessidade, um consumidor. Sua irmã, a caçula, estava na idade da coqueluche e ainda não sentia vergonha de andar nua por dentro de casa.

O dinheiro, contado por dedos trêmulos, tinha sido repartido em duas metades: uma para comida e a outra para remédio.

— Quem gastar em supérfluo vai levar paulada.

Maria da Glória, com a idade da gastação, recolheu para si a ameaça, mas ficou calada no seu canto. A família não podia ficar sem comer nem sua mãe podia dispensar a farmácia.

Aos poucos, foram-se esvaindo as duas metades, de modo lento, mas irreversível. Até o dia em que não tiveram mais nada sobre a mesa, e os remédios da mãe acabaram-se antes do fim do tratamento.

Maria da Glória teve uma explosão de desespero, como toda a família, só que ela resolveu reagir e saiu para a rua com uma bolsinha na mão. Tinha acabado de anoitecer e seu jantar, como o de toda a família, tinha sido uma sopa de couve, com as últimas folhas de um pé que descobriram escondido no meio do mato no fundo do quintal.

Sinceramente preocupados, os membros da família perguntaram, Aonde você vai?, Aonde você vai?, aonde você vai? Todos eles gritaram atrás de Maria da Glória enquanto suas costas sumiam no escuro da rua pobre.

Tarde da noite, quando Maria da Glória voltou, trazia comida e remédios, um sorriso cansado, olheiras escuras e um olhar medonho de quem tinha visto o mundo.

Meia hora depois, todos se sentaram à mesa, menos a mãe, que ainda não conseguia levantar-se, apesar de um pouco melhor. O pai, no exercício de sua paternidade, dividiu a comida equitativamente entre ele e os filhos. Mas havia uma sacola cheia e o homem desistiu de racionar o alimento. Todos comeram como se estivessem passando fome nos últimos tempos. Era uma alegria, ver a mesa farta, uma sacola ainda cheia, e a mãe tomando seus remédios.

Saciada a fome da família, o pai cobriu a filha mais velha com seu olhar mais severo.

— E você, pode me dizer onde foi que arranjou dinheiro pra comprar tudo isso?

Os irmãos mais novos continuaram sentados à mesa apenas por imitação. Agradava-lhes repetir tudo o que os mais velhos fizessem. Nenhum dos dois menores tinha condições de pensar sobre a origem daquela comida ou com que dinheiro ela fora comprada. Ficaram, contudo, assustados, quando a irmã mais velha começou a chorar, prevendo o que estava por acontecer.

— Fora desta casa, vagabunda! Não podem viver sob o mesmo teto um homem honrado e uma vagabunda como você.

Meia hora mais tarde, as duas crianças chorando no quarto, Maria da Glória saiu pela porta da frente com uma trouxa pequena com tudo que era seu. Ao chegar à calçada Maria da Glória deixou de existir. Quem faria, dali pra frente, verdadeiro furor nas ruas e avenidas centrais, era Lúcia, uma bela garota de dezessete anos, que ninguém sabia de onde aparecera.

Meses mais tarde, quase matou de susto um antigo colega de classe, quando foi abordada e virou-se.

— Mas todos dizem que você morreu, Maria da Glória.

— Sim, a Maria da Glória morreu. Agora sou Lúcia, a cortesã. Te interessa?

O garoto ficou muito atrapalhado, porque ver sua ex-colega naquela situação causava prejuízo enorme a sua libido.

— Claro que não. Mas como acreditar que você está vendendo seu corpo, Maria da Glória?!

Ela estava escorada em um poste de luz, na frente de um posto de combustível. Era uma esquina movimentada e muitos automóveis entravam no posto para examinar melhor aquela garota linda escorada num poste. Muitos deles tornavam-se fregueses – não só do posto.

— Bem, primeiro, que Maria da Glória não existe mais. Eu sou a Lúcia, entendeu? Segundo, você está muito enganado porque eu não vendo coisa nenhuma. Vocês não pagam pra gozar? Eu só faço o contrário: pra gozar eu cobro.

O ex-colega ficou escandalizado com o cinismo de Lúcia, por quem já sofrera algumas horas de insônia, e despediu-se despeitado, o coração cheio de ressentimento.

Milhares de motoristas conheciam o poste da Lúcia, bem na esquina do posto, local que ela escolhera para seu ponto.

Ao completar um ano como Lúcia, a família estava bem. A mãe curada, os irmãos bem nutridos frequentando a escola, o pai novamente empregado. Ela sempre dava um jeito de enfiar algum dinheiro nas mãos da mãe, que sofria apertos no peito de tanta saudade e bendizia aquela filha que tinha caído para levantar a mãe.

Mesmo quando o dinheiro começou a escassear, a mãe continuou bendizendo sua Maria da Glória e sentindo muita saudade, preferindo pensar que a filha estava no céu.

E o dinheiro começou a escassear quando ao cabo de dois anos já não era mais possível gozar, e Lúcia sentia dores, sofria febres, tratava de corrimentos, e já passara por algumas doenças venéreas. Com tudo isso, a não ser nos dias de chuva, lá estava Lúcia escorada no mesmo poste, esperando fregueses cada vez mais raros.

Suas roupas envelheceram, sua pintura borrava o rosto, manchas de feridas se espalhavam por braços e pernas. Aviltada, como estava, seu preço despencava sem parar.

Já fazia uma semana que não recebera um só cliente, e a fome começava a trotar pra cima e pra baixo pela frente do barraco onde morava. Uma noite, mesmo com chuva Lúcia assumiu seu posto no poste. Ela teve uma explosão de desespero e enfrentou o aguaceiro. As horas passaram, os motoristas passaram e a noite passou. Na manhã seguinte, os funcionários do posto disseram ao gerente que havia uma mulher grudada naquele poste da esquina. Receberam ordem de chamar a polícia, que horas mais tarde tentou, sem sucesso, arrancá-la dali. Por fim, desistiram, e o poste está lá até hoje esperando por algum cliente.

O hortelão

I

Aí vem a moça da creche caminhando por entre os canteiros, a criança pela mão. Ela não sabe de quantas asas se forma um anjo, mas consegue ser mais leve que o ar. A criança, quando se tornou meu neto, jamais imaginaria que viria a ser meu filho, minha última família. O Sol descamba por trás da moça da creche tirando reflexos vivos de seus cabelos angelicais. A criança dá pulos para que suas pernas não sejam molestadas pelas folhas rechonchudas de couve. Elas duas, a moça da creche e a criança, que meu filho e minha nora me deixaram como filho meu, estão vindo na minha direção, vêm descendo pelos caminhos estreitos que dividem os canteiros.

A nuvem alivia meus olhos cansados de sol. É uma nuvem gorda e lenta que me transmite uma sensação de tranquilidade, porque é silenciosa e densa, e não tem pressa de chegar a lugar algum. Ela sabe que sua vida é efêmera, que a qualquer momento, mesmo um momento inesperado, deverá cumprir seu destino inelutável desmanchando-se em chuva sobre as hortas. A criança parece diminuir de tamanho e suas pernas se adelgaçam ao passar pelos canteiros de cenoura, sem necessidade de pulos para se livrar das folhas.

Ele, este meu filho-neto, me chegou desfrutando de boa saúde, uma criança de pele bem grudada no corpo, com bom apetite e sempre disposto a gastar a sobra de suas energias. Seus olhos costumam brilhar, quando acordado, mais que estrelas cadentes, como se tivesse um faro desenvolvido para abarcar o mundo inteiro. Ao pular por cima das folhas de couve, as folhas que invadem nosso caminho, ele erguia a cabeça, o queixo apontando para o céu, leve, leve, porque o esplendor do sol descambando por trás da moça o mantinha suspenso e parado no ar. Meu filho, agora, minha toda família.

O sangue que circula em suas veias, de tão vermelho parece azul, e é isso que o torna imponderável. Principalmente quando ele abre as asas. Ao abrir o portão, lá em cima, a moça da creche apontou-me com o dedo e disse ao Moa qualquer coisa que não consegui ouvir, tampouco pude ler em seus lábios, o sol esplendendo por trás de sua cabeça. Quando me chegou, logo depois do enterro, era Moacir, mas não gostei do nome, que me dá ideia de sofrimento, então resolvi reduzi-lo para Moa, que não significa nada além de nomear a criança.

Os dois atingem agora a parte do outeiro onde ficam os canteiros de tomate, e o Moa desprende-se da mão que o segurava e põe-se a correr na minha direção. Ele não suporta o cheiro do tomate. E eu sei por quê. Na primeira semana morando comigo, encantado com a cor e a forma do tomate, era julho e os tomateiros estavam carregados de frutos maduros, aproveitou-se de uma distração minha e foi deitar debaixo de um deles. Não sei quanto tempo ali ficou nem quantos tomates comeu, mas estimo que foi longo o tempo e grande a quantidade devorada. Mais tarde, em casa, a criança desaguou quase tudo no vaso sanitário. Ficou pálido, suou muito, tive de fazê-lo sorver umas infusões que preparei. Ele me disse que basta o cheiro do tomate para sentir o estômago se contorcendo horrorizado. O Moa nunca antes estivera em uma horta, correndo livre por entre os canteiros.

Passa miando um bando de anus numa direção que só pode ser o pouso deles, alguma árvore que os acolhe e abriga durante a noite. As aves são previdentes, mas não por inteligência. É seu instinto que as obriga a procurar local seguro enquanto a noite não se fecha sobre elas, enquanto podem guiar-se com recursos próprios. A criança tem suas espertezas, não conseguiria, entretanto, sobreviver sem a mão de um adulto.

Um último punhado de terra foi jogado sobre os caixões, então olhei em volta e não descobri uma só pessoa que pudesse arrimar o menino. Estou velho, estou cansado, pensei, mas a força que me resta devo empregá-la na proteção deste pequeno ser. Não por ser neto meu, mas por sua condição de vida incompleta, um ser vivo em formação. Pequeno e frágil ser. Por isso o fiz meu filho.

A moça da creche atravessa com passo largo o córrego que nos separa e me vem com o sorriso aberto, o sorriso de todas as tardes. Com brilhos irisados debaixo de sol ou líquido e um pouco mais frio em tardes de chuva. Me deixo entrar para o fundo de sua fisionomia, que me parece repousante, mas tenho de voltar porque lá não cabem minhas ferramentas, minhas únicas lembranças de um tempo em que não era sozinho. Ela me cumprimenta com doçura nos olhos cor de mel, dá um beijo na bochecha do Moa e retoma o caminho agora de frente para um sol ainda mais fraco, bem derradeiro.

Minha criança corre atrás de sua amiga, a moça da creche, até metade da ladeira e, na altura dos canteiros de alface, o menino para de costas para mim. Ele deve estar repartido em sua capacidade de afeto. É bem provável que a moça tenha vencido a barreira do afeto profissional, e com sentimento livre, que é o sentimento inútil, sem o imperativo da vida prática, tenha acabado por conquistar uma parte da criança para si. Por isso, eu o vejo subir transformado num pequeno arco-íris, mas navega o espaço em sentido vertical até virar um pequeno ponto amarelo a refletir o sol em seus últimos alentos, então explode como uma bolha incandescente e, ao mesmo tempo em que some no céu, reaparece de costas para mim na altura dos canteiros de alface. Sinto que não me abandonou, pois vira-se para meu lado e posso adivinhar-lhe no rosto o sorriso com que virá acolher-se junto a mim.

A moça da creche, antes de fechar o portão atrás de si, acena para nós com o braço erguido, a mão afagando a testa que nos resta do Sol. Então não há mais como evitar o surdir silencioso da noite. A criança aproveita um raio de sol retardatário e se debruça na mureta do poço, sua boca, e olha para o fundo, onde nada vê, fascinada com seus próprios gritos que do nada sobem, como uma mensagem vinda das sombras.

II

Depois do banho, o cheiro do sabonete ainda na pele, sentamos para o jantar e meu neto me pede que fale com ele. Qualquer coisa, ele responde, os lábios abertos e ouvidos atentos, que não quer esquecer minha voz. Voz de velho. Eu falo sobre o que temos sobre a mesa e ele acompanha as palavras com olhos gulosos de saber os nomes. Há um ovo frito em cada prato, arroz e feijão e um pedaço de frango. São nomes que ele conhece antes de se aborrecer. Por isso, enumero legumes, suas cores e o menino vai repetindo as palavras: cenoura, beterraba, couve-flor. Ele, este menino, gosta mais é de palavras. Preciso insistir muito com ele para que coma alguma coisa. Então invento que ele coma as palavras, e, de cada uma que pronuncio, ele precisa morder aquela que lhe corresponda. Meu neto aceita a brincadeira e começamos um jogo em que dirijo sua refeição.

Mas não podemos ficar mastigando a noite toda, uma noite como todas as outras, isto é, sem muito sabor, por isso ele me pede que invente outro jogo, e sem muita imaginação para jogos, me ponho a falar. E digo muitas palavras, algumas que me estavam na memória sem que as tivesse jamais entregado ao vento. Minha cozinha é também sala de jantar. A luz fraca, o fogo morto e, à mesa, o rosto ainda brilhando deste filho que me deram, tudo isso parece um filme que ainda não vi. Para minha sorte, sempre cultivei legumes, verduras e palavras, tanto verdes quanto maduras.

Então ponho-me a contar algumas passagens da minha vida. E falo do que me lembro, as lembranças mais antigas, e falo do que invento, porque recuperar o passado é um modo de refazer muita coisa da vida, corrigindo e melhorando o próprio desempenho. E falo e falo, falo pausadamente para o menino que precisa descobrir o mundo, mas que já está à beira do sono. Por vezes meu filho se agita, abre muito os olhos e me faz alguma pergunta. Ele não quer perder a corrente que vou arrastando.

Minhas hortaliças atendem todas por nomes que não inventei, e que fui aprendendo na proporção do meu crescimento. São nomes brilhantes, alguns, como o manjericão, o agrião; algumas têm nomes flácidos, e, neste caso, estão a alface e a salsa. Nomes de peso também aparecem, como a batata e a beterraba. Conheço todas pelo nome e pelo cheiro e é na ciência das verduras e legumes que vou iniciar meu filho. Apesar de só me chamar de avô, ele não tem escolha. Seu pai agora sou eu.

A criança então me pede que fale sobre seu pai, e sinto que minhas mãos começam a me atrapalhar. Então ele acrescenta que o outro pai, o que foi embora e fugiu de sua memória. E mesmo nos meus olhos, ele observa com uma ruga séria na testa, mesmo nos meus olhos ele não existe mais.

Também eu, quando consulto a memória de meus olhos, consigo ver apenas a mancha de cores esmaecidas, e o que tenho para descrever é o modo como sorria, os gestos lentos e parcos, sua mania de piscar muito rápido passando a mão pelos cabelos sempre desalinhados. Minhas lembranças de seu pai, explico, são apenas do invisível, são palavras como bondade, paciência, o carinho com que tratava aquela mocinha com quem casou.

O Moa me ouve com olhar religioso e de viés, porque agora está com a cabeça apoiada no braço esquerdo apoiado em horizontal sobre o tampo da mesa. Talvez ele durma embalado por minha voz de velho, um pouco estragada pelos pigarros que não consigo expulsar. O sol, eu digo, a soalheira. A vida toda trabalhando debaixo de um chapéu que me empasta os cabelos de suor e que me expõe vez por outra à luz que, em lugar de iluminar, mais queima que outra coisa. Meu filho pede para que continue a história de meu filho, o pai dele.

De pijama curto, como convém nesta época do ano, o menino me encara com a mensagem bem clara de que não deseja ainda ir para a cama. Então me pergunta se no tempo de seu pai existia uma avó e se ela também trabalhava na horta. Confirmo, que sim, ela ajudava na horta quando não estava cuidando da casa. E aponto para a parede da cozinha, bem ao lado do fogão. Vendo ali? Um pano aberto como um crucifixo, exceto os braços, uns bordados no corpo, os pontos que a Marina preferia e suas cores, então em arco, por cima de tudo, bordadas também as palavras "Lar doce lar", que era o nosso nos tempos em que nossa família era maior. O Moa quer explicação do dístico em arco e me atrapalho um pouco, pois me emociona pensar nos tempos em que a Marina cuidava da casa, cortinas nas janelas, tapetes no piso e nas paredes, as refeições em horários convenientes, e ainda me ajudava com meus legumes e minhas verduras. Por causa de estar atrapalhado é que o pigarro é um ponto de exclamação nesta pausa. Por fim, digo que um lar é doce quando se vive contente, sem vontade nenhuma de que haja diferenças.

O Moa insiste com suas perguntas e quer saber se nós somos contentes, assim como vivemos. E acrescenta que gostaria muito de que a moça da creche viesse morar conosco. Ergue um pouco a cabeça e com ar concentrado, os olhos com brilho muito sério, declara que aceitaria casar com ela. E lê, agora com olhos de sono e voz de criança, "Lar doce lar".

III

No sábado de manhã, abrimos todas as janelas na esperança de que o dia nos invada com sua brisa fresca num sábado de manhã, como é uma de nossas necessidades. Primeiro tive de trocar a roupa do Moa, que apareceu no meu quarto com o uniforme da creche. Não não não, eu resmunguei entre dois dedos de sono, dedos finos, palavras dedilhadas. Ele procurou demonstrar que se abateu, pois não tira mais do baú de seus projetos o casamento com a moça que o traz pra casa todas as tardes, e cujo suor impregna sua mão pequena.

IV

Sábado já é quase o repouso, a véspera, para os outros, o geral das pessoas, no sábado, minhas hortaliças exigem meus cuidados, vidas que dependem de mim. E ontem, no serviço aliviado, irriguei canteiros, cravei estacas, aprumei umas quantas plantas de pouco equilíbrio. O resto do tempo, estive atendendo donas de casa ou suas empregadas em algumas necessidades. Meu neto observava tudo de longe, cansava da observação, saía às carreiras pelos corredores estreitos entre os canteiros, seus carreiros, e voltava a nos observar. Nas corridas galopadas, soltava guinchos e gritos muito animais, que não sei onde ele pode ter aprendido. E como nos ríamos de suas traquinagens, sentia-se estimulado a continuar, ele fogoso, animal pequeno explodindo energia.

Agora me olha enquanto faço uma barba matutina. E branca. Uma barba domingueira. Os tocos de fios desaparecem na espuma e a criança me pergunta se terá cabelos brancos como os meus quando ficar do meu tamanho. Não consigo falar muito com as bochechas infladas suportando o correr da lâmina. Hum, hum é minha resposta de *bocca chiusa*, que faz vibrar em cócegas minhas narinas. Ele insiste na pergunta, pois ainda não sabe a diferença entre hum hum e kum kum, mas tem de esperar até que eu esteja com a face limpa e lisa, quando respondo com palavras para sua satisfação: sim, as pessoas do meu tamanho e com a minha idade costumam ter os cabelos diferentes marcando o tempo que já passaram pela vida. Meu neto se alegra e me pede para usar o aparelho de barba que acabo de lavar debaixo do jorro d'água da torneira.

Quando digo que vai levar ainda bastante tempo até que ele precise passar por este desconforto, ele me olha muito sério e pergunta se antes ele poderá casar com sua Julieta. Sinto vontade de rir, mas ele está muito sério, então me posiciono como avô, um avô/pai, não importa, com o dever de tomá-lo pela mão nas veredas mais difíceis de seu caminho.

Hoje é dia de maior folga, mesmo assim, saímos os dois para a horta na hora em que o sol começa a esquentar, pois precisamos dar de beber a estas plantas. Sendo ainda cedo, recebemos como um presente a brisa que circula por cima dos canteiros antes de se retirar expulsa pelo sol.

E é bem assim: a criança corre no rastro do esguicho d'água até a cerca do vizinho. Ele desconhecia o sentido da vizinhança, pois a divisa é por demais de mais pra lá, além dos últimos canteiros, por isso fica encantado ao ver que uma cabeça embrulhada em panos sacode uma das mãos e joga grãos de milho para as galinhas. Novamente ele ri com muitos dentes, pois o contentamento não pretende boca fechada: a carranca.

Uma gente do outro lado da cerca, as pessoas, tenho de explicar. Nós damos água e a mulher dá milho. Ele quer saber se galinha também precisa de água. Ah, sim, a toda planta e a todo animal a água é indispensável. Então ele sente sede e vem tomar água no bico da mangueira, molhando a roupa num divertimento.

Minha repreensão é inócua, pois o Moa continua molhando o rosto com o brilho dos respingos e, de olhos fechados, a boca escancarada, quase se desmancha em risos. Molha a roupa, seu macacão, e mergulha no prazer da brincadeira. Preciso terminar logo esta rega para tomar conta de meu neto molhado.

Ele volta à cerca e espia pelas frestas entre as ripas, mas agora só vê galinhas ciscando e cantarolando aquele anúncio prolongado, verdadeiro cacarejo, de que hoje teremos ovo. Com as mãos segurando duas varas verticais da cerca, ele encosta a testa na madeira coberta de musgo e limo, o coração aos saltos por causa daquela alegria das descobertas: as aves em sua vida doméstica. O Moa grita e me chama, querendo compartilhar. O sol tira fagulhas de seus cabelos molhados. Daqui a pouco vou lá fingir minha admiração, fazer par com ele.

<h2 style="text-align:center">V</h2>

Mas este menino está todo encharcado, vizinho, esta criança. A vizinha grita com pulmões, pois eu já ando por aqui, do outro lado da horta. Então devolvo os gritos chamando meu neto, que não desgruda a testa da cerca a encantar as galinhas com seu olhar deslumbrado. Tiro da cabeça o chapéu com a copa úmida por dentro e com ele no alto faço gestos largos, de meia lua, que o menino venha, este meu neto, o que é minha família. Insisto, com a voz e o braço, e brado severo no exercício da minha autoridade. E como de nada adianta meu esforço, fecho a mangueira e vou ver por que reclama esta mulher com a cabeça embrulhada num pano.

A vizinha fala sem parar, sua voz exaltada contra mim e na minha direção, porque o menino, ela diz, esta criança, seu rosto, então não se vê? molhada como está, talvez até com febre.

Um cumprimento de perto a que ela responde com os dois sulcos na testa acima de olhos furiosos. Então não vê? Tudo isso porque passei de idades, meu tempo se foi. Ralho com meu neto e digo que vá trocar já já de roupa e botar uns sapatos, e consulto com mão áspera sua testa e suas faces, rosadas, sim, mas febre nenhuma. Vá logo, Moa.

A criança abandona as galinhas e sai correndo por entre os canteiros, seus carreiros, dando pulos, cabriolando, pois carregava agora consigo mais um conhecimento, que eram algumas galinhas ciscando e outras num cacarejo muito musical.

O grito e o tombo me chegam juntos, pelo ar que se agita e que ultrapassa os galhos mais altos das árvores. Corro pisando por cima dos canteiros, em linha reta, até encontrar meu neto caído com o sangue esguichando de seu pé preso por um dente poderoso do ancinho. Mas quem foi que deixou este trambolho aqui, de boca aberta para o céu? A vizinha, que trepada na cerca adivinha tudo, corre dizendo que vai chamar um táxi.

Nenhum de nós dois troca de roupa e como estamos somos largados à porta do saguão do hospital. A maca nos leva, a mim, meu neto e o ancinho, para a sala de pronto-socorro. Os cheiros misturados me nauseiam e ameaço voltar à rua para respirar um pouco, um ar sem esta contaminação, mas o Moa grita ainda mais alto. A injeção que a enfermeira lhe aplicou demora a fazer efeito. Por fim, apenas soluça, o rosto inchado e úmido das lágrimas, tantas, e adormece.

O dente do ancinho, depois de algumas manobras de bisturi, é ejetado e sai sanguinolento, ameaçador. Limpeza, pontos, curativo, a tudo assisto com o estômago revoltado contra os diversos cheiros que se misturam, neste ar hospitalar. E cada vez que mexem no pé do Moa, meu pé se encolhe de dor.

VI

Hoje de manhã, a moça da creche passou por aqui para pegar o menino, e a levei até o quarto, onde ele permanecia na cama, o pé todo enfaixado: ele não podia andar. Os dois confabularam aos cochichos enquanto os observava da porta. Por fim, ela saiu sozinha para cumprir sua jornada.

À tarde, na saída do serviço, ela foi me encontrar preparando umas encomendas de verduras e legumes, ali embaixo. Então subimos para casa sem conversar durante o caminho porque meu coração estava batendo muito devagar, talvez por causa do frio que eu sentia no peito.

A moça da creche escanchou meu neto em sua ilharga, bem seguro com seu braço esquerdo e com a mão direita ela segurou a alça da mala com que o menino veio parar na minha casa. Na porta ela se voltou, me encarando muito séria, mas amorosa, e me disse: Agora ele é meu.

Saí para o quintal atrás dos dois e, sentado neste cepo, os vi na subida contra o sol, que brilhava ainda um pouco, mas sem alegria nenhuma.

Agora já está escuro, não tenho, contudo, coragem nenhuma para enfrentar esta casa vazia.

Tarde da noite

Uma noite, ao chegar da rua em cima de suas pernas dormentes, a cunhada a segurou na cozinha e com a voz escurecida de aspereza disse que assim não dava mais: reclamações dos vizinhos por causa de estripulias dos dois meninos, a reforma da casa interrompida há mais de um ano, e as despesas excedentes, que vinham pesando muito no orçamento. Que desse um jeito em sua vida. Aproveitou esperta a ausência do marido, ele no banho, e disse tudo que vinha guardando há muito tempo como veneno espalhado por dentro das veias. Sua pele úmida exalava sem muita intensidade o cheiro azedo do ódio contido, aquela sua pele de plástico, mas os olhos chegavam bem perto do rosto da cunhada e a verberavam flamejantes. Houve um silêncio áspero em que muita coisa começou a estragar.

Os dois meninos na sala, com os primos, na frente da televisão. Era neles que a mãe pensava aflita, quase desesperada. Na cozinha pequena, as cunhadas frente a frente, muito existentes dentro da luz fria das duas luminárias, mudavam o futuro de lugar empurrando a vida com um ombro duro e pesado. Foi por causa dos meninos que sua boca se manteve escondida por trás de lábios secos e fechados, incompetente para as palavras. Então levantou-se muda e arrancou, com os dedos em gancho, tufos de cabelo que branqueavam no alto de sua cabeça baixa.

Esparramou os fiapos aos pés da cunhada, como o primeiro ato de seu sacrifício: o holocausto. A outra talvez não tenha entendido o gesto, quando seus olhos vazios cresceram cegos, e ela foi tateando as paredes do corredor com as mãos estreitas em fuga para seu abrigo.

Naquela noite, ninguém, além da dona da casa, sabia por que Letícia tinha ficado no quarto sem querer jantar. E mesmo ela, Márcia, usando uma voz inocente, por várias vezes durante a refeição tinha perguntado a um e a outro por que será? As sobrancelhas erguidas repetiam a pergunta com admiração.

Os dois meninos comeram em companhia dos tios e dos primos aquela comida emprestada, sem nada perguntar.

Na manhã seguinte, as duas mulheres se avistaram de longe. Uma tomava conta do que era seu, mexendo em sua pia, preparando no fogão o café de seu marido. A outra saía mais cedo, carregando consigo uma dor nojenta: o asco pela vida. Os filhos continuavam dormindo no colchão posto ao lado de sua cama, e estavam entregues a si mesmos, os meninos, com pouco arrimo. Bem pouco arrimo. Como seria viver seu dia debaixo dos olhos da tia? Olharam-se apenas de relance, que é um modo enviesado de olhar, para evitarem um choque mais violento. Márcia não estranhou os olhos brancos de cega da cunhada, convencida de que deveria ser assim mesmo.

Elas não se cumprimentaram porque agora estava declarado com palavras de ácido o rancor que as unia.

Através da vidraça da sala, os olhos de verruma de Márcia acompanharam o afastamento das costas da cunhada. Estava ainda escuro como um luto e logo depois do portão seu vulto deixou de ser parente. O que faria aquela mulher na rua assim tão cedo? Saía à procura de uma casa para morar? Seria muito bom. Seria bom demais. Mas não acreditava. De onde ela ia tirar o dinheiro do aluguel? Talvez estivesse disposta a procurar serviço com mais empenho. Bem, mas isso sim já seria sinal de que a conversa da noite começava a ter resultados.

Quando o marido, esfregando o sono dos olhos, entrou na cozinha com o cheiro da pasta de dente na boca, Márcia estava tensa porque guardava um segredo. Levantou-se e trouxe do fogão o café quente. Depois de servir seu homem, sentou-se para servir-se também. Já estava clareando, mas não havia atraso. A Letícia, ela começou, a Letícia já saiu. Estava escuro ainda quando ela saiu. O irmão mastigava com movimentos firmes de maxilar e os olhos quase fechados pareciam não ouvir nada. Sei lá o que ela anda fazendo na rua, Márcia ainda provocou, mas sem resultado. Seu marido esvaziou a xícara e só então falou. Está na hora, ele disse, como se alguém tivesse perguntado alguma coisa. Levantou-se, beijou a testa de plástico morno da mulher e saiu com suas costas nítidas pelo mesmo portão por onde, ainda escuro, saíra sua irmã.

O dia inteiro arrastando sua sombra nas calçadas da cidade, Letícia segurava muito firme no pensamento os dois filhos de cujas estripulias registravam-se queixas por cima do muro. Eles agora eram sua família. Só eles. Distraiu-se um pouco, descansando o pensamento pesado, apenas durante as entrevistas, umas poucas em que, por razões fortuitas, foi recusada. Ao meio-dia comeu um ovo cozido ao balcão de uma espelunca e pediu um copo de torneirol para lavar a boca. Então voltou a caminhar com pressa como se estivesse atrasada para o encontro com seu destino.

Só pensou em voltar para a casa do irmão quando notou a iluminação no alto dos postes. Seu rosto enrugava-se com o movimento das pálpebras, que se abriam e se fechavam muito mecânicas, mas não inteiramente metálicas.

Depois de informada sobre sua verdadeira situação naquela casa, não teve mais vontade de respirar o mesmo espaço da cunhada, então, se pudesse, se não fosse pelos dois meninos, passaria o tempo todo na rua. Mesmo à noite, com toda a falta de boa iluminação nos becos da cidade, era neles que jogaria o corpo para que descansasse. Só a ideia de atravessar novamente o portão para pedir emprestado um lugar onde dormir com os filhos já lhe dava uma fraqueza nos pensamentos e uma ardência no estômago.

Empurrou o portão de ferro com cuidado para não fazer barulho. Ao perceber que a família estava reunida na sala para exercitar as emoções com a novela da tevê, ela contornou a casa, rente à parede através da qual os diálogos eram filtrados e vinham até ela. Não conseguia entender as palavras, que não chegavam nítidas, mas ouvia voz humana distorcida pelo alto-falante. Vozes conhecidas e diárias, aquelas vozes. O corredor entre o muro e a parede estava frio, talvez úmido. Letícia enfrentou a escuridão sem titubear, sentindo-se quase em estado de heroína ao evitar daquele jeito a passagem pela sala, recusando seus cumprimentos à família do irmão. A porta da cozinha estava aberta e a mulher foi silenciosa direto para o quarto onde dormia. De humanos, só tinha vontade de ver os filhos, mas sabia que teria de esperar algum tempo, por isso aproveitou para se trocar e deitar-se com as pernas, toda ela estendida na cama. Fechou os olhos e respirou muito até sentir que os músculos não estavam mais apodrecidos. Arrancou mais um tufo de cabelos para sentir que estava viva, convencida de que só a dor é a real medida do ser humano.

Um atrás do outro, o mais velho à frente abrindo caminho com a vantagem de sua altura, os dois irmãos atravessaram a cozinha quieta de tanta penumbra. Não falavam, ao atravessar a cozinha, mas sabiam ambos que estavam com os corações espremidos por terem passado o dia todo sem notícias da mãe e agora tinham de se arrumar sozinhos para dormir. O mais novo ensaiava o choro quando, abrindo a porta, a luz bateu-lhes no rosto e o irmão que seguia à frente, porque era o mais alto, gritou É a mãe. E correu a seu encontro. Seus olhos brilhavam como se tivessem descoberto alguma maravilha. Os dois disputaram espaço para seus abraços, de repente sentindo uma alegria que nem imaginavam tão possível.

Depois dos relatórios do dia, como é que passaram, se não tinham incomodado a tia, se tinham comido direito, o filho mais velho, com seus olhos cheios de dó, olhou de perto para o rosto de Letícia e disse Mãe, eu acho que seu rosto quer dormir, porque seus olhos estão vazios.

Apesar da pouca luz, os meninos perceberam que faltavam cabelos na cabeça da mãe e que em seu rosto sulcos muito fundos desciam diagonalmente, em fuga. Mas ela inventou um sorriso para os beijar e pô-los a dormir.

Madrugada escura, no dia seguinte, quando Letícia saiu. Márcia já abandonara o marido no último sono e fora preparar seu café. Cedo era, muito cedo, mas ela não queria perder a saída da cunhada, mesmo que fosse para vê-la apenas pelas costas. Depois poderia passar o dia todo perguntando aos filhos dela o que faz sua mãe tão cedo na rua? Iluminou a cozinha com a fluorescência da luminária e sorriu com antecipação para sua própria imagem que saltou na vidraça, muito fiscalizadora. Os ruídos que fez foram suavizados por sua vontade de ouvi-la abrindo a porta do quarto.

Letícia enfrentou aquele resto de noite para botar-se para fora, pois queria abrir padarias, levantar a porta dos bares, oferecer-se para a limpeza das lojas, quando estivessem abrindo, queria terminar de dormir num banco de praça, em companhia dos cachorros de rua.

Bem mais tarde, ao ver as costas quase ensolaradas do marido atravessando o portão, Márcia concluiu que a cunhada pusera-se doente, mas de pura mentira, só para passar o dia na cama. De pura manha, aquela, a irmã de seu marido. E por causa da idiota, tinha levantado meia hora mais cedo. Os olhos queimando e a boca aberta cheia de bocejos, e a fulana nem aí, estarrada debaixo do edredom!

Quando os dois irmãos, em fila, desentocaram seus ruídos infantis para escovar os dentes, a dona da casa sentiu uma necessidade terrível de orgasmo e foi espiar o interior do quarto pela porta que eles tinham deixado aberta. Só conseguiu uma decepção com os olhos, pois a cama estava lisa e fria, uma cama com toda sua impessoalidade como um ser inútil.

Então era vítima de mais uma das traições daquela: a que horas poderia ter saído? Por não ter surpreendido a cunhada em casa, Márcia passou o dia sentindo-se derrotada, por isso não comentou o assunto com ninguém. Mas à noite, durante a novela, repartiu os ouvidos entre a televisão e o portão da rua. Nos intervalos, corria a perscrutar a rua pelo postigo. Inutilmente. As emoções da novela não tiveram concorrência.

Naquele segundo dia, sua sorte não foi completa, mesmo assim conseguiu limpar um jardim coberto de ervas e folhas secas até o meio-dia e, à tarde, lavou a louça de um restaurante. Então voltou a arrastar a sombra nas calçadas até o início da noite, quando se sentou num banco de praça para descansar, vizinha de um mendigo habitante daquela paisagem, com quem ficou de conversa até bem tarde.

Letícia, durante aquela semana, tinha percorrido os quatro pontos principais de uma cidade: norte, sul, leste e oeste. Sem vislumbre de emprego com que manter uma casa com dois filhos dentro. Por fim, conversando muito, uma conversa cheia de perguntas e pedidos, acabou descobrindo a possibilidade de alguns bicos.

A louça de um restaurante, os vidros de um sobrado, a roupa de uma família, a limpeza de um quintal. O dinheiro que recebia mal dava para enxugar o suor.

Na última noite daquela primeira semana, ficou até tarde lavando uma pilha de pratos. De longe, ao ver a fachada da casa do irmão, Letícia sentiu-se tonta e abraçou um poste que estava ali parado. Enxugou a testa com a manga da blusa, respirou fundo, atravessou o portão e esgueirou-se entre o muro e a parede, aquele corredor úmido e frio, como se aquele espaço já fizesse parte de seus direitos. Era o caminho que lhe tinham deixado. Estranhou a presença dos meninos no quarto, àquela hora, pois o ruído azul da televisão continuava na sala. Os dois estavam acordados de tanto aborrecimento. Ao perguntar o que era aquilo, aquele ar tristonho, o mais velho se queixou da tia, que no almoço tinha xingado os dois de esganados, porque não deixavam nada para os outros comerem. E ainda disse que eram dois sanguessugas devoradores da comida dos outros.

Os três choraram abraçados até o mais novo dormir. Letícia então recomendou que nunca mais saíssem do quarto. Só até o banheiro, nem um passo a mais. O filho, que estava com a garganta cheia de revolta, compreendeu a mãe e prometeu cumprir seu regulamento. Mas então, enxugando os olhos com as costas de uma das mãos, quis saber por que apareciam tantos ossos no rosto da mãe. Sem ter resposta satisfatória, a mãe o repreendeu e mandou que fosse dormir.

A cada dia, Letícia suicidava-se um pouco nas ruas, procurando trabalho. Márcia já parecia ter desistido de assistir à saída ou chegada da irmã de seu marido. Concentrava-se de ouvidos a postos, no que presumia serem os horários da cunhada, mas ela entrava e saía como se já se tivesse desfeito de toda matéria visível e que costuma provocar ruídos.

Em obediência à recomendação da mãe, os meninos não saíam mais do quarto. Não é que Márcia não estranhasse aquela ausência, mas não vê-los mais a sua frente era um conforto que ela não ousava atrapalhar.

Quando, tarde da noite, Letícia entrou flutuando no quarto, como vinha fazendo há alguns dias, o menino mais velho não se conteve: Mãe, ele disse, a senhora não tem mais cor na pele.

O sorriso de cera com que ela respondeu, parecia de uma santa empalidecida, um registro velho colado na parede. É que nem todos os dias ela conseguia trabalho e, à noite, quando chegava, oferecia os seios flácidos para que os dois se alimentassem. Mas os seios também, mal alimentados, aos poucos murchavam. Algumas vezes teve de suportar muda o choro do menino mais novo, que se queixava de fome.

Letícia foi-se tornando transparente. Já se viam suas veias azuis, algumas vísceras e até as duas clavículas fechando o peito cheio de costelas podiam ser vistas. Os dois irmãos, que não saíam mais do quarto, a não ser para o banheiro, seguiam o modelo da mãe. Passavam o dia quietos na cama e já estavam quase invisíveis de tanto dormir.

Fazia uns dois meses que Letícia só entrava e saía daquela casa escondida pela escuridão da noite, quando os irmãos, uma manhã, estranharam sua voz, mesmo depois de terem escovado os dentes. De seu corpo nem se lembravam mais, contudo sabiam que ela estava na cama porque ela falou com eles. E sua voz era trêmula e tão fraca que os dois começaram a ficar assustados. Letícia então os chamou para mais perto e cochichou-lhes aos ouvidos que não, não se assustassem. Ela tinha ficado em casa para preparar a retirada dos três. A vida aqui, ela disse já em seu último fio de voz, a vida aqui nesta casa não é mais possível. Nós vamos embora ainda hoje.

Naquela mesma tarde, quando a dona da casa estranhou o silêncio e empurrou a porta bruta do quarto, espantou-se com a colcha lisa, o travesseiro frio e o colchão dos meninos escondido debaixo da cama. O único vestígio deles que descobriu foram os três retratos na parede.

Último domingo de outubro

Último domingo de outubro, nenhuma nuvem para estragar o passeio.

Em volta da mesa do café, os cinco mastigam apressados. Enfim, a pescaria tantas vezes protelada vai acontecer. Novembro já entra no período de defeso: proibido incomodar os peixes em sua casa silenciosa. E quem mais rápido mastiga é o Eduardo, excitado com a promessa a se cumprir. De nada adiantam as advertências da mãe para que mastigue direito. As duas irmãs, que sempre detestaram os piqueniques de domingo à beira da lagoa, riem deliciadas com a careta do Eduardo, que acaba de queimar a língua com o café quente.

O garoto é o primeiro a abandonar a mesa, e tão ansioso que nem pede licença, como reclama a mãe. O pai sorri, pois o dia de folga e a possibilidade real de satisfazer o velho pedido de seu filho criam o estado de euforia há tanto tempo desconhecida.

O Eduardo corre para os fundos da casa, volta correndo com as varas, um molinete, a carretilha e a maleta com as tralhas, levando tudo para o carro. Volta e pede a chave ao pai, Sim, no porta-malas, eu sei.

Tudo pronto, ele volta e ainda encontra a Nair terminando seu desjejum. Os outros já andam por aí, escovando os dentes, arrumando a roupa apropriada para um dia inteiro à sombra de alguma árvore, fazendo hora, essa falta de pressa só pra me irritar, não é?

Vai num, vai noutro, empurra, fala, quase chora, mas em poucos minutos consegue empurrar a todos para dentro do carro.

A viagem de pouco menos de uma hora até poderia ser uma viagem agradável, os vidros abertos, a brisa agitando os cabelos, o ruído monótono do motor, tudo uma paz profunda e azul. Poderia, não fossem as duas irmãs mais velhas com seus semblantes pesados, e o rancor de umas poucas palavras que se arrastam até os lábios apertados e rolam para fora como gemidos.

O Eduardo, que viaja feliz, faz a observação:

— Se todos os domingos do ano são delas, por que agora se irritam no único que me coube?

A mãe, sentada com as filhas no banco traseiro e o pai, mãos firmes no volante, sacodem concordâncias com as cabeças. As duas, muito quietas, mas de olhos em observação, percebem que lhes tiraram todas as razões, por isso, apertam-se as mãos, sinais imperceptíveis, e resolvem desatar os nós que as separam da alegria familiar.

O bosque escolhido fica vizinho da lagoa, pouco mais de trinta metros de relva. E a árvore que sustenta uma copa ampla e bem fechada é o lugar onde as mulheres estendem esteiras, cobertores, enquanto os homens descarregam cestos, caixa de isopor com as bebidas e a churrasqueira.

Todo serviço pesado no fim, o Eduardo aparece com seu material de pescaria: uma vara, a maleta com as tralhas e desce na direção da lagoa. Logo atrás desce o pai, com o molinete, sua maleta, e senta-se ao lado do filho, ambos debaixo de abas com sessenta centímetros de diâmetro.

A preparação de linhas e anzóis é lenta, minuciosa, em tudo o filho imitando o pai. E os dois ficam muito contentes com este aprendizado. O pai faz uma observação e, por fim, o Eduardo consegue a voltinha que vai dar melhor fixação à linha. Em volta, o canto do vento nas copas e o alegre gorjeio do ror de passarinhos de cores quase impossíveis. Finalmente e com ar de triunfo, o menino joga na superfície parada da lagoa seu anzol, que mergulha, deixando apenas a boia como indício do que pode estar acontecendo lá no fundo.

O pai se prepara para lançar ao longe, no meio da lagoa, sua linha, quando toca o celular. Ele faz careta de desagrado. Quem será?, o pai resmunga.

— É meu diretor, cochicha para o filho.

Então se afasta e vai parar em uma sombra bem distante da esposa e dos filhos. Mas todos eles percebem que sua gesticulação é angulosa, desesperada.

— Mas doutor Geraldo...

— Não tem mas, Ernesto. Não tem mas. Nós estamos pagando a descarga por hora. E só você pode liberar aquela papelada.

— E a minha família, doutor Geraldo?

— Você vai e volta. Sua demora, Ernesto, pode custar-nos caro.

O pai se despede e desliga o celular.

Ernesto sai apressado, dizendo que fiquem por ali que ele já volta.

— Mas é longe? – pergunta a esposa.

Ernesto não responde. Entra no carro e sai cantando pneus.

A mãe comenta com as filhas seu pai saiu incomodado, aquela expressão de raiva na testa e nos olhos. Agora ficou uma família debaixo de umas árvores, esteiras e cobertores estendidos sobre a relva, uma churrasqueira montada em quatro pernas finas e pretas com o ventre repleto de carvão seco e apagado. Elas olham para a promessa de almoço um pouco desenxabidas, pois o churrasqueiro saiu com o carro cantando pneus.

As três, sentadas na esteira, estão atentas para o movimento do Eduardo na margem da lagoa, pois parece que luta contra um peixe, deve ser um peixe, um peixe que se debate em contrações espasmódicas, que pula, se contorce e despede reflexos prateados de seu corpo agitado. Entre elas, o silêncio quer dizer que estão espantadas com o filho e irmão que possuía uma habilidade desconhecida, e isso o eleva acima de sua condição infantil. Estão quietas e admiradas.

Por fim, depois de machucar o joelho e receber um corte na mão, o menino, vitorioso, ergue um peixe lindo e claro, brilhante como uma lâmina móvel, e grita por sua conquista. Mas não existe glória sem plateia, e a mãe com suas filhas não são o público a que ele aspirava. O pai foi chamado, seu pai atraído por ondas que chegam pelo ar para que ele cumpra sua sina. Ao jogar o peixe no samburá, sente a solidão em que se encontra, e seus gestos perdem o sentido. Sem solução para seu tempo, prepara-se para novas lutas. E arremessa o anzol que, ao mergulhar, levanta lágrimas da lagoa.

Alguns peixes a mais no samburá, sua mãe desce à beira da água e começa a prepará-los para o almoço. Suas filhas, com ar azedo, lábios contraídos e dedos de pontas sensíveis, já estão ateando fogo no carvão da churrasqueira. Com grande dificuldade e perigo, pois as labaredas se esforçam por atingi-las. E o pai, será que ainda demora? O pai?

Durante o almoço, começam a aparecer as primeiras nuvens. São lentas e silenciosas, mas densas e escuras. Elas são antecipadas por um vento brando, mas fresco tendendo para frio. A irmã mais velha termina seu almoço e enrola-se em um dos cobertores, como se atacada por uma febre.

A tarde se esvai e longe dali Ernesto consulta o relógio à passagem de cada cinco minutos. Finalmente solucionada a burocracia, encaminhada a descarga, ele embarca no carro e volta para a estrada. Calcula em duas horas para vencer a distância que o separa da família. Duas horas de estrada. Pretende chegar ao parque antes da noite. Pensa em desligar o celular, mas lembra-se de que está impedido de fazê-lo. Existem laços na existência cuja ruptura pode provocar algum desastre. Apenas afunda um pouco mais o acelerador.

Ao se aproximar do bosque onde deixara a família, fica em dúvida sobre o local, pois não há qualquer vestígio de que estiveram por ali. Reconhece então o jirau onde pretendia pescar ao lado do filho.

O céu está escuro, coberto por grossas nuvens, a noite se aproxima. O vento faz gemerem reclinadas as árvores.

Longe dali, numa curva da lagoa, descobre a esposa e as duas filhas, que gritam desesperadas, e gesticulam como doidas e ameaçam se jogar na água. Ernesto, enquanto corre vai gritando o nome da mulher, e pergunta o que aconteceu, mas ela não responde, só aponta para o meio da lagoa, onde Ernesto por fim descobre ao lado de uma canoa emborcada a camisa azul do Eduardo boiando sobre a água.

Um passageiro estranho

Na madrugada fria de Curitiba embarquei no ônibus que vinha de Porto Alegre com destino a São Paulo. Encaixei meu corpo na poltrona, a cortina fechada, e comecei a contar ovelhinhas. Não sei quantas contei porque muitas delas refugavam a cerca que deveriam ultrapassar com seu pulo, enquanto outras misturavam-se com os assuntos que naquele dia tinham ocupado meu tempo e minha mente. Eu estava praticamente derrotado porque meu cliente, relapso, não tivera o cuidado de apresentar provas e testemunhas convincentes. Mas cabe recurso, adormeci pensando, e com uma fila de ovelhas no interior de meus olhos.

Em Pinheirinho o ônibus fez uma parada rápida em um posto de combustível e abri os olhos porque alguém ia ocupar o lugar a meu lado. Era um homem alto, envolto em uma capa preta e um chapéu enfiado na cabeça fazendo sombra em seu rosto. Ele me cumprimentou, Boa noite, doutor. Sei ter contrariado alguns interesses, e um encontro assim, tão insólito, me afugentou o sono. Respondi com voz carregada de pigarro, uma voz querendo esconder-se, por isso considerei sorte minha o interior do ônibus estar inteiramente anoitecido.

Depois de sentado, meu companheiro de poltrona me pareceu ignorar meus olhos fechados e, falando em voz que só nós dois ouvíssemos, provocou-me uma dor que desceu do pescoço à região sacra da coluna.

— Eu sei que o senhor não me conhece, mas eu sei quem é o senhor.

E calado esperou que eu continuasse o assunto, o que me recusei a fazer. O senhor não é daqui, não é mesmo? Uma afirmação confirmando informações sobre mim? Em seguida, contudo, percebi sua intenção: afirmou que morava na cidade.

— O senhor está voltando para São Paulo?

Não era mais por causa do sono interrompido minha irritação, mas por me ver de repente à mercê de um desconhecido de quem nem a fisionomia podia ver. Ele, no entanto, queria apenas falar. Era sua necessidade.

— Eu estou indo para o nunca mais.

Não resisti ao absurdo da frase e, finalmente, abri a boca.

— Como assim?

Foi a deixa para que meu companheiro começasse a contar sua história. A minha pergunta confirmava meus ouvidos à disposição de sua angústia.

Os desentendimentos dos últimos anos. Coisa normal, qualquer casal tem. Mas então os filhos, os dois, do lado da mãe na presunção de que teriam uma participação maior nas fatias do bolo. Que o pai morresse? Não, pelo menos explicitamente. Às vezes alguma sugestão, se o senhor morresse, ou, quando o senhor morrer, como é que está sua saúde?, tudo isso me presumindo o primeiro da fila. Talvez com alguma pressa, porque os filhos jamais tiveram a preocupação de construir alguma coisa, jogando na lata de lixo tudo que ganham. Claro, na esperança de que uma partilha garantiria seu futuro.

As últimas casas ficaram no escuro da madrugada, encolhidas de frio, provavelmente, e a estrada era então ladeada por bosques e plantações. Meu desejo de dormir entrava em conflito com a vontade de falar do meu vizinho.

Em conluio familiar, conseguiram acusar o pai de adultério, de sonegação de impostos, de falsidade ideológica por causa de uns documentos de pouco valor, de ateísmo militante, de muitas outras coisas foi acusado. A mãe, que jamais contrariava os filhos, concordava com todas as acusações e algumas ela mesma inventava.

O inferno desceu sobre o palacete da Água Verde.

Os quartos já eram separados, mas os horários também se modificaram para que não houvesse mais encontros. A filha com o marido resolveram ocupar uma das alas do andar superior alegando sua ociosidade. Eram dois espiões a vigiar seus passos, os passos do pai.

O ruído monótono do motor, a escuridão dentro do ônibus e aquela voz pouco mais que um cochicho, tudo contribuía para que o sono aumentasse. Penso ter perdido algumas passagens do drama daquele estranho passageiro. Durante muito tempo ele fez silêncio e me deu a impressão de ter cabeceado algumas vezes.

— Sabe de onde conheço o senhor?

O inopino de sua pergunta me fez voltar à poltrona e à estrada. Pensei em dizer alguma coisa como resposta, mas ele não me deu tempo.

— Hoje foi meu divórcio e encontrei o senhor várias vezes no fórum. E a gente reconhece um advogado naquele ambiente com a maior facilidade. O meu também estava de terno e gravata. O infeliz.

Acho que dormimos os dois por algumas horas, pois tive a impressão de que descíamos a Serra do Azeite.

Infeliz?

— Eles cooptaram meu advogado, não sei com que promessas. E me deixaram sem nada. Estou viajando com tudo que tenho.

O dia já estava claro e entre um cochilo e outro, fiquei espiando a paisagem que corria para trás. Morros, campos, cavalos, mourões, árvores. Tudo em movimento fugindo em sentido contrário ao nosso.

O ônibus acabou parando em um posto de combustível para nosso café. Já não estava tão frio como no início da viagem e resolvi espichar as pernas, me aliviar no mictório, tomar uma xícara de café e comer alguma coisa. Meu companheiro não se mexia e tive alguma dificuldade para descer. Vinte minutos, gritou o motorista ao abrir a porta que nos separava da cabine.

O que se pode fazer em vinte minutos?, pensei e comecei a contabilizar o tempo para cada atividade. Concluí que poderia pelo menos desencarangar as pernas. Algumas pessoas preferiram continuar dormindo, sem vontade de despertar.

Andei, me aliviei, tomei meu café e comi um pãozinho de queijo, andei um pouco mais. Quando o motorista apareceu à porta do restaurante, achei que estava na hora de embarcar novamente.

Então a surpresa. Meu vizinho havia inclinado o corpo até prensar a cabeça contra o banco da frente. Assim não seria possível chegar a meu lugar.

— Senhor.

Repeti o chamado por diversas vezes sem qualquer resposta. Sacudi seu ombro mais acessível. Seu corpo estava completamente rígido.

MENALTON BRAFF

Por aqui o inverno castigava o povo enquanto hordas nazistas percorriam estradas europeias levando desassossego ao mundo, quando o indigitado, lá na pequena Taquara-RS, espiou o mundo pela primeira vez. Dizem que não era muito de chorar. Foi ver o Brasil, primeiro, em várias cidades do Rio Grande do Sul onde morou com a família. Em Taquara, cursou o Ginasial, o Clássico aconteceu em Porto Alegre. Letras, finalmente, em São Paulo. Em seu percurso, conheceu duas ditaduras. De nenhuma delas gostou. Desde 1987 vive no interior de São Paulo, para onde veio com a esposa, Roseli, como ele professora. Desde então escreveu e publicou entre romances e volumes de contos, com os quais foi finalista em todos os principais prêmios literários do país. Em 2000 foi agraciado com o Prêmio Jabuti de contos e Livro do Ano, com *À sombra do cipreste,* coletânea de contos e em 2020 a Biblioteca Nacional outorgou-lhe o Prêmio Machado de Assis pelo romance *Além do Rio dos Sinos.* Tem 30 títulos publicados e ameaça cometer mais alguns.

Obras

Janela aberta (1984, romance, Seiva)
Na força de mulher (1984, contos, Seiva)
À sombra do cipreste (1999, contos, Palavra Mágica; 6ª edição, Global em 2011; 7ª edição, Reformatório em 2022)
Que enchente me carrega? (2000, romance, Palavra Mágica)
Castelos de papel (2002, romance, Nova Fronteira)
A Esperança por um fio (2003, novela juvenil, Ática)
Como peixe no aquário (2004, novela juvenil, SM)
Na teia do sol (2004, romance, Planeta)
Gambito (2005, novela infantil, SM)
A coleira no pescoço (2006, contos, Bertrand Brasil)
A muralha de Adriano (2007, romance, Bertrand Brasil)
Antes da meia-noite (2008, novela juvenil, Ática)
Moça com chapéu de palha (2009, romance, Língua Geral)
Copo vazio (2010, novela juvenil, FTD)
No fundo do quintal (2010, novela juvenil, FTD)
Mirinda (2010, novela infantil, Moderna)
Bolero de Ravel (2010, romance, Global)
Tapete de silêncio (2011, romance, Global)

O Casarão da Rua do Rosário (2012, romance, Bertrand Brasil)
O fantasma da segundona (2014, romance juvenil, FTD)
Pouso do sossego (2014, romance, Global)
Castelo de areia (2015, novela juvenil, Moderna)
O peso da gravata (2016, contos, Primavera)
Noite adentro (2017, romance, Global)
Amor passageiro (2018, contos, Reformatório)
Além do rio dos Sinos (2020, romance, Reformatório)
Um pensamento (2020, infantil, PinCéu)
Cenas de um amor imperfeito (2021, romance, Reformatório)
Tocata e fuga a quatro vozes (2022, romance, Reformatório)
Os olhos do meu pai (2023, romance, Reformatório)

Esta obra foi composta em Sabon LT Std e
impressa em papel pólen bold 70 g/m² para a
Editora Reformatório em julho de 2024.